一念關山
A JOURNEY TO LOVE

一念關山

A JOURNEY TO LOVE

卷三

【目錄】

第二十一章

彩雲終得歸

夜色寂寂，沉於草木之間，偶有夜梟鳴叫聲從遠處傳來。戰場上到處都是倒伏在地的屍首，安國士兵們點著火把，還在清理著戰後的殘局。

朱殷和琉璃都僥倖未死。朱殷已然甦醒過來，琉璃卻還半昏迷著，滿面痛苦的神色。士兵們將她抬上擔架時，李同光恰也走到此處，見她還活著，立刻吩咐一旁的吳將軍：「一定要治好她。」

吳將軍應道：「是。」

李同光又看向四周剛剛被清理出來的蒙面人屍首，問道：「一個活口也沒有？」

吳將軍點頭道：「我們本來圍住了幾個，結果全都自刎了。」

李同光皺眉，揮手示意吳將軍退下，回頭時卻望見六道堂眾人依舊簇擁在大樹下，都是一副焦急的模樣，便又道：「等等，你們有帶什麼管用的傷藥來嗎？給他們送點過去。」

吳將軍道：「只有金創藥。」

李同光不由得有些失望。朱殷已包紮好傷口，正跟隨在李同光身側，望見他的神色，便有些不解，忙問道：「侯爺為何——」

李同光煩躁地說道：「我是想寧遠舟死，但又怕他真有個萬一，湖陽郡主會恨我。」

朱殷略一遲疑，從懷中摸出一瓶藥奉上去，道：「這是沙西王府給您的回禮裡頭的更始丹，剛才屬下和琉璃就是服了這個，才緩過來了些……」

李同光一把搶過來，正要給如意送去，便聽到遠處傳來歡呼聲：「動了，寧頭兒的手動了！」

李同光一滯，自嘲道：「算了，不用管了。」

大樹下，六道堂眾人都驚喜又期待地看著寧遠舟。錢昭雙手翻飛，給寧遠舟扎著金針。許久之後，寧遠舟終於緩緩睜開了眼睛。

他面色蒼白，氣息虛弱，醒來後模模糊糊地分辨出眼前人是錢昭，便強撐著力氣，斷斷續續叮囑起來：「我、我快不行了，錢……你暫代我的職務。到安國俊州……掛輪回旗，那邊分堂，人道的兄弟，會主動來……是章崧的人，把情形告訴他們，聽，梧都指令，再、行動。」

錢昭急紅了眼，「不許交代後事！我只是暫時調入六道堂，你們六道堂的事，我管不了！」

元祿、孫朗也急了，「寧頭兒你別說傻話！千萬要挺住！」

寧遠舟沒有說話，只是努力地尋找著什麼。如意會意，忙道：「別找了，我在這兒！」又趕緊把自己的手腕湊到他唇邊，道：「別管其他了，繼續喝我的血，裡面有萬毒解，能解一句牽機！」

于十三見狀，悄然示意眾人退開些，給兩人多留些獨處的空間。

寧遠舟推開如意的手，虛弱地搖頭道：「我自己的命，我自己知道。」

如意托住寧遠舟的下頜，「我不管，你給我喝，聽見了沒有?!」

寧遠舟顫抖地舉起手，按住她的手腕，微微地搖了搖頭。他似是苦笑了一聲，在如意耳邊輕聲呢喃道：「我後悔了，早知道，有今日，就不該跟妳爭什麼隱居，什麼小島……」

如意只斬釘截鐵打斷他：「你別死，我不許你死！」

寧遠舟顫抖著艱難地將手伸向懷中，摸出如意送他的那一錦袋松子糖。他費力地將錦袋遞給如意，喃喃道：「妳給我，買的，我最喜歡的，給妳，吃了，就不會難……」話音未落，他的手便軟軟地垂下，沾了血的錦袋滾落在地。

如意終於無法再保持冷靜，「遠舟！」

眾人也都撲了過來，撕心裂肺道：「寧頭兒！」「老寧！」「堂主！」

李同光正準備上馬隨軍隊一道撤離，眾人的哭喊聲便傳入了他耳中。他來不及多想，立刻奔向大樹下，擠開眾人，將手中藥物遞給如意，道：「我這兒有更始丹，沙西部的靈藥！」

如意想也沒想便接了過來。

錢昭阻攔道：「不行，得驗過才行！」

如意卻毫不猶豫——鷲兒的眼神她太過熟悉，只消一眼，她便絕對相信他是誠意相助。而且如今情勢迫在眉睫，哪有遲疑的時間？於是，她厲聲道：「要是有毒，最多我和他一起死！」言畢，便毫不猶豫地給寧遠舟餵藥。

李同光見他們神態親密，只覺刺目至極，心口彷彿被人重重一擊。他轉過身便想大步離去，于十三卻攔住他，嘆道：「既然沒那麼硬的心腸，何必總說一些惡毒的話？」李同光不加理會，大步往安國人方向走去。

于十三揚聲提醒道：「好好查查那幫蒙面人的來歷，他們絕對不是梧國人！」李同光一震，隨即翻身上馬，帶著安國將士們絕塵而去。

如意渡完藥，忐忑又期待地看著寧遠舟，但寧遠舟依舊毫無動靜。

丁輝急了，「這藥到底有沒有用?!」

如意道：「閉嘴！」便坐到寧遠舟身後，雙掌抵住寧遠舟的後背，為他運功療傷。如意今日心力大損，又失血過多，氣力不及，嘴角不斷地滲出鮮血。

錢昭見狀忙抵住如意的後心，元祿也抵住了錢昭的後心，一道運功相助。于十三他們也隨即反應過來，眾人齊心協力，接力為之。寧遠舟的頭頂上漸漸白霧升騰。

如意胸膛起伏，催動了全身的內力。突然她朝前一撲，噴出一大口鮮血，頹然倒在地上，失去了意識。

❋

夢中如意彷彿又聽到了昭節皇后輕輕呼喚她的聲音：「阿辛，快別睡了。」

她矇矓地睜開眼睛，發現自己又回到了安國皇宮的御花園裡。眼前天光柔明，芳草茵茵，昭節皇后採了滿捧的鮮花回來，笑吟吟地為她插了滿頭，眼中盈著慈愛溫柔的光，對她說道：「小娘子就是要打扮得漂漂亮亮的，以後才會遇到好郎君。」

如意下意識地反駁道：「臣不需要好郎君。」

昭節皇后微笑道：「可是妳已經有了啊。」她抬手一指如意的身後。如意回頭望去，一眼便看到了遠處的寧遠舟。他似是迷了路，正迷茫地徘徊在霧氣朦朧的花園裡。

昭節皇后道：「迷路了吧？真可憐，妳快過去，帶他回家吧。」她一推如意，如意下意識地站起身來。

「等等，別忘了這個。」昭節皇后又喚住她，慈愛地往她掌心裡放了什麼東西。如意攤開手，發現是她給寧遠舟，寧遠舟又給了她的松子糖錦袋。

如意猛然間驚醒坐起。

守在她身旁的元祿立刻醒過神來，驚喜地喚道：「如意姐！」

如意焦急地四面尋找著：「糖呢，他給我的糖呢？」卻聽人道：「在這裡。」那聲音不大，還透著虛弱，可聽到聲音的那刻，如意猛地頓住，眼中瞬間聚起了水光。她緩緩轉過身去，便見寧遠舟正靠在她的內側柔柔地看著她，唇色蒼白，黑瞳子裡卻已然有了光——他活過來了。

如意猶然不敢輕信，定定地看了寧遠舟好一會兒，才問道：「我們回來多久了？」

「快兩個時辰了。」答話的是楊盈，她眼睛腫得核桃一般，顯然也已在這兒守了很久，「遠舟哥哥也是剛醒，錢大哥去替他熬藥了。」

如意再次看向寧遠舟，伸出手去想觸摸他，可在觸碰到他的皮膚之前，卻忽然停住了。明明只差分毫，她的手卻顫抖著不敢靠近，彷彿一旦觸碰，眼前的一切便將如夢幻泡影般破滅。

寧遠舟見狀，勉力一笑，費力地握住她的手，按在了自己臉上，輕輕說道：「不是在

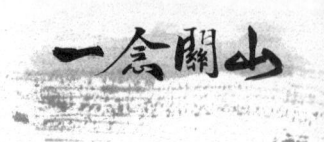

做夢，看，熱的。」

元祿轉過了頭，楊盈的眼淚也跟著落了下來。

如意拚命地壓抑著自己，胸膛卻難以自禁地劇烈起伏。她很快把手抽了出來，拿起寧遠舟身邊的錦袋，將一顆糖放在了寧遠舟的嘴唇上。她竭力讓自己的聲音聽起來和往常一樣冷靜，道：「含著，待會兒藥一定很苦。」而後她便轉身下了榻，逕直走出房去。

楊盈想追上她，卻被元祿拉住。楊盈不解地回過頭去，便見榻上的寧遠舟也衝著她輕輕地搖頭，道：「讓她去吧。」

如意走出房間，恰逢錢昭與于十三匆匆趕來。兩人看到如意，正想說些什麼，如意已快步從他們身邊走過了。

✵

天色將明未明，四面一片悄寂。

如意站在無人的天臺上，無聲地望著遠方天際。天際一輪紅日破雲而出，金色的光芒越過群山照亮了大地。那明光耀到了她的眼睛，她抬手遮住光，壓抑已久的情緒才終於能盡情地發洩出來，淚水奪眶而出。但自始至終她都挺直了脊背，不肯流露出軟弱來。

于十三不知何時出現在她身後，和她一道看著日出，搭話道：「你們安國的藥，不管是萬毒解，還是那什麼根、什麼丹，還真挺有用。」

如意飛快地抹掉眼淚，聲音已恢復如常，道：「更始丹，沙西部的貢品。李同光既然和初家聯姻，沙西王自然會給他最好的。」

于十三遞了條手絹給她，感慨道：「妳這個徒弟，其實也沒那麼壞——」隨即聲音一低，輕聲道：「想哭就哭吧，我幫妳望風，沒人會看見。」

如意倔強地抬起頭，道：「我不用。」

于十三便遞過來一只葫蘆，道：「好。那就喝點這個。」

「我不想喝酒。」

「知道，這是孫朗剛熬好的桂圓紅棗湯，補血的。」

如意這才接了過去。

于十三又道：「養顏益氣，小娘子喝了，對皮膚也好。」

如意眼中還帶著淚，聞言嘴角就禁不住彎了一彎。

于十三誇張道：「終於笑了，真不容易啊。」

如意自我解釋一般，輕聲道：「我不想在他面前哭，怕他擔心。」

于十三道：「我也一樣。」

如意轉頭看了他一眼，「你好像都不怎麼擔心他。」

于十三望向朝陽，彎彎的笑眼裡映著飛揚的朝霞，灑脫又溫柔。他微笑道：「我生來就這性子，人間走一遭，只要喝過最好的酒，看過最美的姑娘，交過最仗義的兄弟，打過最暢快的架，就沒什麼可遺憾的了。要是這回老寧沒挺住走了，我也打這麼一葫蘆酒送他，反正過幾年就又在森羅殿那兒碰頭了。」

如意感嘆：「你真想得開。」

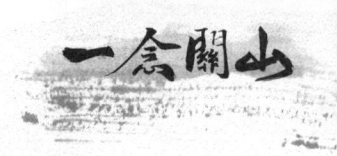

于十三卻道：「那妳呢？好不容易捨了半身的血，才把他救回來，過陣子還要離開他？」

如意輕嘆一口氣，「你是來勸我的？」

于十三卻一笑，道：「我勸妳幹麼啊，我盼著你們趕緊掰了，我好替補他跟妳……」他眨眨眼，語氣誠懇無比，「剛才不是說過，我這輩子的目標，就是得那什麼……最美的姑娘嘛！但是我不希望你們後悔。一個妳捨得用自己的命去救的人，妳真捨得放手嗎？」

如意沉默了好一會兒才道：「可我是殺手，決定了的事，就不會改。」

于十三笑了，「殺人當然得果斷，否則一擊不中，反而害的是自己。但是過日子不是殺人啊。妳剛來使團的時候，還只是想和老寧做場交易，可現在呢？妳情願用自己的命換他的。妳跟他，都不是當初那個人了。」

如意沉默良久後方道：「知道了。我會好好想想的。」她把葫蘆扔還給他，又道了一聲：「謝謝。」

于十三一挺腰道：「能為美人兒效勞，雖死無悔。」剛說完，卻又俏皮地眨了眨桃花眼，「我都表現得那麼好了，等老寧沒戲了，妳能第一個考慮一下我嗎？」

如意一皺眉，正欲開口。

于十三卻將手按在她唇前，正色道：「別說不能，不然我會傷心的。」

如意一怔，終道：「好。」

于十三笑了，得意地一捋額髮。

✲

諸事繁雜。

寧遠舟半躺在床上，聽錢昭他們彙報昨夜他昏迷之後戰場上的後續。他身子依舊虛弱，精神卻已大致恢復過來，冷靜地思索著，叮囑道：「盯著安國人那邊，這幫蒙面人的路數太過詭異。李同光查，我們也要查。」

錢昭點頭道：「孫朗已經帶人去了。」

寧遠舟又補充道：「加強客棧內外的防備，提防蒙面人今晚再來。再去探察一下合縣縣內的情況，這些蒙面人，總不會是突然從地裡長出來的。」他停下來緩了緩氣息，又道：「最好聯絡金媚娘，也問問她。」

于十三主動請命道：「我來。正事上她不會為難我。」

寧遠舟還欲說什麼，耳朵卻微微一動。他閉上眼睛，掩去心中情緒，平靜地吩咐：「暫時這樣吧，我累了，想休息一會兒。」

眾人起身離去，屋子裡一時安靜下來。

寧遠舟依舊閉著眼睛，唇角卻微微勾起，輕聲提醒道：「進來啊。」

如意一直在後窗看著寧遠舟。此刻聽到寧遠舟的聲音，身影一動，便輕盈地翻窗進屋，落足在寧遠舟身前。

寧遠舟笑了，伸出手去牽住如意，「來了，坐——要不，陪我躺一會兒？」

如意順意在他身側躺下，尋了個舒服的姿勢。

寧遠舟問：「剛才妳突然離開，是因為不想在大夥兒面前失態？」

如意道：「嗯。」

寧遠舟便道：「那現在只有我們兩個人了，妳想哭就哭，想笑就笑。」

午後寂靜，如意靠在他的懷中，聽著他沉穩的心跳聲，只覺一晌安然。

寧遠舟輕聲開了口：「有些話我早就想說了，但奈何昨天沒什麼力氣。這一次在鬼門關走了一遭，我才發現自己是個徹頭徹尾的大傻子。我明明身邊有這麼好的妳，卻不懂得珍惜，明明我們已經經歷過生死了，我還因為一個李同光，因為一些瑣事，跟妳鬧彆扭，鬧了這麼久。昨晚我發過誓了，只要我還能見到妳，就永遠也不會放開妳的手。」

如意回應：「這也不全是你的問題，也怪我，沒有提前跟你說清楚。」

寧遠舟牽著她的手，柔柔地看著她，「因為妳比我更瞭解我自己。我確實沒有自己以為的那樣喜歡出世獨居。我的血，也確實從來都沒有冷過。雖然前陣子的確有些心灰意懶，但說到底，我還是放不下六道堂的兄弟，放不下我肩上的道義和責任。我和妳一樣，一直都在為能守護自己的國家而默默驕傲，所以這一回，一旦大梧需要我，我馬上就義無反顧地來了。而逃避去小島什麼的，與其說是我的夢想，不如說是我自我掙扎時安慰自己的方式。」

如意靜默了片刻，便也看向他，低聲坦白道：「你也猜中了。我一直堅持不肯去小島，其實還有別的原因。我老家在山裡，我從來沒見過海，小時候爹總嚇唬我，說不聽話就會把我扔到海島上，要我一輩子都見不到其他人。因此你一說去沒有別人的小島，我就……但在朱衣衛裡，恐懼是件羞恥的事，所以……」

寧遠舟心疼地抱緊了她，道：「所以妳只會用拒絕，來掩飾妳的恐懼。」

如意的眼睛微微潮濕，她點了點頭，輕輕說道：「我也怕跟你去了那個小島之後，就會沒了退路。這就是雖然你一再退讓，我卻總是不肯鬆口的原因。娘娘、玲瓏都是前車之鑑，她們明明那麼能幹出色，卻都因為男人而迷失了自我。所以，我總是下意識地覺得，不能太深地走進你的世界，否則，我自己就會找不到來路。」

寧遠舟愈發心疼起來，自責道：「難怪十三說妳還是沒有真正對我放下心防。昭節皇后叮囑妳不要愛上男人，妳卻和我在一起了。所以，妳心裡是不是一直覺得有些對不起她？」

如意點了點頭。

寧遠舟向她保證道：「那我們永遠都不去那個小島。放心，以後，無論妳做什麼，我都會陪著妳。妳想仗劍天涯也好，想找一個熱鬧的地方住下也好，總之，我不會把我的意願強加給妳了，我也會聆聽妳的建議，尊重妳的選擇，尊重妳的每一個決定。」

如意卻搖了搖頭，道：「不，你要帶我去。有你在身邊，我的膽子會大一點，說不定，我可以既喜歡熱鬧的紅塵，也喜歡安靜的小島呢？但你也得答應我，萬一我倦了，你就讓我離開一段時間。」

寧遠舟點頭道：「沒問題。我們可以先在中原各地流浪，去金沙樓找金老闆喝酒，看看老錢和阿盈在宮裡待得怎麼樣，到賭場裡搭救一下沒錢而被罰做苦工的十三，再問問元祿又弄出了什麼新鮮玩意兒，順便給孫朗帶幾隻小貓。江南離海很近，妳多看幾次海，或許就沒那麼怕了。等一切準備好之後，我們再上島也不遲。」

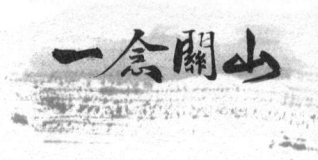

如意靜靜地聽著，不由得也隨他暢想起來，笑道：「好。」

寧遠舟笑了，低頭吻了吻如意的額。如意往他懷裡縮了縮，道：「再抱緊點，我有些冷。」

寧遠舟抱緊了她，輕聲道：「妳把血都給我了，當然會冷。」

如意道：「你的，就是我的，我的，就是你的。」

寧遠舟凝視著她，最終吻在了她蒼白的唇上。

兩個人緊緊相擁著，日移影動，久久沒有分開。

❋

使團兩個主心骨傷勢都穩定下來，還解開了心結重歸於好，眾人懸了幾日的心也終於都放下來了。日光灑在他們的臉上，每個人都神采飛揚，目光輕快又明澈。

安國軍營裡，隨軍大夫正皺著眉為琉璃診治。

琉璃傷得太重，一直都沒甦醒過來，昨日後半夜又發起熱，整個人都迷迷糊糊的。她此刻昏迷在床上，滿臉痛苦，蜷著身子呢喃著：「我好冷，侯爺……」

李同光叮囑大夫：「她是忠僕，盡你所能，給她用最好的藥。」說完便轉身離開。

朱殷早在門邊候著，見他出來，連忙迎上去。

李同光便問：「查得如何？」

朱殷搖頭道：「才查了幾具屍體，但武器、衣飾上都沒找到痕跡，這幫蒙面人肯定是有備而來。」

李同光皺眉道：「但他們的陣法確實是朱衣衛的。屍體在哪裡？帶我過去。」

空地的木板上整齊地擺放著一具具屍首，負責調查線索的軍官們還在對著屍首仔細查驗著，見李同光來，紛紛起身行禮。

李同光示意他們繼續，轉頭向朱殷詢問：「最先向我們進攻的有好幾個女的。她們的屍首在哪裡？」

朱殷忙指給他看。李同光走上前去，掀開蒙布仔細查看了一番，道：「是朱衣衛沒錯。師父說過，朱衣衛裡的女子若完不成任務，就要受重罰。刑堂最常在這裡下手。」他指了指女子的脛骨，「所以她們這裡的骨頭，往往比尋常人更歪一點。」

朱殷恍然：「難道是因為上回您將他們趕出了合縣，他們就懷恨報復？」隨即又皺起眉來，苦惱道：「可單憑這骨頭，也沒法找他們麻煩啊。」

李同光冷笑道：「這種事還講什麼真憑實據？帶人去把朱衣衛最近的兩個分堂砸了，傳話給鄧恢，告訴他三日之內要是不給解釋，我就直接稟報聖上。」

朱殷一愣，「您覺得是鄧指揮使幹的？可他向來只視聖上為尊，和您沒有私仇啊。」

「他沒有，他手下的左使陳癸就未必了。」李同光冷笑道：「這一年來，陳癸和河東王沒少眉來眼去，再加上在我心裡，朱衣衛的左使只有師父一個，所以……呵，能調動上百個朱衣衛對付我的，還能是誰？」

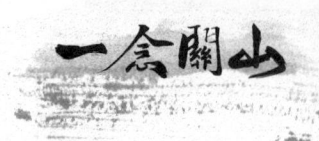

正說著，遠處突然傳來一陣輕微的騷動。李同光循聲望過去，只依稀看到有個人同士兵起了爭執，便皺眉問道：「什麼人？」

朱殷忙回稟道：「是梧國使團的人，他們一早就派了人過來查驗屍體，屬下剛才沒來得及稟報……」

正說著，忽聽那邊傳來一聲：「是北蠻?!怎麼可能?!」

聽到北蠻二字，李同光目光一凜，立刻快步走過去。朱殷也吃了一驚，連忙追趕上去。

孫朗見安國人不信，便又蹲下去，一用力，從屍體嘴裡掰出一顆牙齒，道：「你們自己看。他們長相和我們不太一樣，而且兩邊第五顆牙都磨尖了！」

李同光分開眾人走上前去，伸手一把將牙齒奪到手裡，「給我！」便目光凝重地仔細查看起來。

朱殷猶然震驚不已，反駁道：「胡說，朱衣衛裡怎麼可能有北蠻人？」

周圍的安國將士也都大驚失色道：「北蠻人？不可能！」反覆向孫朗確認著，「就是幾十年前殺了我們十萬中原人的北蠻人？」

李同光和孫朗同時轉身，各自掰開一具屍首的嘴，拔下第五顆牙齒一對照，果然都是同樣的尖牙。

李同光目光霎時冷下來，說話時連牙縫裡都透著寒氣，「磨尖齒牙，還有昨天那些刀槍不入的軟牛皮甲，的確都是北蠻人的風俗。」

朱殷猶然難以置信，喃喃道：「可北蠻人已經被攆出天門關外好幾十年了啊！」

孫朗反問道：「攆出去就不能回來嗎？還有這個！」他從屍體的頭髮裡取出幾根絨毛，道：「我孫朗最熟帶毛的走獸，你們看，這幾根毛，分明就是北蠻特有的黑羊的！」

李同光一凜，高聲道：「吳將軍！」見吳謙出列，便吩咐道：「你馬上親自去天門關，找那裡的守將問清北蠻人最近的動向！」

吳謙遲疑道：「可末將只是合縣的守將，鎮守天門關的許將軍和末將素無交道，只怕不便插手……」

李同光冷冷地盯著他，吳謙心中一寒，忙低下頭去。

李同光命令道：「馬上去！事關中原百姓生死，容不得半點耽擱！那姓許的要是敢有不從，」他解下佩劍扔給吳謙，聲如寒冰，「你就馬上殺雞儆猴！聖上面前，自有我擔著！」

吳謙立刻領命：「是！」

李同光似乎突然想到什麼，表情凝重，爾後深吸一口氣道：「你們寧大人還活著嗎？請即刻回傳通報，長慶侯李同光欲至驛館拜訪，有要事相商。」

孫朗譏諷道：「喲，前倨後恭是吧，昨天你在十三哥面前是怎麼……」

李同光厲聲道：「馬上去！事關中原百姓生死，由不得半點耽擱！」

孫朗聞言一震。

李同光又轉頭對朱殷道：「現在立刻出發，把昨晚上第二撥黑衣人冒出來的那個小樹林，給我翻個底朝天！」

✲

李同光的主動來訪讓人意外，但既是大事，尚未康復的寧遠舟便與使團全體人等當即廝見。而此刻的李同光全不見昨夜的癡狂，只是冷靜地告訴他們自己的調查結果——他的手下還發現了天門山支脈左家嶺的一處岩洞，岩洞裡有一條新鑿出來的密道，裡面找到了北蠻人用過的對象。所以昨夜來襲之人，必定是北蠻人！

眾人都大驚失色。天門山長五百餘里，分隔中原與北地。自兩百年前起，北蠻人便多次闖過天門關一帶的隘口入侵中原，除每年小戰不斷之外，幾乎每二十年，百姓們都要面臨一場生靈塗炭的大劫。是以先朝花鉅資興建天門關，歷代武將，更是無不把防衛北蠻作為頭等大事。直至六十二年前，北蠻人舉五萬大兵再度南侵，先朝烈帝以舉國之力相抗，付出自己戰死沙場的代價，才將北蠻人殺傷大半，趕出天門山外。但先朝也因此國力衰敗，分崩離析。梧、安等開國之君當時都不過是先朝的節度使，趁亂割據一方，這才有如今天下幾分的格局。各國國主後來定下盟約，各出三千兵力鎮守天門山脈全境，永世不改。但梧、安兩國在天門關大戰後，兵力空虛，看來，北蠻人竟是找準了這個機會，繞開天門關，挖掘了這條密道！

聽到李同光說那密道雖長卻細，無法容納太多的兵馬，寧遠舟立刻斷言：「北蠻人多半是想伺機裡應外合打開天門關，如此北蠻大軍便能長驅直入，重占中原！」

李同光也冷靜地分析道：「沒錯，昨日那群北蠻人，應該是來探察的北蠻先鋒。他們生性貪婪，偏偏又看到了和朱衣衛火拚兩敗俱傷後的我。我車馬精良，服飾華貴，連侍女都是滿頭珠翠。這樣的現成香果子，對他們來說誘惑太大了。」他向寧遠舟道：「寧大人，我來找你，便是因為北蠻入關之事關係到兩國百姓安危，請你立刻向梧都飛鴿傳書彙報此事！至於我們安國這邊，自會加強天門關防務，更會在密道入口常駐兩百兵士！」

寧遠舟肅容應承。而看著昔日的少年如今已成長為冷靜果決的將帥，如意難掩欣慰，終於問出了自己一直最關心的問題：「朱衣衛為什麼要對你下殺手？」

李同光並不瞞她，解釋道：「我跟安國兩位皇子關係都不太好，朱衣衛的左使陳癸，應該投靠了河東王。」

如意微微一驚，疑惑道：「可朱衣衛向來都是帝王私兵，陳癸怎麼膽敢私自結交皇子？」

李同光大感詫異，狐疑地看著如意。如意這才察覺到失言。

寧遠舟忙出言替她掩飾，道：「郡主只怕是忘了吧？臣前日跟您進講時還提過，這位陳左使的幼子前些年生了重病，全靠河東王送去的祕藥，這才搶回一條性命。他們或許就是在那時有了交情。」

李同光不疑有他，卻提出了另一個請求：「北蠻再度入侵之事，我也會立刻呈報給我國聖上，但以我和朱衣衛現在交惡的程度，我擔心奏章根本到不了聖上面前，會被朱衣衛從半途攔截掉。我更擔心聖上未必願意增調兵力加防天門關，畢竟出京之前他就想著馬上要再打褚國，我勸他與民生息，可他當即就大發雷霆。」他凝眉思索著，看向寧遠舟，

「所以，我想要你們整個使團儘快隨我出發，趕回安都！如果日夜兼程，八天便可到達。朱衣衛刺殺我失敗的消息，就算用飛鴿，至少也要四天才能傳回安都，他們就再難應變。而等到安都面聖之時，你們也要再三強調六道堂已經查實北蠻人這兩年意欲揮軍南下，攻破天門關。」

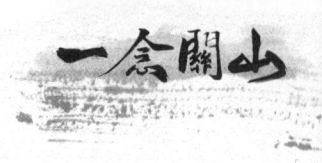

寧遠舟果斷點頭應允：「沒問題，我替殿下答應你。」

元祿卻有些擔憂，「八天日夜兼程？可寧頭兒你的傷還沒好呢！」

李同光皺眉道：「本侯也有傷在身，莫非寧大人的身子比本侯還要嬌貴？」他目光掃過如意，竟是語帶嫉妒。

寧遠舟一挑眉，答道：「侯爺放心，你昨夜連遇兩撥刺客，現在都能如此從容鎮定，我有郡主悉心照顧，路上少許奔波又算得了什麼！」言罷，他看向如意，目光中似有無限情意。

李同光不自覺地捏緊了拳頭，咬牙道：「好，那就一個時辰後出發。」

寧遠舟卻道：「一個時辰太緊，我們還得收拾行裝。而且離開合縣，殿下就算正式辭國，因此需擇一廟宇拜祭神靈才行。所以，我們最少還需要兩個時辰。」

李同光愕然，不耐煩道：「兩個時辰？都快天黑了，你們怎麼這麼囉唆？」

元祿等人也略有意外，但立刻控制了情緒，沒有作聲。

寧遠舟淡淡一笑，「你若是嫌慢，可以不等。」

李同光無言以對，氣得額角亂跳，恨恨地轉身就走。

寧遠舟卻叫住了他，微笑道：「對了，侯爺也最好出席，如此方能彰顯梧、安兩國之誼。」他抬手給李同光指點了一下方向，道：「兩個時辰後，下面的那座神廟見。」

✵

李同光離開之後，寧遠舟又向元祿、錢昭一行人吩咐了些什麼。

元祿眼前一亮，興奮道：「好！寧頭兒放心，我一定辦得妥妥的。」

如意沒和他們一起，正獨自站在山坡上，目送著山道上李同光縱馬離去的身影。

寧遠舟說完了話，便走到如意身邊，陪她一道目送了一會兒，便道：「妳教了個好徒弟。不光我這命是靠了他的更始丹才搶回來的，錢昭也說，所有的安國官員中，就數他一人對北蠻之事最上心。」

如意驕傲道：「那當然。昭節皇后的祖父也打過北蠻，娘娘給他和兩位皇子講掌故時，也常常提起昔日北蠻人南侵中原的慘狀。我自小便教他要分得清大義與小怨，他要是敢在這上頭也犯糊塗，我非殺了他不可。」

寧遠舟卻「嘖」了一聲，看著遠方李同光的背影，道：「就是一看到妳和我行跡親密，就開始陰陽怪氣。這毛病，得治。」

如意抬眼瞟他，「你怎麼一副做長輩的口氣？」

寧遠舟笑看著她，問道：「不可以嗎？妳是他師父，我就是他師丈，我當然是他長輩。」

如意皺了皺眉，提醒道：「你收著點，鷲兒從小性子就古怪，你別老折騰他，把他惹急了只會更麻煩。以後我們在他面前，最好也儘量回避些。」忽地瞧見元祿、錢昭的身影也出現在山坡下，正準備上馬離開，急道：「哎，元祿他們怎麼不等我們就走了？不是該一起回客棧收拾行李嗎？」回頭見寧遠舟只是看著她笑，不滿道：「你幹麼笑啊？」

寧遠舟眼睛一彎，笑意染上眉梢，「我是他師丈。妳剛才沒反對，就是承認了。」

如意一怔，又好氣又好笑，「我在說正事！」

寧遠舟這才收起笑意，認真解釋道：「元祿先回客棧是去拿傢伙事，錢昭他們也會安排好出發的事的。我反正也行動不便，索性就拉妳留在這裡看著密道。」

見如意不解，他便拉著如意在石頭上坐下，湊到她耳邊低語道：「我剛才說要祭拜什麼的，只是為了拖住李同光。他只是負責接待的引進使，越權安排合縣的防務的確會得罪人。但他心中既然以抗蠻大義和百姓疾苦為先，我就不能讓他吃虧，所以，我才想安排一齣戲，替他給合縣本地的官員賣個人情，也算報答他的救命之恩。」

如意恍然之餘又有些奇怪，「原來如此。可這兒只有我們兩個人，幹麼要湊這麼近說話？」

寧遠舟順勢倚在她肩上，笑道：「我就是想和妳說說悄悄話，不行嗎？」

如意一怔，隨即也跟著笑起來。

兩人就這麼倚靠著坐在山坡上，閒閒看著風景。

一時間鳥語花香，時光寧馨。

土地廟位於半山腰，山下一條四岔路口。向南通往合縣縣城，向西北方通向天門關，

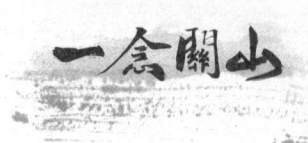

向西一條小路通向附近的村落，向東上山的路自然就通向土地廟。

李同光處置完雜事，早早就等在山下的路口，卻遲遲不見寧遠舟他們的身影出現。他本就應允得心不甘情不願，想到寧遠舟居然還敢讓他等，愈發地不耐煩起來，「梧國人怎麼還沒來？」

朱殷不敢答話，只偷眼望向三面道路，祈禱梧國使團趕緊出現。李同光瞟了他一眼，耐下性子問道：「賑濟的錢糧已經發下去了嗎？」

朱殷點頭道：「已經通過縣令安排下去了。」想起錢糧的來處，他就有些不甘，抱怨道：「您那條玉腰帶，是長公主留下來的，才當了五十金……」

李同光煩躁地質問道：「那不然呢？我們又沒隨身帶著金山，不當東西，難道叫縣令他們出錢？眼看天氣越來涼，沒錢沒糧，你叫被北蠻人禍害了的百姓們如何過冬？」

朱殷汗顏，忙低下頭去：「屬下愚昧。」

李同光揮鞭打掉一旁的樹枝，耐性幾乎消磨殆盡，氣惱道：「寧遠舟他們還要拖到什麼時候？」

朱殷終於望見了楊盈的馬車，忙道：「他們來了！」卻聽反方向也有馬蹄聲傳來，連忙回頭望去，驚訝道：「啊，怎麼還有吳將軍和許縣令——天門關守將季將軍也在？」

李同光放眼望去，只見遠方黃土紅日，煙塵瀰漫，楊盈帶著使團眾人，安國將領各帶著一隊士兵隨從，正從不同的方向紛紛而來。待眾人齊聚在路口前，勒馬停下後，楊盈一行人身後的馬車上，還下來了數十個普通百姓。

李同光不禁露出疑惑的神色，快步走到寧遠舟身旁，低聲問道：「你在搞什麼鬼？」

寧遠舟卻沒有回答他，只拱手向吳、季兩位將軍和許縣令致意道：「多謝三位應長慶侯之邀準時前來。」又對百姓們抱拳道：「各位鄉親，也有勞你們一路辛苦。」

吳將軍疑惑地看向李同光，不解道：「不知侯爺要讓我等過來看什麼？下官正忙著安排看守密道的軍士呢。」

季將軍也沒好氣：「是啊，我遵侯爺訓示，巡查關務還來不及呢。」

李同光正不知如何回答，寧遠舟已道：「諸位稍安，請往此處一觀。」他抬手指向遠處山壁上的岩洞入口，道：「北蠻人就是通過這個密道，繞過天門關，潛入合縣作亂的。」

眾人都不由得一凜。吳將軍意外道：「原來就是這兒！」

寧遠舟一示意，他身後的錢昭立刻揮起一面小紅旗，向著岩洞入口的方向打了暗號。

正守在岩洞口的孫朗望見下方旗語，忙也舉起手中小紅旗回應，轉頭問道：「好了沒有？」

他身後，元祿剛剛梳理完最後一根引信草繩。聽孫朗詢問，元祿擦了擦頭上汗水，揚聲道：「好了！聽我號令！一，二，撤！」他揮動火摺子，引燃了草繩引線，便和孫朗一道衝出密道，飛奔至安全處藏好，又豎起一面小黃旗。

引線滋滋地燃燒著，火光如長蛇般遊向密道深處。

土地廟外，安國眾人看得莫名其妙。吳將軍扭頭問道：「這麼多旗子是什麼意思？」

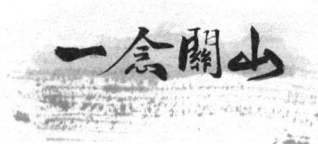

寧遠舟微笑著提醒道：「請各位掩耳。」

話音未落，便聽爆炸聲如驚雷般響起，地面都隨之震顫。隨即硝煙從岩洞口噴出，化作一團塵雲，瞬間便將洞口吞沒——原來那爆炸聲正是從密道岩洞裡傳出。

合縣官吏和百姓們早被嚇得抱頭四竄，找尋躲避處，李同光、吳將軍和季將軍也狼狽地捂住耳朵，唯有寧遠舟等人提前在耳中塞了布條，處變不驚。

良久之後，硝煙方才散去。寧遠舟便在此時開口，高聲對驚魂未定的百姓和士兵道：「各位，北蠻人狼子野心，多次藉此密道南侵，意在破壞梧、安兩國和談。」隨後拱手向李同光和安國眾將領遙敬道：「幸而長慶侯英勇果決，當機立斷，不僅在吳將軍、季將軍、許縣令的協助下，全殲來犯北蠻近百人，還慧眼如炬地找出了密道所在。是以今日方能會同我大梧使團，將此密道以火藥徹底破壞！自此以後，北蠻人便不能再通過此密道進犯中原，諸位父老鄉親，可以安心了！」

李同光這時方明白過來。吳、季兩位將軍及合縣縣令也漸漸回過神來，紛紛難掩喜悅地向李同光和寧遠舟行禮致謝：「寧大人謬讚！全賴長慶侯指揮得當，下官不敢居功！」

抱著頭伏在地上的百姓們都愣在當場，面面相覷，不知該如何是好。

如意目光示意，楊盈便走上前來，扶起其中一位老人，安慰道：「老伯不必害怕，長慶侯炸了密道，北蠻人以後不會再來禍害你們村子啦！」她抬手一指李同光，道：「這位就是長慶侯，馬上就要發給你們的糧食和牛馬，也是他自掏的腰包！」

老伯這次總算聽懂了，心中感激至極，帶著眾人對李同光連連拱手磕頭，「多謝侯

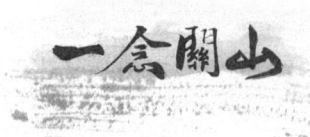

爺，多謝各位大人！」

李同光忙扶起他，「不敢當。本侯既受皇命前來，保家衛國，便是職責所在。」

楊盈也道：「諸位請起，合縣數月之前還是我大梧領土，如今雖暫屬安國，但孤傾力相助，仍是本分所在！孤也願效長慶侯，捐金數百，賑濟受蠻害之百姓！」她一揮手，于十三便捧出滿滿一盤金元寶，鄭重地交給合縣縣令。

百姓們歡聲雷動，安國官員們則面色各異。

李同光道：「吳將軍、季將軍、許縣令，待本侯面見聖上之時，自會將各位辛勞一一面陳。只是本侯馬上便要奉梧國使團離開合縣，還望諸位此後勤加巡查，早頒賑濟，方能常拒北蠻於國門之外，速救百姓於困苦之中！」

眾安國官員再度躬身行禮，「謹遵侯爺鈞令！」

李同光從未得同僚真心禮敬過——對那些他無須費心交好之人，他慣以威勢壓服；旁人縱使向他低頭，也很少真心信服他。

此刻他俯視著這些人恭敬垂下的頭顱，一股難以言喻的感受湧上心頭，臉上不禁浮現出前所未有的光彩。他望向如意，並心滿意足地在她的眼中，看到了當年鮮少在師父臉上露出的贊許與欣賞。

✵

道路上煙塵滾滾，鴻臚寺少卿等安國使團官員早已得到李同光的命令，趕來和梧國使團會合。兩國使團隊伍一前一後地全速向前行進著。從此地到安都足有九百里路，要在八天之內趕完，勢必得星夜兼程。他們來不及停留休整，傍晚時就已出發上路。

但今日炸掉了北蠻人的密道，爭取到了李同光的合作，當然也順勢從他師父那裡掙得了名分，寧遠舟心情上佳。他含笑向如意邀功道：「妳剛才在車裡，看到妳家鷲兒神采飛揚的樣子了？這次我這個托兒當得不錯吧。」

如意正在給他包紮傷口，聞言忍不住抬頭瞟他一眼，無語道：「是不錯，就是這麼折騰一通，你的傷口又裂開了。」

寧遠舟忍住痛楚，道：「還好，忍得住。反正路上都坐馬車，一路慢慢休養，等到安都就該好得差不多了。」見如意已包紮完畢，便又笑盈盈地湊到她耳邊，調笑道：「再說，我要是不慘點，哪能賺到任尊上親自換藥包紮的禮遇呢？」

如意正要瞪他，外間便傳來元祿略有慌亂的聲音：「寧頭兒，長慶侯想向你當面致謝。」如意下意識地就往車廂前部一伏，躲了起來，飛快地衝寧遠舟打了個手勢。

寧遠舟一怔之下，哭笑不得地用披風蓋住如意，打開了車窗。

李同光已驅馬行至馬車一側，正和馬車並排前行著。

寧遠舟微笑著同他寒暄道：「侯爺盛情，實不敢當。」

李同光下意識地往車廂裡一窺，未見如意，不由得輕輕鬆了口氣。但當著寧遠舟的面，他當然不肯流露出這種小心思，板著臉道：「好，反正我也救過你，那我們就算扯平了。」又問道：「你藉祭神為由故意拖延出發時間，就是為了當眾炸掉岩洞密道？為什麼事前不跟我商量？」

寧遠舟清咳兩聲，「抱歉，風大，容我關下車窗。」

他便拉上車窗，只留了窄窄一條線，更隱蔽地擋住了李同光的視線，這才開口解釋道：「因為局勢複雜，與其費時商量，一一說服貴國大小官員，不如由我這個外人直接來快刀斬亂麻。我們擔心的無非是軍情不能及時傳到貴國國主耳中，北蠻人會捲土重來。如今直接破了這條密道，不就可以占得先機了嗎？」

李同光沉默不語。

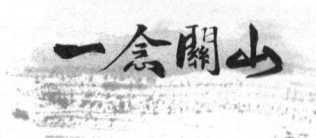

寧遠舟便又道：「而且這樣做，也能安撫合縣大小官員。畢竟他們之前沒發現北蠻人混入中原是『失察』，而如今卻成了『有功』，日後他們不僅會承你這份情，巡查防禦上也會更加用心。此所謂一舉兩得。」

李同光冷哼一聲，諷刺道：「一舉三得吧？你們梧國使團也藉機大出風頭，硬賣了我們一個人情，到時候聖上就不好意思不放楊行遠了。」

寧遠舟含笑看著他，贊許道：「小侯爺果然冰雪聰明。」

李同光瞬間炸毛，不快地瞪著他，「少用這種口氣跟我說話，你又不是我師長！」

寧遠舟卻輕輕一笑，意有所指地看向李同光，「哦，可這次若不是我出手相助，你只怕又會像上次天門關之役一般，明明出生入死處處辛勞，到頭來卻被人猜忌嘲笑，最後只被升了個不痛不癢的閒職吧？」

李同光被戳中了痛處，臉色瞬間一變。

寧遠舟嘆息道：「小侯爺，若想在朝堂中走到更高的位置，光靠戰功是不夠的，還得有心計，多交友，少樹敵。這些道理，以前我也不太不懂，直到被削職逐出六道堂，才慢慢開始吃一塹長一智。」

李同光面色這才稍有和緩，同是天涯淪落人，他心有戚戚，不由得略帶同情地看了寧遠舟一眼。

寧遠舟溫聲規勸道：「以後做什麼事，萬萬不可端著架子，一副『我懶得跟你們解釋，照著我說的去做就好』的態度，這是沒法聚攏人心的。比如你用私財賑濟受難的百姓，本來是件好事，可你只吩咐親信把錢糧交給縣衙，百姓們都不知道，也很難念著你的好啊。」

李同光不屑道：「誰需要他們念著我的好了？」

寧遠舟看著他，正色道：「百姓們念著你的好，才會擁護你；有了民望，你才會有好官聲；官聲越好，朱衣衛和其他的政敵，才越不敢對你肆意下手。」

李同光一時意動，暗暗地回味著這幾句話。但他自然不肯承認自己受教，回過味來之後，便冷哼一聲，諷刺道：「這種市恩賈義的手段，也只有你們六道堂才這麼精通！」說罷不等寧遠舟回答，便已打馬離去。

寧遠舟無奈地搖了搖頭，回到車內，關好車窗，拉起如意，調侃道：「可以起來了，安全了。」

如意微微有些尷尬，狼狽地解釋道：「我剛才說過，最好別讓他再看見我們在一起……」

寧遠舟含笑點頭，「我懂。小時候我娘和義父說話，雖然只說些正事，但也總避著我。」

如意瞪了他一眼，「你還真是當長輩上癮了，說了那麼長一段話也不嫌累。」

「順手而已，」寧遠舟卻沒有玩笑，認真地說道：「他既然是妳的首徒，我就想讓他在安國朝堂上能夠更順利一些。畢竟這年頭，有個真正把百姓放在心頭的好官不容易。」

如意沉默了片刻，誠懇地看向他，道：「謝謝。」

寧遠舟笑看著她，「客氣什麼，難道妳不是也在盡心盡力地替我教阿盈嗎？」

相互幫忙教導身邊晚輩，聽上去有種說不清的親密感覺。

❋

李同光策馬回到隊伍前方，朱殷忽地想起些什麼，驅馬上前，向他彙報道：「對了，侯爺，琉璃傷勢太重，大夫說不宜搬動，屬下便作主讓她留在了合縣軍營。」

李同光心不在焉地點著頭，腦海中卻還迴響著寧遠舟的話：「若想在朝堂中走到更高的位置，光靠戰功是不夠的，還得有心計，多交友，少樹敵……百姓們念著你的好，才會擁護你；有了民望，你才會有好官聲；官聲越好，朱衣衛和你其他的政敵，才越不敢對你肆意下手。」

他正入神地思考著，忽聽有士兵驚叫道：「前方有敵情！」

李同光下意識地抬起頭來，便見前方道路邊聚著黑壓壓的人群。李同光一凜，立刻拔劍在手。朱殷也當即驅馬上前查看。

不多時，朱殷便匆匆縱馬飛奔回來，驚喜地回稟道：「不是敵人！侯爺，是被北蠻禍害過的百姓們，他們特意抄近路來送咱們了！」

李同光一愣，露出些難以置信的神色。

他自幼乖僻孤傲，沒有父母疼愛，就像一隻被放養在野外的狼崽子。幼時只憑獸性撕咬，後來得如意教導，習得了該如何對付那些譏諷他、輕蔑他的人，判斷該「如何對付」也就成了他與人相處的基準。不論是對安帝、初貴妃、初月還是那些同僚，他都是如此。但唯有百姓不同——如意唯獨教過他要愛護百姓。

只是百姓離他太遠了，對他的野心也並無什麼助益。故而他也從未主動去做過什麼「愛護百姓」的事。卻不料今日不過做了些原本理所應當之事，便得百姓遮路相送。

楊盈那邊也受了驚動，已下了馬。她顯然也和李同光一樣受寵若驚，甚至有些茫然，不解自己究竟做了什麼大事，能得百姓感念相送。兩人都沒說話，只一道快步走上前去。

百姓們烏壓壓地聚集在道路兩側，翹首張望著。見李同光和楊盈走近，領頭的幾個人立時便認出了他們，連忙領著百姓們跪下，「草民參見禮王殿下！參見長慶侯！」

這些人先前都在左家嶺土地廟外見過他們。被楊盈扶過的老伯激動地拉著身旁老婦說道：「孩兒他娘，就是這幾位貴人幫大夥兒殺了北蠻，炸了密道，還給村子裡發了糧食！」

百姓們都感激不已，甚至還有人落了淚，七嘴八舌地說著：「謝王爺！」「謝侯爺！」「多謝長大人為民婦當家的報仇！」「大人們公侯萬代！」

他們大都不識字，甚至都有人不知長慶侯是個爵位，卻都真心實意地懷恩感激。楊盈和李同光都感動不已，一時甚至不知該說什麼好，只能連忙俯身去扶他們起來。

百姓們不懂禮儀避諱，只因感恩而心生親近。老婦拉著楊盈的手不肯放，絮絮地唸叨道：「王爺，聖上打了敗仗，害我兒子斷了條腿，老婆子心裡本來有怨氣。可您是個好人，」她抹去眼中淚水，感激道：「有了那幾斗米和那頭牛，這一冬，老婆子全家，就能活下來了！」

老伯也向李同光送上酒碗，殷殷望著他，「小侯爺一路辛苦，草民來得匆忙，就這點野果子酒是自己釀的……」

李同光接過酒碗，一口喝乾，「好酒！多謝老伯盛情！」

眾人歡聲雷動，爭相向他們懷中塞著禮物，連他們身旁之人也沒落下。老婦塞給楊盈一籃青棗，元祿懷中滿是柑橘，錢昭的脖上被掛了一串鍋盔，于十三被姑娘含羞塞了一朵花，孫朗開心撫摸著百姓小孩帶來的狗……杜長史被老伯遞過來的酒嗆得熱淚盈眶，激動地對楊盈道：「簞食壺漿，殿下，這便是《孟子》中說的簞食壺漿啊！」

寧遠舟和如意一直在車上默默地看著，見此情形也不由得心潮澎湃。

一行人便在百姓的夾道歡送中緩緩離開。李同光和楊盈早就紅透了眼圈，不斷地回首，向著身後依依不捨、十裡相送的人群揮手。

直到再也望不見後方人群，寧遠舟才打起車簾，含笑看向眼圈還泛著些紅、不時回首後望的李同光，微笑道：「小侯爺，現在你還會說『誰需要他們念著我的好』嗎？受百姓擁戴的滋味如何？」

李同光羞惱地瞥他一眼：「不用你管！」便再度打馬，奔回了隊伍前方。

✵

楊盈正和杜長史並排而行，她難掩激動地說道：「杜大人，孤剛才聽你說了些北蠻人的殘暴行徑，還有些膽寒，可現在孤一點也不怕了！百姓們待孤真好啊！」

杜長史微笑頷首道：「民意若水能載舟。殿下要好好地記住今日之情，日後就藩也要繼續恩澤一方。」察覺到自己失言，又低聲道：「啊，老臣糊塗了，您又不是真正的親王……」他竟莫名生出些惋惜之情，「以後哪有就藩之機啊。」

楊盈卻絲毫不在意，依舊眉眼晶亮地微笑著，「沒事，說不定孤這回順利救回皇兄，皇兄就會賜孤實封呢？哪怕只有一百戶的采邑，孤也要全力讓治下的百姓安居樂業！」

身旁元祿聽見她這麼說，扭頭讚賞道：「說得好！」

楊盈開心地伸出手去，和他擊了個掌。

杜長史無奈地笑看著他們，提點道：「那，殿下就要趁著這幾日同路的機緣，多和長慶侯交好。他畢竟是安帝的外甥，對我們在安都的行動大有助益。至於合縣軍營裡的那些舊怨……」

楊盈忙道：「孤知道！不就是昨日之敵或為今日之友嘛，何況他也是如意姐的徒弟呢。哎，孤實在開心，想去前面跑跑馬，順便跟他說上兩句！」說完她便拍馬上前，去追李同光。

李同光策馬走在安國使團的隊伍裡。風高雲遠，前路漫漫，他面無表情，只唇角舒緩，眸中有光，從懷中仔細摸出三、兩顆青棗，塞了顆進嘴裡一嚼，便皺起眉來，「真酸，和那果子酒一樣難吃。」

朱殷忍著笑，知他是想找人說話，便應一聲：「是。」

李同光又道：「那幫百姓也真糊塗，我爵位是長慶侯，又不姓長，他們居然就叫我長大人。」

「是。」

「還祝禮王公侯萬代。呵，王爵降成了公侯，那不是咒人嗎？」

朱殷依舊道：「是。」隨即挑眉笑看著李同光，「不過侯爺要是嫌青棗不甜，不如全給了屬下？」

李同光橫他一眼，把青棗鄭重地收進了懷中。

夕陽西下，半落進西山坳裡。李同光遙望著山下已隱入暗影中的村落，心中忽起惆悵，不由得嘆息道：「這麼好的百姓，聖上卻偏偏想要再打褚國。合縣離褚國這麼近，戰事一起，那些老伯和大娘，不知還能活下來幾個。」

朱殷心情也低落下來，嘆息道：「生在亂世，這都是命啊。」

馬蹄踏踏前行著。許久之後，李同光才又道：「那個寧遠舟，還有點東西。以前除了師父，從來沒有人這麼交心地跟我說話。」他猶豫著，「你說，我以後，要不要多跟他聊聊？」

朱殷還沒想好如何作答，楊盈的聲音已在身後響起：「聊就聊唄，有什麼不好意思的？」

李同光竟全未察覺到她何時近前，不由得一驚。

楊盈縱馬奔到他身邊，放緩了馬蹄，和李同光並排前行著。她心中興奮之情未減，今日之事令她對李同光頗有改觀，又因同受百姓相送，而又生出些攸同之心。她此刻看向李同光的目光便友善不少，明快道：「遠——寧大人最厲害了，有什麼不懂的就去請教他，肯定沒錯。剛才要不是他的妙計，咱們能那麼風光嗎？」

李同光臉色大變，本能地正要開口駁斥，楊盈已又說道：「你要是臉皮薄，等晚上到了驛館，孤陪你一起去也行。不過，你以後不許再纏著王姐，王姐只能是寧大人一個人的！」言畢，她拍馬跑到了隊伍最前方，揚聲對身後跟上來的元祿道：「都說了不用跟著孤啦！」

李同光臉色早已黑得能擠出墨來，咬牙切齒地低語道：「原來這才是寧遠舟的圖謀，他一通賣好，全是為了逼我離開師父！」

朱殷無奈道：「侯爺，您明知道湖陽郡主不是任尊上。」

「我不管。只要她長得像師父，我就受不了她的身邊有別的男人，特別是寧遠舟！」李同光的眼神驟然狂熱起來，「我只想她再多像師父一點，只要還能像那天一樣，讓我靠著坐一坐，問聲我好不好就行。但她說得對，師父不會高興我去找別人當她的替代品，師父是獨一無二的！」

可說著說著，他便混亂起來，「但我真的好難過，一個在沙海裡獨自走了十天的人，見了泉水，卻不能喝。」他閉著眼，喃喃地呼喚：「師父，鷩兒到底該怎麼辦，您教教我！」

朱殷看他痛苦，心中難過，「主上別著急，等到了裕州，您去為任尊上敬香，在她靈前多坐一坐，就肯定有主意了。至於那幫梧國人，您要是心頭有氣，屬下自會想法子幫您出氣的！」

❋

趕到俊州時已是深夜，一行人忙碌安頓下來之後，都已飢腸轆轆。元祿去灶房裡安排飯食，不多時便提著食盒回到房中。眾人七手八腳地上前幫忙收拾，元祿特地把湯端到寧遠舟面前，叮囑道：「俊州驛館有剛熬好的雞湯，寧頭兒你剛服了一句牽機的解藥，快多喝幾口補補。」

如意問道：「問章崧的人拿到解藥了？」

元祿點頭道：「我和十三哥親自去拿的，他們也知道寧頭兒在合縣英勇殺敵的事，一點沒廢話就給了。還不停解釋，說什麼他們之前只是迫於無奈才奉章相、趙季之命，以後一定唯寧頭兒之命從事。」

說話間，寧遠舟已幫如意擺好了碗筷，招呼眾人入座一起吃。

錢昭在寧遠舟身旁坐下，卻突然皺起眉，聞了聞氣味，立刻按住寧遠舟的筷子，道：「你不能吃這個。」他說的是桌上那碗湯。

元祿愕然道：「我試過毒了。」

錢昭道：「沒毒一樣能害人。」拿起調羹嘗了嘗，便道：「這湯裡有蝦汁，蝦是發物，會拖累傷口恢復。裡頭的丸子是兔肉做的，和雞肉一涼一溫，用後極易腹瀉。」

元祿一愣，脫口說道：「是李同光，除了他沒別人！」

如意不解道：「他瘋了嗎？為什麼突然搞這一齣？明明今天遠舟才幫了他。」

于十三嘆了口氣，有些尷尬道：「我可能知道原因……殿下今天被百姓們相送後，有些激動，跑馬的時候就跟長慶侯多說了兩句，什麼要他以後好好請教老寧，不許再打美人兒主意之類的。」

眾人無言，面面相覷。元祿悄悄地看了一眼如意，低聲道：「難怪了。」

如意心中尷尬，既氣惱李同光這小混帳又開始胡鬧，又怕六道堂的人齊齊視李同光為敵，便只能搶先站起身來，說要去找李同光算帳。寧遠舟卻伸手拉住了她，道：「妳別去，我來。」

如意一怔。

寧遠舟道：「這事只能由我和他解決。」便若無其事地招呼眾人，「大家先吃別的。」

如意見他目光堅定，隱隱明白了些什麼，只能點頭，「好。」

第二十二章

杯酒祭忠魂

夜深人靜，驛館裡眾人多已入睡，李同光房中也熄了燈。他枕著自己的手臂躺在榻上，在黑暗中靜靜地思索著些什麼。

突然間，他眼前似是有什麼東西一閃而過，揉了揉眼睛，卻什麼都沒看見。他向別處尋望，誰知一扭頭，就看到枕頭邊上盤著條銀環毒蛇，他寒毛倒豎，當即便嚇得跳了起來。

卻聽寧遠舟的聲音從旁傳來：「怕了？」

李同光扭頭望去，便見黑暗中立著個高大挺拔的身影——正是寧遠舟。這男人有一雙招人厭的黑眼睛，如夜海般平靜幽深，探不到底。

李同光自然已經想到那條毒蛇是寧遠舟在搞鬼。但他氣勢已落了下風，也只得語氣嗆人，脫口便質問：「你想幹麼？」

「不想幹麼，」寧遠舟淡淡道：「回敬一下。」

寧遠舟說著，便從黑暗中走出來，上前拎起蛇往窗外一扔。他就站在窗前霜白的月色下，回頭看向李同光，目光依舊是居高臨下的平靜，「看見了嗎？我的武功，與你師父當年也差不了多少，若是想害你，隨時都能神不知鬼不覺地動手。你那些相剋的食物，真是小打小鬧。」

李同光愕然道：「什麼相剋的食物？」但他馬上明白過來，「我才沒那麼多閒心，多半是朱殷——算了，就算是我幹的又如何？」

寧遠舟卻走到桌前坐下，「好，那就拋開它，說正事。我來找你，是想和你做筆交易。」他那雙閃著精光的黑眸看向李同光，「長慶侯，我知道你苦心鑽營，只為一路往上，好讓安國上下再無人敢輕視你的出身。可惜，你雖戰功高，城府卻不深，所以我才想再助你一臂之力，讓你不必用向初貴妃出賣色相，十年之內也能權傾朝野，」他緩緩問道：「不知你意下如何？」

李同光大驚失色，一時定定地看著寧遠舟。

寧遠舟見狀輕輕一笑，道：「難得看到你這麼失態。」

李同光情不自禁地壓低聲音，問道：「初貴妃的事，你是怎麼知道的？」

「六道堂堂主，自然熟知六道之事。」寧遠舟淡淡地說道：「梧國雖然在天門關敗了，但我們在安國的分堂依舊得力。小侯爺，你以為只要趕回安都，向你們皇帝及時彙報了軍情，這次就又算立下大功，可以步步高升，離你的夢想越來越近了嗎？錯，你大禍臨頭，還不自知。」

李同光心中已有些狐疑，眼睛緊盯著寧遠舟，口中說的卻是：「你在故意恐嚇我。」

寧遠舟搖頭道：「我沒那個閒心。」他似是一聲嘆息，「李同光，你為人孤傲，安帝既沒有多信任你，你在朝中也並無朋黨。於是你升得越高，對大夥兒就越沒好處。這回眼見你又破除了北蠻人的陰謀。你猜，那些不願意你繼續升官的人，會怎麼做呢？」

李同光順著他的話語略作思索，已然心驚，問道：「他們會否認這次軍情，說我和你們梧國勾結，冒功圖晉？」

寧遠舟卻搖了搖頭，道：「他們不會那麼傻，畢竟北蠻之事還有合縣大小官員為證。」他再次看向李同光，揭開答案，道：「他們多半只會大大方方送你一段前程。比如打褚國的時候，一起推舉你升個看似有實權的大將軍，可只要一出征，你就會發現分到手裡的，只是在梧、安兩國之戰中熬乾了的老弱病殘，糧草也都是些混了泥沙的陳米。首戰若是大敗，你覺得安帝會不會大義滅親，以儆效尤？」

李同光的身子終於顫抖起來，卻仍嘴硬道：「不可能，我會事先讓手下詳查——」

寧遠舟卻道：「你為將數年，除了那個叫朱殷的，有幾個親信？就憑你在合縣幾句話就把兩位將軍和縣令都得罪光了的本事，你確信那些新分給你的下屬，會對你唯命是從？」

李同光又道：「我與沙西王府已有婚約，沙西王也不會不管！」

寧遠舟一笑，道：「可我怎麼聽說，金明郡主好像本來就不太滿意你這個夫君？安國貴女二嫁之事也是常有的吧？」

李同光心中大震，失神地跌坐在椅子上。

寧遠舟靜靜地看著他，誠摯地道：「長慶侯，我早知你反對安帝出征褚國，又見你在合縣之時心繫蒼生，頗有格局，所以才願意助你一臂之力。不，應該說，我請求你與我合作。只要不起戰火，中原大地的所有百姓，就都有休養生息之機。」

良久之後，李同光才終於抬頭看向寧遠舟，嗓音嘶啞地說道：「你要是不先說出個章程，我不會考慮和你合作。」

寧遠舟凝視著他的眼睛，沉穩地說道：「第一，你回去面聖時就當場嘔血，說你遇刺負傷後一路奔波到安都太過勞累。這樣百官自然不會再讓你短時間內出征，皇帝也自會讓朱衣衛給你個交代。」

李同光深思著，補充道：「你們最好也設法把聖上有意征褚的消息洩露出去。聖上急著出兵，本來就是想打褚國個措手不及，只要褚國人有所防備，兩年內，兵災就難以再起。」

「好。」寧遠舟點頭，繼續說道：「第二，之前你同時得罪了兩位皇子，但以後，你得暗中投靠二皇子，只要他們兩個內鬥起來，你就有喘息之機。第三，用點心討好金明郡主，沙西王為了他外孫的將來，也會好好扶持你。安帝不可能一直不立太子，只要我和六道堂傾力相助，兩位皇子一旦為了奪嫡而兩敗俱傷，到時候，就是你一人之下、萬人之上的好時機。」幾句話之間，便已為李同光的野心勾畫出一條清晰可行的路徑。

李同光眼中精光四射，卻又微微瞇起眼睛看向寧遠舟，戒備道：「我不戀權，唯願海晏河清。可你想和我做什麼交易？全力幫你們迎回皇帝，掌權後不主動再起戰事？」

寧遠舟含笑道：「答對了。不過還得加上一條，以後不許再明裡暗裡和我們作對，離我們家郡主遠遠的，別再對她動任何歪心思。」

李同光一愣，「你就是想故意為難我！」

「對，我當然是故意的。看著嫉妒你的人不得不向你低頭，又糾結又為難，世上還有比這更樂的事嗎？」

李同光用盡全身力氣控制住自己。

寧遠舟卻好整以暇地笑看著他，道：「小侯爺，江山還是美人，你只能選一個。」

李同光面目扭曲，許久之後，才緩緩說道：「我現在不能答覆你。」

寧遠舟起身拍了拍他的肩，點頭道：「嗯，我等著。」說著便打了個哈欠，懶懶散散地道一聲：「太晚了，我有傷，再不回去，郡主該擔心了。回見。」便轉身揚長而去。

李同光叫住他：「等等。」

李同光直視著寧遠舟，解釋道：「我和初貴妃沒有私情。我和她只是合作關係。我對天發誓。」

「你不必向我解釋。」

李同光卻立刻問道：「郡主知道嗎？」

寧遠舟一怔，慢慢明白過來，「我不知道她知不知道。」

「那就別告訴她。」李同光心中酸澀，向著寧遠舟低下頭去，抱拳為禮，開口請求道：「我知道這件事和她無關，但是，我不想她誤會。哪怕她和師父只是長得很像，我也受不了她再用上回那種鄙夷的目光瞧著我。」

寧遠舟心中很是受了些震動。他目光複雜地看著李同光，點頭道：「好。我不會告訴她。」

✵

月光西移，空中寥寥亮著幾顆星子。夜色已經很深，寧遠舟卻還沒有入睡。他徘徊在如意房門之外，猶豫許久，終於抬手敲了敲門，「郡主？」

屋裡卻沒有應答。寧遠舟掃了一眼四周，見四下無人，便又湊上前低聲喚道：「如意。」卻依舊沒有應答。

寧遠舟心中一緊，下意識推開房門奔了進去，卻只見房中幽黑一片，桌椅寂然，被褥整整齊齊地疊放在床，彷彿從未有人動過。寧遠舟心中大急，四下尋找著：「如意！如意！」

突然有人按上了他的唇，身後傳來暖意，如意略帶無奈的聲音低低響起：「你小聲點，別讓安國人聽到了，我在這兒。」

寧遠舟回身一把抱住了她，懷中抱實了，心下的惶恐這才稍稍散去。他低聲問道：「妳去哪兒了？」

如意莫名其妙，「你不是和鷲兒談事去了嗎？路上你說你糖吃完了，我怕你傷口痛，就出去買了些。」

寧遠舟這才鬆了口氣，後怕地說道：「我以為妳突然生氣，離開使團了！」

如意哭笑不得，「怎麼可能？」

「可妳包袱都在不房裡，我實在是害怕——」

如意無語，指了指黑暗中的角落，道：「包袱掉地上了而已。我之前和你吵成那樣，都沒有無緣無故地離開，現在又怎麼會突然就走了？」

寧遠舟沒有說話，只是緊緊抱著她。如意心念電轉，忽就明白了什麼，「你在害怕——你是不是跟鷲兒說了些不該說的事，心裡發虛，就想來找我解釋，可一看我不在，就以為我已經偷聽到，負氣走了？」

寧遠舟一滯，半晌才道：「嗯。」

如意嘆了口氣，「屋裡不方便，跟我去外頭說話。」便拉著他翻過窗子，幾個縱躍，便出了驛館。

驛館外不遠便是一處野山坡，如意尋了個景色優美的去處，便拉著寧遠舟在石頭上坐下。那山坡上視野極其開闊，漫天繁星低垂，如意握著寧遠舟的手，凝視著夜色之下寧遠舟有些躲閃的眼睛。

其實先前如意就已有所察覺，和好之後寧遠舟便尤其愛黏著她，時時刻刻都要在她身邊，甚至要靠在她身上才能安心一般。今夜之事更讓如意確信了，「寧遠舟，你其實比你自己以為的更膽小，對不對？在岩洞那會兒我就覺出點苗頭，好像你總覺得我們和好是假的一樣。其實用了萬毒解過後，一段時間之內是會沒內力的，可是你一直死撐著，跟別人提都沒提。」

寧遠舟辯解道：「我沒有，我以為你們都知道。」

「我說過，我做過白雀，比你們男人更懂男人。」

寧遠舟頓了頓，低聲道：「每回聽到妳這句話，我都不知道是該嫉妒還是該開心。」

如意一哂，她不喜或者深恨自己的白雀出身，大多數時候卻並不介意提起。於是她打開油紙包，塞了他一顆糖，道：「剛出鍋的松子糖。現在吃了，以後只許開心，嗯？」

寧遠舟含著糖，表情漸漸放鬆下來，良久之後，才終於釋下了什麼心結一般，坦白道：「我其實膽子一直都不算大，雖然在大夥兒面前，我總是會表現得像一個無可挑剔的六道堂堂主，但是我怕死，怕親人朋友離開，怕妳突然間就不要我了。所以，表面上雖然裝得風輕雲淡，私底下卻想把什麼都抓在手裡才放心。」

如意想了想，問道：「你娘進宮做女傅，是不是之前沒有告訴過你？」

寧遠舟一震，緩緩點頭道：「我那會兒才七歲，跟長輩回老家祭拜父親。回京才知道外祖把我娘送進了宮中。」

「所以你後來才要進六道堂，因為當了天道的侍衛，你就有機會進宮護衛貴人，順便多見幾回你娘，對不對？」

寧遠舟別過頭去，沒有說話。

如意圈住他的肩膀，靠在他的身上，低聲安慰道：「你娘進宮的事，肯定沒人告訴你。所以那會兒你一進家門，看到的肯定也是這樣的一室冷清，對不對？」

半晌之後，寧遠舟才道：「嗯。」

如意嘆了口氣，再次抬頭看向他，道：「寧遠舟，你聽好了——我不會不要你的，更不會隨便離開你。就算你沒有鷲兒癡情不移，沒有于十三溫柔曉意，沒有元祿那麼討人歡喜，但你對我來說，獨一無二。」

寧遠舟凝視著她，肩頭緩緩鬆懈下來，唇已不由得抿起，卻還是嘟囔道：「誇我就誇我，還帶著別人幹麼？我要也是十三、四歲那會兒認識你，肯定比李同光還癡情。」

如意嗤之以鼻，「別吹牛，你那會兒喜歡的多半是裴女官那樣溫柔賢淑的大家閨秀，更像你娘的那種。」

「那妳就錯了。」寧遠舟眸光含笑，「我一開始就喜歡明豔潑辣的小娘子，像金媚娘——」

如意目光危險地一閃，已使出小擒拿手攻向寧遠舟，「你敢！」

寧遠舟含笑擋住她，「聽我說完，我喜歡的是像金媚娘之前的上司任尊上那種——」他目光癡迷地凝視著如意，緩緩說道：「妳知道我之前收到安都分堂的密報，曾經在夢裡想像過多少次，妳是什麼模樣嗎？十步殺一人，千里不留行，紅衣如血，劍不沾塵……」他嘆了口氣，握住如意的手，「這樣的奇女子，我之前居然還想拖著妳去什麼小島隱居，真是得到了就不知道珍惜。」他苦笑一聲，又道：「直到上回真正去了一趟森羅殿，我才知道自己錯得有多離譜。」

如意倏然湊上前去，吻了他的嘴唇。寧遠舟猛地愣住。

如意笑看著他，道：「好啦，不用認錯，也不用再裝可憐啦，要不然我該煩了。」

寧遠舟也跟著笑起來：「嗯。」又道：「妳不問我跟李同光說了什麼會讓妳不開心的事了？」

「不問。每個人都有自己不方便告訴別人的祕密，我相信你。」

寧遠舟頓了一頓，道：「好。」

如意立時察覺到什麼，「你表情不對，是不是又覺得我不問你這些，就是不夠信任你啦？」

寧遠舟垂了眼睛，辯解道：「我不是。」

如意便又抿唇一笑，湊近他耳邊，輕輕說道：「那我就告訴你一個我的祕密。這兒是安國俊州，我的老家其實就在離俊州不遠的汴州。」

寧遠舟一怔，忙抬眼看向她。

如意道：「我跟你提過我爹娘早就不在人世，我爹還賣過我，但我畢竟已經好幾年沒有見到過兒時熟悉的風景了。所以，如果這些天我變得不愛說話，不想理人，並不是在生你的氣，只是想一個人待一會兒。」

寧遠舟圈住她的脊背，憐惜地輕聲道：「那妳需要人陪的時候就叫我，好嗎？」

如意點了點頭。

夜風吹過，山坡上花草搖曳，兩人依偎在一起。

心結解開，彼此再無隔閡。

✵

抵達安都的日期鄰近，如意和寧遠舟也加緊了對楊盈的訓練。從安帝其人的經歷、心性，到面見安帝時可能遭遇的刁難和臨場應對，都一一向楊盈說明和預演。

就連杜長史也棄馬上車來為楊盈上課，切切叮囑著：「第一要事，就是見到聖上，務必親眼確定御駕安危……」

楊盈認真地記誦著。

如意卻偶爾透過車窗，看著車外的風景。他們已進入汴州的地界，因要加趕行程，並不打算入驛站休整，正越過汴州，快馬加鞭，往更前方的裕州趕路。

中午時，一行人馬停駐在山下溪水邊暫歇。兩邊隊伍自然而然地各自分開休息，彼此之間相距甚遠。

梧國使團這邊，眾人各自下馬。

錢昭對眾人道：「趕緊餵馬喝水吃糧，下一回休息，就直接在裕州了！」

眾人答應著，有的活動身體，有的在小溪裡洗臉。

如意看見元祿正在裝水，道：「別裝了，往前再走個四、五里，路邊就有一口甜水泉，比這裡的味道好，你早些跑過去，就不會耽擱大家行程。」

元祿聞言，抬頭好奇地問道：「如意姐，妳怎麼知道？」

旁邊的寧遠舟忙敲他的頭，小聲道：「六道堂都能熟知梧國風物，朱衣衛對安國自然也一樣。」

元祿應了一聲「哦」，隨即向前方的甜水泉奔去了。

此地距如意家鄉不遠，是她年幼時常來玩耍的地方。望見熟悉的景物，如意心中悵然，便低聲對寧遠舟道：「我想到那邊的小山上看一看，很快就回來。」

寧遠舟握了握她的手，輕輕道：「好。不用太急，我們等妳。」

如意身形輕靈地幾躍幾縱，就來到了山坡頂上。她坐在山頂大石上，俯瞰著遠處的河流，河水波光粼粼，還是舊日模樣。如意靜靜地凝視著水上波光，往事歷歷浮現在眼前。

恍惚間彷彿能望見年幼的自己蹲在河邊玩水，身旁母親洗好手中的棗子，含笑看著她，塞了一顆進她嘴裡。如意便也從母親手裡拾了一顆，踮著腳塞進母親嘴裡。

但這樣的溫馨轉瞬即逝，她看到年幼的自己手上拿著小糖人，被一個朱衣衛拎走，她哭鬧掙扎著，而遠處的父親正從朱衣衛手中接過一吊錢；看到夜色之下，重傷的自己趴在一塊木板下，沿河漂流而下，河邊追兵們舉著火把腳步雜亂地搜尋著……

遠處的聲響打斷了她的回憶，如意警惕地順著聲音傳來的方向找了過去。

越過隆起的山坡，便望見河邊的大棗樹。朱殷正兜著一衣襟棗子站在樹下，仰頭望著樹冠。樹冠上正有人在晃動枝丫，滿枝的果子簌簌地被搖落下來。朱殷連忙兜著衣襟上前去接，一低頭就看到如意站在山石上，不由得驚叫了一聲：「啊?!」

樹上的人聽到聲音，警惕地問道：「誰？」——竟是李同光。

朱殷忙道：「郡主。」

李同光有些慌亂，連忙從樹上跳下來，卻不料下落時衣襟被樹枝給掛住了。人落在了地上，後襟卻被高高地挑了起來。李同光滿臉通紅，忙用力去扯，只聽「刺啦」一聲，衣服就被扯破了。李同光狼狽又尷尬，手忙腳亂地去捂後背，偏偏手裡還托著一捧棗子。

如意忍不住，輕輕勾起了唇角。

朱殷連忙上前去接他手中的棗子。李同光瞥見如意在笑，愈發面紅耳赤，羞惱地瞪著朱殷，「滾！」

朱殷忙不迭地跑了。

李同光深吸一口氣，竭力想恢復鎮定，對如意道：「郡主為何在此處？」

如意抿唇一笑，反問：「這山是你開的？這樹是你栽的？我為什麼不能來這兒？」

李同光啞然。

如意看他強撐得辛苦，便也不再為難他，「好啦，這兒沒別人，不用擺你的侯爺架子，我當沒看到就是。」忍不住笑著搖了搖頭，低聲道：「這麼大了還饞嘴。」便轉身離開。

李同光在她身後急道：「我不是饞嘴！」

如意樂了，頭也不回道：「好了，你不用解釋了。」

李同光愈發焦急起來，「真的！那天合縣的百姓送我東西，裡頭有棗子，我覺得味道不壞，看到這邊也有棗樹，就想採兩把。等明天到了裕州，我也想放幾顆在師父靈前，祭拜她。」

如意腳步一頓，心下微微感動。但她很快便調整了表情，回頭問道：「你師父葬在裕州？」

李同光搖了搖頭，道：「她葬在安都。但這些年我四處征戰，總擔心每逢初一十五，不能及時回去祭拜她，就在各州的名刹裡建了她的往生牌位，這樣到哪兒都趕得及。」

如意不料他竟如此用心，很是震動，卻還是說道：「不必跟我講這麼多，我不想再被當成你師父的替身了。」

李同光低下頭，「對不起……我只是，情不自禁。」

他垂頭喪氣、低聲挨訓的模樣，和五、六年前還是少年的他，被如意訓斥時的模樣重疊在了一起。如意心下不由得一軟，終還是說道：「但是，你師父在天之靈若是看到你這麼孝順她，一定也會欣慰的。」

李同光眼中一亮，小狗般睜大眼睛仰頭看向她，「真的？」

「真的。」

李同光心中喜悅，不覺露出了燦爛的笑容，「謝謝妳！」

如意點了點頭，轉身離開。

李同光望著她的背影，思索片刻，立刻回身飛奔而去。不多時他便用大樹葉子包著一包濕漉漉的棗子，再次追上了如意，眼睛亮晶晶地看著她，討好道：「我剛才洗過了，妳嘗嘗吧。」

他總是糾纏不休，如意略有些無奈。她其實是喜歡吃棗子的，但湖陽郡主這樣的宮廷貴女，此時進食卻不合適，便皺眉道：「我從來不吃這些鄉野之物，還是算了。」

李同光急切地解釋著：「我就是想謝謝妳，謝謝妳剛才那些話。妳嘗嘗好嗎？很甜的，就一口，一口就行。」

看著他懇切的樣子，如意到底還是又心軟下來，便做出勉為其難的模樣，小心翼翼地拿起一顆來，嘗了一口，輕聲道：「還行。」

李同光緩緩綻開笑容。見如意轉身又要走，他連忙追上去，一路追，一路跟她搭著話：「德王的領地在壽州，那邊也有棗子吧……我瞧你們禮王挺不懂事的，照顧他挺累的吧……從壽州到梧都，要走幾天？」

如意停住腳步，回頭看他，「你在試探我？」

李同光連忙搖頭，「不是不是，我就是……」他一頓，臉上便又漲紅，垂著眼睛道：「想和妳說說話。」分明是一副羞澀又慌張的模樣。

如意輕哼了一聲，「長慶侯，你執掌羽林衛，我們聖上是你的手下敗將，你之前對我更是多番侮辱戲弄，這會兒又突然扮起少年郎來了，是不是有點晚了？」

李同光一急，「之前的事是我鬼迷心竅，可我實在太想師父了。」說著聲音便低了下去，垂頭道：「對不起，我以後絕對不會再這樣。我想和妳說話，只是因為剛才突然看見妳笑了……而這些天，妳一直都對我冷冷的。」

如意有意點醒他：「遠舟為了救你才受了那麼重的傷，他幫了你，你卻還用吃食害他，我為什麼對你有好臉色？」

她一提寧遠舟，李同光便如被兜頭潑了一盆冷水，終於冷靜下來。見如意轉身離開，他連忙又追了上去，岔開話題道：「郡主，寧大人那晚跟我說的事，妳也知道吧？」

如意目光一閃，只道：「大約知道。」

李同光道：「他說得有道理，但又太過危言聳聽，我心裡其實一直舉棋不定，一路上想得頭都痛了，所以剛才才想趁休息的時候離開大部隊，散散心。」他眼睛盯著如意，問道：「郡主，妳覺得我該不該聽他的呢？」

如意好奇回道：「你問我？我當然和他一個想法。」

兩人說著，便已走出了樹林。

使團眾人正坐在溪邊石頭上休息，遠遠望見兩人並肩而行的身影，立刻都緊張了起來。

錢昭臉色一沉，立刻起身走到寧遠舟身旁，皺著眉頭示意他看樹林那邊，不滿道：「你還有心思喝水？」

寧遠舟瞟了一眼，絲毫不放在心上，該喝水繼續喝水，從容道：「我都不急，你們著什麼急？」

✲

李同光鄭重地看著如意，說道：「不，我只想妳站在我的立場，來幫我做這個決定。如果我答應了他，那前面可能就是一條不歸路。但如果我拒絕，我也害怕自己會陷入他所說的困境而不自知。郡主，不管妳相不相信，可我是真的相信妳。只要妳說去，就算前面是萬丈深淵，我也會閉著眼睛往下跳！」他目光懇切至極。

如意盯著他，良久才道：「你師父難道沒有教過你，永遠別把自己的命運，交托到別人手上嗎？」

李同光一凜。

如意又道：「我不會幫你做任何決定，但我敢保證，遠舟是一個知恩圖報的人。你既然救過他的命，他就絕不會去害你。你可以不信遠舟的結論，但他對於政局的分析，多半頗有道理。」

李同光一怔，心裡又有些泛酸，咕噥道：「妳還真相信他。」

如意一笑，「那是自然。」那笑容映著陽光，堅定又燦爛。

李同光看得呆了，良久才道：「我知道了。」

如意點點頭，轉身向著使團那邊走去，剛走出兩步，便又回頭問道：「那棗子，能再給我幾顆嗎？」

李同光一喜，忙雙手捧上，「妳喜歡吃？那多拿點。」

「有一點就夠了，阿盈上回也說喜歡吃。」如意挑了幾顆，向他點點頭，便轉身走了。

李同光僵在原地，眼見著如意走到楊盈面前，將青棗兒遞給了楊盈。楊盈拿到棗子開心不已，纏到如意身邊，一迭聲地和如意說笑起來。李同光難以置信地看著楊盈，心中嫉恨驟起，臉上表情幾乎扭曲。

寧遠舟察覺到李同光久久不動，抬頭向李同光望去，見他面色不對，立刻起身向他走來。

眾人整備完畢，正準備重新啟程，李同光也已回到隊伍裡，正要上馬。寧遠舟走到他身前，攔下他，低聲問道：「你想對殿下幹什麼？」

李同光牙縫裡都透著冷意，恨恨地道：「放一百個心，我不會對他做什麼。」

「可你剛才對殿下的惡意很明顯。」

李同光頓時激動起來，「他是珍珠寶貝嗎？非得人人都捧著？我不喜歡他，難道不可以?!」

寧遠舟聽出他語氣不對，回頭看到楊盈和如意相處的模樣，立時明白過來，「你真是……」

李同光怒道：「不用你管！」

寧遠舟搖了搖頭，「真是脾氣大。」

他轉身要離開，李同光深吸一口氣，叫住他：「等等，我和你交易。」

寧遠舟腳步一頓，轉過身來，「想好了？」

李同光取下馬背上掛著的葫蘆，手上一翻，葫蘆裡的水便傾倒出來，流了滿地。「誓如流水不可收。」李同光眼睛盯著他，一字一句起誓道：「從現在起，我不會再為難你們使團中任何一個人，更會全力助你們贖回你們的皇帝。」

寧遠舟敏銳地意識到了什麼，抬眼看他，「但你還是不肯承諾以後離郡主遠點。」

李同光看向寧遠舟，喟然嘆道：「寧大人，別那麼殘忍。我雖然只有二十二歲，但這世上，讓我快活的事已經沒有幾件了。」

寧遠舟心中一震，少年這絕望而真摯的情意，這一瞬間，深深地打動了他。

李同光又道：「為了表示合作的誠意，我可以告訴你們一件事。」

寧遠舟挑眉，不置可否。

李同光便道：「你們六道堂，是不是安排了一些人保護皇帝？我拿下你們皇帝的時候，有些人當場就戰死了，有些人熬到了後面，但是也因傷重而沒活下來。」

寧遠舟有所動容，盯著他，問道：「你是說……柴明他們？」

「那個侍衛首領的確姓柴。」李同光道：「本來按中軍之令，是要把他們直接拋屍河中的。但我敬重他們是忠義之士，不該落到屍骨無存的地步，就叫朱殷安排人趁夜把他們葬在河灘上了。雖說無棺無碑，但到底也算是入土為安。」

寧遠舟難得地露出急切的神色，追問道：「哪個河灘？」

「離這兒不遠。快的話，一會兒你們就能見到了。」

✵

烈日灼灼，使團馬車和馬匹飛奔在路上，揚起滿目黃沙。所有人都神色嚴峻，錢昭緊鎖著眉頭縱馬在最前，不斷地揮鞭催馬，「駕！駕！」

路旁草木漸漸變得稀疏，大片的砂石河灘出現在蒼茫的地平線上。眾人知道那河灘近了，眼中都現出悲壯神色，愈發催快馬匹，近前後翻身下馬，匆匆向朱殷問明了方位，便攥上鐵鏟，飛奔過去。錢昭奔跑在最前，找到朱殷所說的位置，眾人便立刻分散到附近開始挖掘。

挖著挖著，亂石灘下漸漸有衣服和屍骨露了出來。元祿高聲叫道：「在這兒！」眾人連忙聚集過去，小心翼翼地挖掘尋找。突然間鐵鏟下傳來一聲輕響，孫朗連忙蹲下去用手一掃，竟是一枚六角形的堂徽。堂徽上已有些鏽跡，孫朗費力地辨認著上面的字，抬頭告訴眾人：「是石小魚！」

隨即于十三也挖出了一枚堂徽，他連忙用袖子擦了擦，見上面寫著「六道堂天道緹騎沈嘉彥」字樣，立刻便紅了眼圈：「老沈！」

錢昭依然一聲不吭地挖著，生怕漏過了什麼，到最後索性改為用手。突然手上摸到了堂徽的一角，他連忙清理出來，攥在手裡細細地辨認著。那堂徽上還沾著黑紅的血跡，「柴明」二字映著明晃晃的日光，分外地觸目驚心。錢昭突然跌坐在地，堂徽也掉在了地上。

一旁還在挖掘的寧遠舟看見，一個箭步上前扶起了錢昭。寧遠舟撿起地上的堂徽，看清上面的字跡後，便也明白了什麼。他跪下來，用手小心地掃開堂徽底下的泥土，一具屍骨顯現出來。

錢昭猛地彈身而起，推開寧遠舟，輕輕抱起了那具屍骨，淚水猛然間湧出。他顫抖著，輕聲說道：「阿明，我來帶你回家。」

元祿低聲問在一旁抹著淚的丁輝：「錢大哥他──」

丁輝輕聲說道：「柴明在宮中值宿的時候，一直和錢大哥最好。」

元祿便不再說話。

天邊殘霞抹紅，地上石灘白水，暮色四合，天際蒼茫。

柴火臺終於搭了起來，屍骨架在上面，熊熊燃燒著。火焰金紅熾烈，呼呼地席捲著，將一縷青煙送上穹空。

楊盈一身白衣，和如意一道站在最前，杜長史與寧遠舟對面而立，其餘眾人環在柴火臺周圍，一同送別和祭拜在此犧牲的六道堂兄弟。因為假扮的郡主身分，如意也只能參加這場梧國人的祭典。

寧遠舟端起一杯酒，長聲道：「關山陷陣，歸德魂追；壯膽義魄，馬革分回。六道長泣，梧土長淚；同袍恭祭，孤忠必慰！」他轉身看向楊盈，道：「殿下，這就是為您皇兄戰死的天道兄弟們。」

楊盈肅然上前，一拂披風，跪地磕了三個頭，然後起身舉杯，道：「魂兮歸來，維莫永傷！」

眾人齊聲高呼：「魂兮歸來，維莫永傷！魂兮歸來，維莫永傷！」便在楊盈的帶領下，將酒水飲過一口後，奠灑在河灘上。

錢昭沉默地扔著紙錢，紙錢如蝴蝶般，在暮色中飛舞。

風吹著柴火臺，火焰呼呼燃燒著，白浪滾滾流向天際。

眾人垂首哀悼。昔日兄弟們的音容笑貌彷彿還在眼前，再見時卻已是河邊枯骨。眾人心中悲壯憤慨，卻是無處宣洩，早已淚濕前襟。

寧遠舟目光掃向眾人，強忍著心中悲痛，道：「各位，我們能找到天道兄弟們的屍骨，能送他們的骨灰回家，還要多謝長慶侯。兩國戰事已是過往，日後只有和他全力合作，我們才有機會止戈息戰，鑄劍為犁，還天下更長久的太平。也請大家記住，害死柴明他們的，不是那些風餐露宿的安國將士，而是安帝侵略我們的野心！」

眾人都肅然。

寧遠舟提高聲音，再次問道：「聽明白了沒有？」

眾人一震，齊聲回答：「聽明白了。」

一行人收殮了天道兄弟們的骨殖，強忍心中悲痛，肅然跟隨在寧遠舟身後，走向李同光。來到李同光面前，寧遠舟一舉手，眾人齊齊停住。寧遠舟再使了另一個手勢，眾人便整齊抱拳，向著李同光深深一禮，而後不待李同光回應，便又無言地整齊離開了。

李同光對著他們的背影，低首回禮。

整個過程中，使團眾人和李同光都未發一言。

等他們走遠，李同光方道：「看來，我的選擇沒有錯。」

朱殷問：「侯爺真的要跟他們合作？」

李同光點頭，道：「只有敵人才最瞭解敵人的弱點。當年先帝可以靠朱衣衛鎮治天下，我若得了六道堂的助力，自然也能青雲直上。」他眼中野心的光芒一閃而過，揮手向身後的隊伍下令：「出發，去裕州！」

✵

入夜前，使團眾人終於抵達了裕州，在城中驛站裡安頓下來。

裕州城朱衣衛分堂的紫衣使也在這天夜間，收到了右使迦陵從安都總堂發來的密信。

紫衣使對著燭火讀著密信，漸漸皺起眉頭。

信上寫的是：「緋衣使珠璣以下二十九人遇害一案，經查係梧都分堂叛徒如意所為。此犯手段殘忍，心智狡詐，恐已潛入我大安境內。凡奉此令者，應將其速速截殺，勿留活口。」還附帶了一張叛徒的畫像。

紫衣使忍不住對下屬抱怨道：「不留活口？總堂最近老是發這樣匪夷所思的命令過來。一會兒從我們這兒突然調走三個高手，說要執行什麼祕密任務，可到現在都沒見人回來。一會兒又塞個燙手山芋過來，這如意一個人連殺近三十人，緋衣使和丹衣使都折在她手上了，還要我一個紫衣使上去送死……」

正說著，外面忽然傳來一聲急報：「大人，歸德急信！」

紫衣使匆匆上前接過信件，一眼掃去，不由得大驚失色，「什麼？梧國使團已經到裕州了？這腳程未免也太快了吧？四天前，他們不是還在合縣嗎？」

他來回急走了數步，終於下定決心，「不行，這中間必有問題，馬上準備飛鴿！」

信鴿飛上夜空，早已等候多時的如意信手彈出石子，飛鴿便摔落在她手中。寧遠舟解開鴿子的腳環，掃了眼信上內容，道：「果然，朱衣衛總堂還不知道妳是任辛，只知道殺人者叫如意。」便將密信遞給如意。

如意接過密信，重新裝好，問道：「沒提刺殺李同光的事？」

寧遠舟搖頭。

如意便道：「那就讓他自己回安都去查個明白。」說罷，便揚手將飛鴿重新放飛。

兩人並肩站在高臺上，望著鴿子遠去。一時無事了，寧遠舟便又道：「妳這些天只忙著教阿盈，倒沒提過到安都後，妳準備怎麼復仇。」

「我心裡已經有數了。但是這一次你先別插手。」見寧遠舟要說什麼，如意搶先按住了他的唇，道：「別擔心，我的事需要速戰速決。但安全迎回你們皇帝，才是你最重要的事。一進安都就攪進朱衣衛的事情，你們只會更麻煩。朱衣衛那邊，我自己對付，實在不行了，再讓你幫忙也不遲。」

見她目光堅定，寧遠舟只得答應下來，又歉疚地說道：「對了，剛才為了不讓李同光起疑，我也只能拖著妳一起去祭拜柴明他們……」

「沒關係。他們是你兄弟，我陪你送他們一程，不會有心結。」如意說著，便嘆了一口氣，「而且，我還很羨慕他們。」

「怎麼了？」

「元祿說六道堂每年清明中元，都會這樣祭拜戰死的兄弟，但在我們朱衣衛就沒有這樣的習慣。」她神色失落，輕聲道：「很多朱衣衛死之後，都是悄無聲息地直接送去了化人場，沒有墳墓，沒有靈位，更別提什麼香火供奉。」所以，得知李同光在各地都為她立了牌位，她心下才會如此震動。但如她這般還有人記得、有人祭奠的朱衣衛，又有幾個呢？

寧遠舟頓了頓，柔聲安慰道：「等到了安都，妳想祭他們，我隨時陪妳去。」

如意點了點頭，心情卻愈發沉重起來，「可惜，我連他們的真名都記不得幾個。朱衣衛活著的時候，只有代號，沒有真名，卻有嚴格的名冊。低階的白雀要定期服用便於受控的藥物，高階的，長相、性格、家世、生活習慣，都會被詳細記錄，防止有人逃跑。」她黯然道：「但一旦死了，就會被勾銷名冊，好像他們從來沒有存在過一樣。」

寧遠舟握住了她的手。

如意苦笑一聲，嘆道：「但最讓我難過的是，以前我居然也一直沒覺得這樣有什麼不對。直到剛才我才意識到，原來他們也是值得被紀念的。」

寧遠舟不知該如何安慰她，想了想，便從袖子裡摸出一塊糖，遞給她。

如意化憂愁為淺笑，挑眉看著他，「你就只會這一招？」

寧遠舟也一笑，道：「嗯。」

如意笑著搖了搖頭，拆著糖紙，又道：「我跟媚娘提過，以後我想開一間學堂，教白雀和百姓們識字習武，掙來的束脩，就可以為朱衣衛死去的舊人置辦祭田。」

寧遠舟立刻道：「那我來當教習，當初我在褚國潛伏的時候，就當過大戶人家公子的武教頭。」

如意便問道：「那你在安都潛伏的時候，做的是什麼營生？」

寧遠舟有些尷尬，咳一聲，岔開了話題：「天快黑了，我要跟錢昭他們商量進安都後的行動，妳不用陪我。」

他轉身就走，如意一愣，「你還沒回答我。」

寧遠舟卻已經加快了腳步，大步跑開，一句「明早見！」還沒落下，人已經不見了蹤影。

如意眉毛一挑，本來她只是隨口一問，這下看來，是非得弄清楚不可了。

❋

朝陽初起，使團眾人各自收拾妥當，便再次出發上路。

臨近安都，行程終於不再那麼急促。昨夜于十三難得睡了個整覺，今日只覺精神煥發。他正吹著風，縱馬奔跑在路上，忽然楊盈小公主的腦袋便從一旁探了過來，好奇地問道：「遠舟哥哥以前在安都的時候，到底做的哪一行？我都問了他三天了，可他一個字都不肯洩露。」

于十三一愣，立時笑了出來，使了個眼色給楊盈，道：「妳去問元祿。」

楊盈立刻奔去找元祿。元祿卻如臨大敵，連連搖頭道：「我不敢說，我說了，寧頭兒會殺了我的。」

楊盈無奈，只能轉頭去問孫朗。孫朗嚇得家門都報錯了，一口頂回去：「我那會兒還沒進六道堂呢，我哪知道？」撥馬就躲遠了。

楊盈只好望向隊伍前方錢昭的身影，鼓了鼓勇氣，縱馬追上前去，和他並騎而行。見錢昭神色已然恢復了以往那般沉靜，這才又好奇地問了起來。

錢昭面無表情道：「殿下真的想知道嗎？」

楊盈大力點頭。

錢昭一抿唇，卻道：「佛曰，不可說，不可說。」

楊盈一愣，怎麼都這麼守口如瓶啊！她佯怒道：「好哇，你們都瞞著我！」說完，她氣鼓鼓地正要調馬離開，身後突然有幾騎疾馳而來，叫嚷著「讓一讓」便從他們中間穿過。

楊盈躲避不及，一時沒坐穩，險些從馬背上跌落下來，多虧錢昭及時伸手扶住。楊盈氣惱地抬頭望去，見這幾騎所護衛之人是李同光，便沒好氣地問道：「長慶侯，你又想幹麼？」

李同光冷冷地看著她，隨意一拱手，道：「失禮了，我著急過來，正想告訴殿下一件事。」

「什麼事？」

李同光道：「前頭大路的橋塌了，我們要改走山路。」他抬鞭一指斜前方的小路，道：「這樣翻過這座山，就能看到安都了。」

楊盈一驚，想也沒想，縱馬就上了小路，一路逆著風飛奔到山坡上，一個時辰之後，眼前豁然開朗。楊盈勒馬停住，放眼望去，只見一座巍峨的城池坐落在百里之遙的天際之下。那城牆四方，圈起了目力所及的幾乎整個原野。城中道路如棋盤排布，將整座城市劃分得明明白白。城中坊市星羅棋布，人煙稠密，望去只覺雄偉又繁華。

楊盈喃喃道：「這就是安都啊。」這時如意和寧遠舟等人也策馬趕了過來，楊盈便輕輕問道：「遠舟哥哥，如意姐，你們說，我真的能帶著皇兄，從這裡全身而退嗎？」

如意和寧遠舟同聲道：「事在人為。」

楊盈便也重重地一點頭，「嗯！」

✵

進入安都之前，使團也做了最後一次休整。所有人都換上正式的禮服，打起全副儀仗，提點精神，莊重地駛過最後一段道路，穿過城門，進入了安都。

只是這月餘以來，幾千里跋山涉水、風餐露宿，中間又不知經歷了多少磨難，這隊伍外表上看來，已不如當日行辭陛禮時那般光鮮。

使車一進安都，便引起了安國百姓的注意。越來越多的人聚集到道路兩側，觀賞梧國這支來交贖金的使團的面貌，指指點點地議論著。

「梧國的使團啊，來贖人的吧？怎麼就這麼點人，真窮酸。」

「這是個王爺？跟那個倒楣皇帝是挺像的。怎麼這麼單薄啊，跟個燈籠似的。」

「還是小侯爺好看！每回他出城回京，小娘子們都跟瘋了一樣。」

正說著，簇擁在道路兩側仰望著李同光的姑娘們，已有人大方地向李同光揮起手來。

楊盈騎馬走在隊伍前方，所有的聲音都傳進了她耳中。但她仍是挺直了腰，目不斜視，竭力做出皇家氣派。

如意頭戴幕籬坐在馬車中，正透過車窗，打量著已暌違五年之久的安都。

街道旁的酒樓上，二皇子洛西王的親信申屠青望見李同光玉冠華服端坐馬上，一皺眉，提醒手下道：「二殿下向來不樂意看到某人這麼風光。」一指樓下的使團隊伍，「愣著幹什麼啊，還不趕緊給遠客上點見面禮？」

申屠青一聲呼哨，早已埋伏在兩邊酒樓的人，同時向著樓下的使團發動了「進攻」。有的往下潑水，有的往下扔雞蛋。

見兩側有異物襲來，朱殷立刻撐開油傘，替李同光擋去所有攻擊。使團眾人也早有所準備，齊刷刷地解下披風，向空中一旋。只見旋轉的披風在空中連成一片，將楊盈一行人護得密不透風，雞蛋和酒水被反彈回去，濺了樓上埋伏的人一頭一臉。

安國尚武慕強，民風樸健，沿途百姓見了這麼俊的回擊，紛紛喝彩叫好。六道堂眾人便也齊齊向他們拱手致意。

而楊盈風姿儼然，異物落下來時她面不改色，此刻更是波瀾不驚。見此情形，頗有些百姓收起輕蔑之心，點頭讚賞道：「這麼看，這王爺進城的時候，倒是比他哥哥強些。」

穿過長街，往前再走不遠，便到一處院落，院門上掛著「四夷館」的牌子，這就是安國招待各國使者所用的館舍了。李同光一路將使團眾人送入院中，便向楊盈告辭道：「順利把各位接到安都，我這引進使就可以交差了。請各位在這四夷館安住。和我們同來的禮部少卿每三天會來一次，有什麼事，找他就是。」

李同光轉身欲走，楊盈連忙叫住他：「等等。少卿三天來一次是什麼意思？貴國國主難道不該馬上召見孤嗎？」

寧遠舟使了個眼色，示意她不要再問下去。

李同光卻一挑眉，意帶嘲諷地看著楊盈，「殿下原來也知道，聖上見你，是召見啊。要見，自然會召。不召，自然是不見。告辭。」

路過如意身邊時，李同光略站了站，柔聲道：「各國使團裡很少有女子，四夷館只怕準備不周。晚一點，我會讓人送些郡主用得著的物事過來。」

如意道：「多謝。」

李同光又壓低了聲音，道：「有很多人見我過師父，為了不惹麻煩……」

如意便往下拉了拉幕籬，讓他安心道：「我知道，所以我在使團的正式身分只是女官。」

李同光又道：「少卿和我手下都可以放心，他們一個字都不敢亂說。」見如意點頭之後，這才離去。

楊盈皺眉，望著他消失的方向，向寧遠舟抱怨道：「我真不喜歡這個長慶侯，除了跟如意姐說話的時候有點好臉色，其他時候老是陰晴不定的。」

寧遠舟無奈，低聲替李同光解釋道：「他和我們有祕密合作，以後自會私下聯絡我們。但現在，四夷館裡人多嘴雜，他這樣做才不會讓人起疑。凡敵國使臣到來，先冷上他們一段時間，滅滅威風、磨磨脾氣，是各國國主常用的招數。」

楊盈恍然，面上不由得露出些羞愧的神色，連忙端正了心態，道：「是孤想岔了。那遠——那寧大人，依你看，安國國主什麼時候才會見孤？」

寧遠舟道：「怎麼也得三、五天吧。殿下一路奔波，還是別想那麼多，早些進房休息。」

楊盈點頭。

寧遠舟又轉向六道堂眾人，吩咐道：「大家好好把這院裡的釘子清一清。」

✵

但寧遠舟居然難得猜錯了。

這一日子夜，楊盈睡得正沉時，外面突然傳來一陣乒荒馬亂的吵鬧聲。楊盈從夢中驚醒，匆忙坐起。見如意警惕地站在窗邊，她忙問：「出什麼事了？」

外面隨即響起敲門聲，元祿略有些無奈的聲音傳來：「殿下請出來吧，安國宮中有內監來傳旨了。」

楊盈一驚，只能慌亂地穿衣起身。

縱使有如意從旁協助，可當楊盈扶著金冠從屋裡走出來時，身上裝束還是明顯透露著倉促。

她依禮斜站在宣旨內監的側前方，而使團諸人分列兩側，恭身彎腰聽旨。內監瞟了楊盈一眼，見她頭上金冠微歪，唇角便輕蔑地勾了勾，宣旨道：「奉聖上口諭，宣梧國禮王即刻入宮晉見。」

眾人都大為意外。杜長史驚疑地確認道：「現在？還不到三更！」

內監翻了個白眼，譏諷道：「早朝五更開始，三更就起來候朝的官員多著呢。」

眾人都無可奈何。獨寧遠舟面色平靜，對內監道：「請示詔書一觀。」

「沒聽清楚嗎？聖上口諭，沒有聖旨。」內監環視眾人，見他們還有不服，便輕蔑道：「不想奉詔是吧？成啊，咱家這就回宮複旨。」

楊盈忙道：「等等！孤沒說不去，你竟敢當面矯言？」

內監又瞟她一眼，隨意地拱了拱手，傲慢道：「那咱家就在宮裡敬候大駕。」說罷便又如來時一般，帶著一群人趾高氣昂地轉身離去了。

杜長史氣得腰都有些直不起來：「安國人太過分了，居然用這麼不堪的法子磋磨殿下！」

楊盈見眾人都擔心地望著她，強行按下心中不安，安慰道：「來的路上大家不是幫孤演練過好幾回了嗎？孤早有準備，隨時都可以進宮，」她深吸一口氣，為自己壯威一般，高聲吩咐道：「趕緊把送安帝的禮物拿出來！」

眾人立刻端正了神色，各自忙碌起來。

楊盈獨自站在遠處等待著，雖竭力做出鎮定自若的模樣，但面色還是微微發白。如意走到她身邊，握住她的手，往她衣袖裡塞了件東西。楊盈抬起頭來，勉強對如意一笑。

馬蹄踏在青石路上的聲音回蕩不絕，聲聲擾人。

一行人折騰了好一陣子，來到城門樓前，也才四更天。正是黎明前最黑暗的時候，空中星光疏淡，四面寂冷少人，更襯得面前巍峨宮城黑沉如鐵。一行人翻身下馬，上前向城門守衛稟明身分。正要進入，侍衛們手中的長矛忽地一交，攔住了他們的去路。

侍衛首領面無表情道：「大安有律，凡他國使臣入宮覲見，不得有任何侍衛陪侍。」

于十三欲上前理論，卻被寧遠舟攔下。

楊盈一指打扮成內監的元祿，道：「他是孤的貼身內侍，」又指了指元祿手上捧著的東西，「這是給貴國聖上的國禮。」

侍衛首領仍是舉槍不言，楊盈只能無奈地從元祿手中接過禮盒。

寧遠舟拱手相送道：「殿下一路小心。」他目視楊盈的袖子，楊盈微微點頭，表示自己明白，便獨自轉身走向侍衛。侍衛這才讓出道來，楊盈捧著禮盒，孤身一人走進了空蕩蕩的宮門。

宮城城樓內外兩道門之間，有一條長長的甬道。甬道內光線昏黑，只點著兩支火把照明，火光在甬道壁上投下幢幢的暗影。楊盈孤身一人走入甬道中，腳步聲空蕩地迴響在甬道壁間，身後拖出了長長的黑影。火把劈啪一聲爆鳴，身後暗影一躍，楊盈莫名打了個寒戰，匆忙加快了腳步。

可突然之間，前方傳來一聲輕響，楊盈本能地抬頭，就見內宮門在她的面前迅速地合上了。

楊盈一驚，掉頭就往身後的外宮門跑，可才轉過身去，外宮門也被關上了，門外就只傳來寧遠舟一行人驚怒交加的呼聲：「殿下！」

幾乎就在同時，門洞內的火把也突然熄滅了，黑暗霎時便將楊盈吞沒。

第二十三章

高塔問帝心

楊盈驚恐萬分，倉皇地奔向外門，拍著門喊道：「開門！開門！」門外卻毫無動靜。

楊盈扭頭又奔向內門，慌亂中腳下一絆，整個人都撲倒在地。臉貼上冰冷的地面的瞬間，寒意襲來，楊盈腦中霎時清醒過來。她喃喃道：「冷靜，遠舟哥哥再三要妳冷靜，妳忘了嗎？」她深吸了一口氣，努力思索著，「對，還有火摺子，妳帶了火摺子的！」

她摸出火摺子輕輕一吹，柔暖的火光亮起，稍稍驅散了她心中的恐懼。她捧著火摺子站起身來，大口地吸著氣，終於漸漸冷靜下來，喃喃自語道：「別慌，想想他們為什麼要這樣做。不是為了殺我，否則會有人向我動手。對，他們只是想嚇我，或者關我一晚上，讓我又冷又餓，顏面全失。該怎麼辦呢，怎麼辦呢……」

火摺子的光投射在前方巨大的內門上。楊盈眼中一亮，忙向袖中摸索起來，尋找如意先前給她的東西。

通向皇宮的內門關上之後，幾個關門的內監便迫不及待地相互擠眉弄眼起來。他們都望見了適才楊盈驚慌的面孔，心中很是自得。守在門左邊那個肥臉圓下巴的捅了捅身旁濃眉細眼的同伴，「你猜他能挺多久？」同伴比了比手指，他便嗤笑道：「一炷香？我猜最多半炷！」

話音剛落，便聽到裡面傳來驚慌的拍打聲。兩人相視一笑，都起了興致，紛紛等著看好戲。

門洞內突然響起一聲尖叫，緊接著便是一聲沉悶的重響。兩人料想是楊盈摔倒在地，都凝神細聽，門洞內卻忽然歸於寂靜。兩人等了好一會兒，還不見有旁的動靜，心中不免有些七上八下，面面相覷起來。

細眼睛的那個忍不住問道：「不會出事了吧？」

肥臉的那個趴地從門縫向內望了望，見裡面一片漆黑，不由得也有些慌了，忐忑道：「這、這……上頭只叫我們給禮王弄個下馬威，萬一……」

細眼睛的看向其餘眾人，商量道：「要不開門看看？」

眾人也都不願擔責，紛紛點頭同意。

肥臉的那個忙去開鎖，一行人七手八腳地推開內宮門，打著火把走進門洞中，卻沒看見楊盈的身影。那門洞中的甬道足五、六丈寬，火把能照到的不過身前一、二丈距離，內監們急忙上前去找。

卻不料楊盈在他們身後——如意給楊盈的是一枚防身用的爪狀飛鉤，楊盈正用那飛鉤勾著門框，腳踩兩枚門釘，趴在半開的內門門板上。

內監們一路向著外門的方向尋去，楊盈便趁著他們不注意，悄悄從門上跳下來，快步走出門洞。

出了門洞，便覺眼前豁然開朗。天色淺淡，啟明星懸於東方天際。折騰這麼久，竟已將到天明日出的時候了。

楊盈從容整頓好衣冠，這才向著還在門洞裡焦急地四處尋找的內監們輕咳了一聲。

內監們聽到動靜回過頭來，便見少年親王一身蟒袍，從容立於晨光之中，尊貴挺拔。

楊盈淡淡地一抬眼，問道：「各位在找什麼？孤已經等了好一會兒了，還不帶路？」

肥臉內監驚疑不定，「您是？」

楊盈傲然道：「孤乃大梧禮王！」

朝陽自她背後升起，將她整個人映照得光彩奪目，內監們不禁抬起手來遮擋。

一隻迷蝶從楊盈身旁飛起，翩然飛過城樓，飛向了城門之外。

城門外，使團眾人還在和安國宮門的侍衛推搡爭辯。

寧遠舟抬頭望見有彩蝶蹁躚飛出宮牆，心下安定。他呼哨一聲，使團諸人立刻停下動作，齊刷刷退開，站回到一邊的角落裡，彷彿無事發生一般，繼續安靜地等待起來，反倒令安國侍衛們有些摸不著頭腦。

杜大人疑惑地看著寧遠舟，身旁元祿微微近前，低聲替杜大人解惑：「早就跟殿下約好了，她要是能平安進宮，就會放迷蝶出來。」

寧遠舟高聲下令道：「大家在這裡安候殿下出宮。」

眾人齊齊應是，昂首挺胸。

于十三看向宮牆，嘆息道：「希望殿下能順利見到安帝。」

錢昭也遙望宮牆，寬慰道：「第一關已過，往後應該也會順利的。」

✵

肥臉內監將楊盈一路引入一處偏殿中，便告退離開。

楊盈儘量鎮定地在椅子上正襟危坐，用眼角餘光打量這座偏殿。殿內寂靜，只站著幾個手持拂塵的內監，並無其他人出入。

香爐裡的香一點點燃燒著，燒完了一根又一根，安帝那邊卻始終未有傳召。楊盈也不焦躁，隻眼觀鼻鼻觀心，靜靜地坐在那兒等著。

先前引她進殿的內監進屋換了幾次香，見楊盈始終一動也不動，彷彿老僧入定了一般，不由得對她越來越好奇。他眼角瞟著她，低聲對身旁同伴道：「人還沒長開，倒是沉得住氣。」

外間天光已然大亮，看時辰怕是早朝都已經結束許久了。這內監又一次進屋換香，便上前去鼓動楊盈：「殿下不問聖上何時宣召嗎？」

楊盈半垂著眼睛，氣定神閒道：「我攝政王兄日理萬機，貴國國主想必也是如此。等他有了空閒，自會與孤相見。孤又何必心急？」

內監一轉眼珠，又殷勤地湊上前去給楊盈倒茶，「那殿下請用。」

楊盈微微一笑，眼角都不抬一下，「不必了，皇兄客居高塔，想必並無如此雅致茶點，孤怎能獨享？而且，若用了茶水點心，時間一長，孤若內急，只怕會行事不雅，豈不又如了你們的願？」

內監被說中盤算，不由得一滯，只好尷尬地退下了。

✵

皇宮正殿裡，安帝正在聽李同光的奏報。

李同光所奏，自然是北蠻人挖通了密道深入境內一事。他提醒安帝北蠻人此舉可能是為了裡應外合攻破天門關，又道：「臣已帶了三具北蠻人的屍首回京，還請聖上……」

安帝卻皺著眉頭打斷了他：「你直接交給刑部就是！」說著便氣悶地拂袖起身，來回踱步。

果然如李同光所料，比起擔憂北蠻人大舉入侵，安帝更在意的是：「這幫北蠻蠢貨，幾十年了都不鬧么蛾子，偏偏在朕要打褚國的時候來添亂！朕現在哪有那麼多得閒的兵力調去天門關?!」

李同光的手微微抓緊了袍服。

這時，肥臉內監趨步走入殿中，俯身向安帝悄悄耳語了些什麼。安帝冷笑一聲，道：「小小年紀，還挺有耐性。那就讓他繼續等。等朕用完晚膳再宣他也不遲！」

李同光目光一閃，已然猜到他說的是楊盈。

安帝提醒他：「繼續說。」

李同光道：「是。」便接著說道：「還有，第一批襲擊臣的刺客，臣疑心是……」他故意一頓，「來自朱衣衛。」

安帝目光一凝，「什麼？」

「臣原本也不敢相信的，」李同光恭敬地垂著頭，「畢竟朱衣衛素來是天子私兵，鄧指揮使更是從聖上私邸就……」

「夠了，」安帝重新坐下，目光陰沉地看著他，「給朕看證據！」

✵

日影已然西斜，楊盈卻依舊在偏殿之中枯坐著。

李同光和安帝議完了事，從正殿出來，路過偏殿門口時，一眼便看到了偏殿裡楊盈正襟危坐的身影。和湖陽郡主身邊的那個沒斷奶般，動輒便膩著姐姐撒嬌的少年不同，眼前的小親王身板單薄卻鎮定，是另一種假模假式。

橫豎無論哪種模樣，在李同光看來都是礙眼。

他停住腳步，同先前的內監耳語幾句，得知楊盈滴水不進堅持至今，不由得露出饒有興味的神色，「一口水食都沒沾？」他便替內監出主意，「那你們就都走，看他慌不慌。」內監有些遲疑。李同光卻鼓動道：「要是出事了，自有本侯擔著。」內監立刻會意，悄然招呼眾人退下。

楊盈飢困乏力，抬眼去瞥香爐時，卻見爐中線煙已然熄滅多時，卻無人前來更換。她一愣，環顧四周，才意識到殿中內監已全都不見了。她終於露出驚愕的神色，不安地站起身來，走到窗邊向外窺探。

角落裡，李同光瞧見她臉上的慌亂神色，頗有深意地一笑後，轉身離開。

楊盈恰在此時抬頭，看見李同光離開前半帶惡意半帶暗示的笑容，隨即便明白過來。她再次回頭環顧殿內，看向已然燒殘卻無人前來更換的線香。

殿外日影漸漸落下，殿內斜鋪的餘暉也移出門外，變作一片暗沉寂冷。楊盈思量許久，終於一咬牙，轉身向殿外走去。

她面帶怒意，快步走出宮殿。遠遠地歇在外面的一眾內監見她出來，都吃了一驚，連忙追趕上前。先前那肥臉內監一臉焦急地快步繞到她身前，想阻攔她，「殿下，殿下，您要去哪裡？」

「回驛館。」楊盈一把撥開他，見他還要上前，眼神一寒，「怎麼，你還敢阻止孤不成？」

內侍被她氣勢懾住，竟愣在了當場，連忙差人回去搬救兵。

楊盈頭也不回，任憑身後一眾內監追趕規勸，只自顧自地繼續前行。待她再次走到城門樓前時，安國鴻臚寺少卿終於匆匆趕到，繞到她面前抱拳行禮，阻攔道：「殿下請留步。」

楊盈站定，抬眼上下打量著他，譏諷地一笑，「整整一天，大人終於肯出現了？」

少卿自知理虧，面色尷尬至極，「下官今日忙著向禮部彙報來路諸事，不意有些耽擱，尚請殿下見諒。」又為難地看向楊盈，道：「但殿下擅自出宮……」

楊盈一挑眉，冷笑道：「擅出？貴國國主既政事繁忙，孤現在離開，明日再來，有何不對？難道貴國待客之道是主人不在，客人連離開都不許了？難道貴國國主不單是有意為難孤，還準備了一場鴻門宴？」

少卿張口結舌，一句也不能作答。楊盈便也不再理會他，逕直繞過他，穿過城門樓下門洞，向門外走去。少卿連忙追趕上去。

等候已久的使團眾人見楊盈走出，立刻迎上前去。

外門侍衛卻也提前得到命令，橫槍一架，便攔住了楊盈的去路。

楊盈怒道：「讓開！」

侍衛們卻紋絲不動。寧遠舟一使眼色，元祿、錢昭、于十三立刻會意，四人同時出手，幾粒小石子輕彈過去，正中侍衛們的腿彎。侍衛們膝下一軟，紛紛跪倒在地。

楊盈道一聲：「何須行如此大禮？」說完，便已走出宮門，直奔寧遠舟他們而去。

少卿猶自追在後面苦苦挽留：「殿下，下官已讓內監加急稟報聖上，還請殿下留步……」

楊盈的手已經扶在了馬鞍上，她聞言回過頭去，也不生氣，目光從容含笑，故作驚詫道：「少卿這麼擔心，難道是擔心孤這麼一走就不回來了？放心，明日孤還是會再來的。」然而語氣一轉，便透出些義無再辱的凜然來，「只是事不過三，如果三日之內，孤還沒得到貴國國主關於迎帝之事的明確回答，孤便要立刻動身歸國了。呵，本來孤這閒散親王就不想管政事，無論是孤哪位皇兄正位，孤都是鐵板釘釘的親王。哦，少卿最好也不要覺得只要扣住孤，就能白得那十萬兩黃金。」她眼如寒星，緩緩道：「否則，六道堂散布在貴國國內的上百名死士，也不會閒著的。你們防得了一月半載，還能防得了三年五年？」最後一個字落下，寒星已如冰霜。

她扶著寧遠舟的手翻身上馬。一揚手，一行人便頭也不回地隨著她浩浩蕩蕩而去。

✵

直到回了四夷館，楊盈一直挺直的脊背才終於鬆懈下來，然而鬆到一半，一口氣還沒喘完，她忽地想到什麼，忙再次繃緊腰背站直。

寧遠舟知道她的擔憂，輕輕一拍她的肩膀，安慰道：「沒事，附近都清乾淨了，現在院子裡全是自己人。但四夷館之外還有不少朱衣衛的暗哨，我們和分堂的兄弟們估計得過兩天才能聯絡上。」

楊盈這才驟然癱軟下來，開口便道：「孤餓死了，渴死了，救命！」

話音剛落，如意已遞上來一只水袋，「羊奶，熱的。」

楊盈眉開眼笑，感動道：「如意姐！」抱起水袋猛灌了幾口，腹內飢腸稍得安撫，她便眉飛色舞、迫不及待地向如意炫耀分享起來，「我挺住了，按大家之前說的那樣，反將了安國人一軍，沒丟臉！你不知道，我學你的樣子，衝他們一瞪眼，他們就都讓開了，我好威風，我……」她說著，突然發現所有人都盯著她，忽地就有些不好意思起來，嘿嘿笑了笑，收了嘴。

寧遠舟卻微笑著接口道：「殿下今天確實是好威風、好氣魄，一個人獨自在宮中面對一切，還能全身而退，可謂大智大勇。」

杜長史也讚嘆不已：「進退有度，不墮我大梧風範。」

眾人紛紛豎起大拇指，「殿下真棒！」「殿下太有氣勢了！」

四面都是笑聲和誇讚聲，楊盈從來沒有得到過這樣的肯定，激動地道著謝，眼睛不由得越來越亮，漸漸神采飛揚。但想到自己在安國少卿面前放下的豪言，還是不免有些擔心，問道：「要是三天時間到了，安國皇帝還不理我們怎麼辦？難道我們真的走嗎？」

如意微笑著安撫她：「不會的，聖——安帝待人，向來喜歡一進一退，恩威並用。他今日冷遇了妳，碰了釘子，明日八成就會見妳，這樣才能親自探探妳的虛實。」

楊盈便再次露出了笑容。

杜長史又向楊盈問起她在安國偏殿裡的情況，一行人說著便向屋裡走去。寧遠舟忽地留意到如意手上有一道紅色的勒痕，目光不由得一閃。

待夜間眾人各自散去之後，寧遠舟便敲開了如意的房門。

如意正對著房中朱衣衛官衙的結構圖認真思索著，見寧遠舟進來，便隨口問道：「阿盈睡了？」

「嗯，她昨晚三更就起來了，今天在宮裡又撐了一天，吃完東西，跟我們說了說宮中的事，就撐不住了。」寧遠舟目光便往如意手上投去，問道：「妳的手怎麼了？」

如意抬手看了看，才留意到手上的紅痕。

「啊，白天你們不在的時候，我扮成化人場的車夫去了趟朱衣衛衙門外頭打探情況，綁繩子的時候不小心被勒了一下。」

寧遠舟取出藥膏，走上前來，道：「我幫妳上藥。」

「又沒破皮，上什麼藥啊。」

寧遠舟卻不由分說地拿過她的手，專心幫她塗抹藥膏。這男人總是操心過度，然而垂著眼睛專心塗藥的模樣，著實溫柔雋秀，令人心不由得軟下來。

如意輕輕道：「你別太擔心了，我未必明天就會對朱衣衛動手，畢竟還得先查清害死我義母和玲瓏的真兇再說。鶩兒今日進宮，必然會向聖上提到朱衣衛襲擊他之事，但朱衣衛卻沒什麼動靜。我想鄧恢今天多半不在京裡，所以安帝才沒傳召他。這人是你離開六道堂後，這一年才執掌朱衣衛的，連你都不太清楚他的底細，我就更得挑他不在朱衣衛衙裡的時候再進衙。」

「好。如果有萬一，妳一定及時放迷蝶求援。生死關頭，就別想什麼會不會拖累我了，我會安排好的。」

如意點頭。

寧遠舟又道：「我們這樣有商有量的多好。」

「那你以後救皇帝的事也要跟我商量。我做不到背叛我的國家去救你們的皇帝，但至少可以幫你們望望風，在你們救人的時候保證阿盈的安全。」

寧遠舟點頭，又感慨道：「鷲兒，阿盈，這麼叫起來，還真對稱，只是可惜，一個聽話懂事，另一個卻是叫人頭痛。剛才路上阿盈還說，李同光好像在宮裡幫了她一把，但又故意為難了她一把。」

「他倆又鬧上了？」

寧遠舟苦笑道：「他對所有可能搶走妳的人都抱有敵意，在他心裡，師父只能是屬於他一個人的。」

「這孩子……」如意嘆息道：「我不在的這幾年，他一定又受了許多苦，再沒有遇到過待他好的人。」

＊

而他們口中的李同光正翻身下馬，快步走進長慶侯府。

他今日面聖歸來，一身繁重禮服，襯得他尊貴華美，然而他面色清冷如冰，黑瞳子裡無半點波瀾。

他一路上腳步不停，沿途在僕役們的服侍之下脫去披風，取下金冠。待回到房中後，他淨手焚香，脫去錦袍，便直奔密室而去。待進入密室裡時，他身上多餘的裝飾已盡數卸去，僅餘一身素白單衣。在看到滿屋子如意的畫像之後，他冰冷的面容終於重新柔和下來。彷彿自如意走後時光再未流淌一般，他重新變回了如意眼前那個單薄無助的少年。

他走到身穿緋衣的假人面前，單膝跪下來，仰頭輕輕說道：「師父，我回來了。」

假人自然沒有任何回應，他卻毫無察覺一般，目光映著迷離的燭光，溫柔地替假人整理著衣衫，詢問著、訴說著：「這些天，我不在府裡，您一個人還好嗎？我遇到了一個很像您的人，她也和您一樣對我好，關心我，訓斥我，從來不給我好臉色，但我心裡快活極了。」

他不由得又想起校場宴席上，如意憤怒地訓斥他；想起自己去梧國使團裡開條件索要她時，如意勾著他的臉頰訓他；想起如意向他索要了青棗，便轉身離開。

確實只是像師父而已，但只要能見著那個人，他心裡便覺著快活。

李同光低聲道：「她說我對您懷著不可告人的心思，那會兒我特別羞愧、特別難受。可後來我想通了，您這麼好，我為什麼不能喜歡您呢？以前是我不配，可現在，鷲兒已經長大了，已經不需要您的保護，已經有資格和您並肩站在一起了。師父，讓我喜歡您，可以嗎？」

他伸出手想撫摸假人的臉，但在碰到的那一瞬，腦海中忽地閃過如意凌厲地看向他的目光，又觸電般退縮了。

李同光抱著膝蓋在假人身邊坐下，蜷縮成一團，喃喃道：「師父，我好想您……對了，今天我去見聖上了，他果然不想在天門關增兵，還說既然已經封住了密道出口，北蠻人就肯定打不過來……師父，要是梧國人也沒法讓他對北蠻人提高警惕，那該怎麼辦？我真的不想百姓們再受兵災了……」

他越說越慢，漸漸地便緊皺著雙眉睡著了。

✲

擅自調動天子私兵出京刺殺一事，果然觸動了安帝的逆鱗。安帝很快便將鄧恢召回了安都，令他入宮奏對。

待鄧恢入見時，安帝揮手一盞茶便砸在了他臉上，咆哮道：「解釋！」

鄧恢頭上湯水淋漓，那副彷彿長在臉上的笑容卻依舊不變，他亦不抬手去擦，只任由茶水流淌。

入殿前他便已然知曉原委，此刻只嚴聲地回稟道：「沒有的事，這事絕非臣所為。但聖上既然派臣執掌朱衣衛，臣沒有管束好下屬，便是失職。」拱手往地上一跪，便請罪道：「請聖上責罰。」

安帝目光如鷹蛇，陰冷地盯著他，道：「長慶侯死不死，朕沒那麼關心。但朱衣衛是朕的私兵，哪個膽大包天的狗賊，竟敢在朕的眼皮子底下擅動？要是查不出來，你就跟你那些手下一起以死謝罪！」

鄧恢道：「是。」

安帝見他臉上笑容一絲不變，這才怒氣稍平，冷哼了一聲，「朱衣衛是否與北蠻勾結，也必須查清。雖然李同光多半有些誇大其辭，但這件事上，諒他也不敢無中生有！」

鄧恢道：「是。但臣以為，朱衣衛中即便有人膽大包天擅自勾結朝臣，也不敢與北蠻……」

兩人說著話，便有換茶的宮女悄然離開正殿。

那宮女出殿后，腳步匆匆地穿過宮道，來到一處偏遠的宮殿裡。她在殿外掛出一隻鳥籠，便匆匆離去。

通過鳥籠傳遞的密信很快便送到了朱衣衛右使迦陵的手中。

送上密信的親信瑾瑜道：「那位御前宮女的情郎是屬下親信，消息應該可靠。」

迦陵目光掃過密信上的內容，臉色瞬間大變，騰地站了起來，「我們的人勾結北蠻人殺長慶侯？這是哪兒跟哪兒?!」

瑾瑜聞言也大驚失色，「啊?!」

迦陵焦急地徘徊著。能調動這麼多人手，縱使在朱衣衛中，也僅她和左使陳癸兩人。她絕對沒幹，那麼肯定就是陳癸做下的了。陳癸也確實有這樣的膽量和動機，他最近和河東王走得近，大有可能為了討好河東王去對付李同光。

但私下派兵去合縣的，卻不止陳癸一人，她也私下派了幾十個人去合縣，珠璣一行還全折在了合縣劉家莊。若鄧恢追查，此事勢必瞞不過。縱使能辯白她不曾刺殺李同光，她私下派人去合縣的事又怎麼解釋？一旦安帝怪罪，以鄧恢的行事，又會怎麼處罰她？

迦陵只覺不寒而慄。她思量半晌，咬了咬牙，終於開口問瑾瑜：「御前宮女傳出來的消息，除了妳，還有誰知道？」

瑾瑜匆匆搖頭。

迦陵當即道：「那我們馬上就走，就說我臨時收到珠璣暴亡的消息後，著急出京查問了！」只要避過第一波，等鄧恢把火發完了，或是處置了陳癸，她就還有一線生機。身為朱衣衛指揮使，鄧恢總不能一下子就把左使和右使全處置了，這便是小人物在朝堂的存活之道。

✵

迦陵帶上一眾親信匆匆離開朱衣衛衙門，翻身上馬，穿過長街，向著城外奔去。

街邊小販匆匆避讓開來，頭上斗笠一掀，便露出張和如意有三、四分相像的面容——正是如意喬裝打扮而成。望見迦陵離去的背影，如意目光不由得一閃，悄然進入了路旁的小巷子裡。

不多時如意便從朱衣衛官衙前的路口出來，逕直向著衙門口走去。

有巡視歸來的朱衣衛回到衙門，正在向門前守衛出示腰牌。如意突然走上前去，化妝過的細長眉眼一掃，便尖著嗓子冷冰冰地說道：「只看腰牌，哪個分堂、進去見誰也都不問不查，朱衣衛就是這麼辦事的？」

守衛見她一副小販打扮，卻有一把內監的嗓音，一時錯愕，隨即便醒悟過來，忙上前討好道：「公公誤會了，剛才那些人都隸屬總堂，進出只需要腰牌即可，分堂和外人進朱衣衛，都是要查問的。不信，您過來一看就知。」他向對面的守衛打了個眼色，「你在這兒看著。」便殷勤地親自引著如意走進了朱衣衛大門，將出入登記冊捧給她看。

如意裝模作樣地查驗著手中冊子，眉頭稍展，「這還差不多。」

守衛這才輕舒一口氣。

如意又一亮手中的玉佩，道：「殿前衛齊公公屬下，奉命暗察。」

守衛不由得再次緊張起來，腰背一挺，肅然道：「是！」

「給咱家搞一套朱衣衛的衣裳過來，咱家還得看看裡頭。」

殿前衛和羽林衛、飛騎營同為安帝親信禁軍，最得安帝信賴，常被委以重任。朱衣衛指揮使鄧恢便是從飛騎營中調來。三營中尤以殿前衛最為開罪不得，只因殿前衛裡內官最多，常奉命暗中監察各部，最容易上達天聽，也最會在安帝面前搬弄口舌。

對面的侍衛自然也明白，連忙收斂了目光，點頭應下。

不多時，一身朱衣衛裝束的如意從耳房裡走了出來。看上去面貌平淡無奇，同尋常朱衣衛並無兩樣。她從守門的侍衛們面前走過，輕咳一聲。兩個侍衛忙挺直了腰，目不斜視。

幾步之後，如意的身影便悄然匯入了院中往來的朱衣衛人流之中。

※

果然如如意所說，前一天才將楊盈半夜驚醒、晾在偏殿裡等了一整日，第二天安帝的口風便寬厚起來，特地令鴻臚寺少卿傳口諭過來：「允梧國禮王即刻至永安寺與梧國國主會面。」

只是這突刺一刀的手法，同昨日也並無太大區別。

楊盈問：「現在？」

少卿笑意和柔，言辭達禮：「正是，聖上昨日繁忙，以致怠慢了殿下，頗感歉疚，因此才額外加恩。貴國國主與殿下兄弟情深，久別數月，今日能得相見，想必也是喜出望外吧？」

楊盈無話可說，只能道：「自然。」

少卿又道：「下官這就陪您同去。當然，還和昨日的規矩一樣，諸臣只能陪同前往，不得上塔——請。」

楊盈自是不會再如昨日那般倉促無備，當下便道：「大人稍候，孤現在只著常服。既然覲見皇兄，必須衣冠整肅，方不違君臣之道。杜大人，寧大人，助孤更衣。」

少卿當然也無話可說。寧遠舟和杜長史便隨楊盈一道進屋，幫她穿戴禮服。

杜長史焦慮道：「昨日如意姑娘說安國國主今日必會退讓，老臣還以為只是會宣召您，沒想到竟然會讓您和聖上會面！」

寧遠舟道：「用兵之道，在於虛實相交，安國國主既然是馬上天子，自然也精於此道。根據金媚娘的消息，安國朝野有不少人懷疑過殿下的身分，認為您這個新封的皇子只是臨時推出來的西貝貨，或許安帝是想趁此機會試探，也未可知。」

楊盈動作一僵，急道：「那怎麼辦？皇兄以前都沒跟我說過幾次話，他關在高塔上，也不知道國內的安排，萬一認不出我來，豈不是……」

杜長史勉強道：「這……聖上英明睿智，既然知道了迎帝使前來的消息，多半早就有所預備，殿下不必太過憂慮。」

「可是……」

寧遠舟遞給楊盈一枚扳指，道：「殿下拿好這個。這是元祿一路趕出來的，如果聖上到時言行有誤，妳一按這裡，就會有小針刺出。聖上被刺後會馬上昏迷，到時妳就說他興奮過度，在旁邊照料，擇機再慢慢跟他解釋。」

杜長史一驚，想說些什麼。為了蒙混過關不惜刺暈君主，這實在有違人臣之道。但若不如此，萬一梧帝言辭中露出破綻，該如何是好？莫非他還能想出更好的辦法？他到底還是沒有開口。

楊盈接過扳指，手在微微發抖，道：「好。但是，我還是怕……」

寧遠舟語聲平靜，「殿下，害怕不能解決任何問題，只會讓事情變得更糟。昨日妳無畏，先機就在妳。今日妳若能處變不驚，也定能馬到成功。」

楊盈一怔，肅然道：「孤明白。」

她回身望向鏡中，鏡中少年金冠蟒袍，一襲尊貴莊重的親王打扮，已然裝束完畢了。

她深吸一口氣，鏡中少年面色也隨之變得肅穆威嚴起來。她昂首挺胸，一腳踏出了房間。

✵

朱衣衛衙門裡，如意小心地回避著人群，抬腳踏入了冊令房中。

房中四面無窗，桌椅陳設極其簡單，一應雜物皆無，看上去空洞洞的。如意進屋關門後，便逕直走到一堵牆前，熟練地在牆上按動隱藏的機關。只聽「咔」的一聲，牆上暗門打開，現出另一間密室。

穿過暗門走進去，便見盡頭的牆上高掛著「冊令房」三字。旁邊各有一排書架，一邊寫著「冊」，一邊寫著「令」。「冊」庫收錄天下朱衣衛的名錄，而「令」庫則實錄所有緋衣使以上的令諭。

如意先去「令」字一排，按照年月找出「緋衣使珠璣」相關的紀錄，一本本開始翻閱。然而整個六月裡，珠璣的紀錄都是一片空白。

如意想起些什麼，摸出銀針挑鬆了冊子的縫線，果然在縫隙中找到了一片未撕盡的殘紙——珠璣的紀錄被人抹掉了。

但也並非毫無線索，能對緋衣使下令的，只有指揮使和左、右使三人；珠璣死前曾說不會背叛「尊上」；當日越三娘也說，對梧都分堂下手的，是一位「尊上」。可見必是這三人之一。

鄧恢進宮了，迦陵又外出，這三人之中今日她能見到的就只有——

如意目光一閃，放好冊子，轉身正準備離開，腳下卻又一頓。

她想了想，走到「冊」字書架前，取下歷任上三使的名冊，按照年月翻到其中一頁，手指在紙張上輕輕尋找著，喃喃念道：「指揮使艾狄……右使宣午……」隨後手指便停頓下來。「左使」之下的名字和記載，已被人用墨塗去了，只能隱隱看到一個單人旁的「任」字起筆。

如意凝視半晌，撕下了那一頁，放入懷中。

✻

朱衣衛左使陳癸的心情很糟糕。

刺殺任務失敗，李同光平安無事地返回安都，勢必會全力追查刺殺自己的幕後主使。一旦被李同光查到是他幹的，他的處境可就大為不妙了。

陳癸正皺著眉頭與近侍商議對策，忽然有個朱衣衛匆匆闖入。被他的親信攔下之後，那朱衣衛忙高聲說道：「尊上！屬下是緋衣使珠璣的近侍珍珠，有緊急要事稟報尊上！」——這珍珠，正是如意所假扮。

陳癸一怔，抬手示意親信住手。

如意忙道：「是有關聖上今日宣召鄧指揮使進宮的事，」她面帶驚惶地看著左右近侍，低聲道：「好像是關於長慶侯遇襲……」

陳癸立刻變色，啪啪擊了兩下掌。所有近侍全數退出房去，替他關上了房門。陳癸起身，示意如意：「過來詳細稟報。」

「是！」如意走上前去，道：「屬下的哥哥是御前內監，他昨日輪值，今日出宮採買，跟屬下說昨日長慶侯進宮後，聖上便大發雷……」話音未落，她突然身形暴起，向陳癸發動襲擊。

不料陳癸反應迅猛，和她對過幾招後，漸漸占了上風。如意步步後退，終於不敵，被他一招制住，扼住了喉嚨。

陳癸冷笑道：「早就知道妳有問題，妳主子成天跟著迦陵鞍前馬後，妳怎麼會突然來投靠我？這兒是我的地盤，妳居然膽敢行刺，真是狗膽包天！」

不料如意一笑，「是嗎？」說著腳下便一用力，踏住了地磚花紋的一角。

陳癸還未回過神來，腳下已被一根尖刺穿過，瞬間鮮血淋漓。他抱著腳摔倒在地，不斷抽搐，疼得說不出話來。

如意居高臨下，半垂著眼睛睥睨著他，「可惜，在你之前，這兒也是我的地盤，我早就布下了機關。陳癸，你的腦子真是比你當丹衣使的時候還差，我特意誘你到這兒來動手，你竟然一點也察覺不到？」

陳癸又驚又怒，不顧疼痛抬起頭，問道：「妳是誰?!」

如意不言，踢開几案，轉身坐在了陳癸先前所坐的座椅上。

陳癸眸子劇烈收縮，難以置信道：「任左使？」他奮力爬到如意腳下，「尊上，您回來了？您當初對屬下的恩情，屬下從未有一日忘記……」

如意一笑，打斷了他：「所以，你就對我唯一的徒弟下手？」

陳癸啞口無言。

如意目光一寒，喝問道：「說，為什麼要勾結北蠻人，刺殺長慶侯？為什麼為了三千兩金子，就要出賣整個梧都分堂？」

陳癸驚愕不已，分辯道：「屬下對這些事一無所知……」

如意手上一彈，銀針射出，正中陳癸。陳癸奇癢無比，在地上摩擦低號起來。如意冷冷道：「我一向沒耐心，你想痛癢而死嗎？」

陳癸掙扎翻滾著，「我說，我說，長慶侯的事，是我幹的，可我真的沒有勾結什麼北蠻人。大皇子給我錢，要我替他除掉長慶侯，嫁禍給二皇子，我不敢不從……」

「不敢不從？你忘了朱衣衛是天子私兵嗎？勾結皇子，你想害死你手下所有的人嗎？」

陳癸突然爆發，雙目赤紅地反問道：「我為什麼要不從？妳忠心耿耿地為朝廷出生入死，又得到了什麼？聖上不過是把我們當走狗！就算是妳，最後還不是落到身敗名裂、屍骨無存的地步！妳死之後，我們又換了一任指揮使，兩任左、右使，而我——我在這個位置上已經整整一年了！我不想和你們一樣，很快因為哪個任務沒完成就自殺，更不想成為聖上掩蓋某件朝政醜聞的替罪羊！我只能投靠大皇子，如果他能早日登基，我好歹也有個從龍之功！」他痛苦地摳著地面，強忍住痛癢，仰望著如意，「尊上，這種惶恐的滋味，妳難道沒有過嗎？妳難道從來沒怨過聖上嗎?!」卻終於忍耐不住，如喪家之犬般翻滾哀號著，「啊，啊，給我，給我一點解藥吧，就一點點，一點點也行！」

如意微微動容，低頭去懷中拿藥瓶，陳癸卻趁機偷襲。如意動如閃電，將藥瓶射入他咽喉，血柱瞬間噴湧而出。

陳癸嗆咳著摔倒在地，如意上前替他止血，逼問道：「快說，出賣梧都分堂的事，是不是你幹的？」

陳癸臉露怪異笑容，似是解脫一般，呢喃道：「多謝，尊上給我一個痛快……」說罷便再無氣息。

如意看著他的屍身，久久沒有動作，最後終是嘆息一聲，摸出懷中的索命簿，拾起地上的筆，寫下了陳癸兩字，而後蘸了陳癸的血，在那名字後打了一個血紅的勾。

筆尖上血跡猶濕，如意思忖片刻，抬頭看向了身後的牆。

出門後，她衝著守在遠處、尚在閒聊的兩個近侍行了一禮，方才離開。她面色如常，近侍們都沒起疑心，聊完了天，才走向陳癸房間。走到門外，望見裡面滿屋的鮮血，侍從們驚叫一聲：「尊上！」立刻撲入房中查看。

此刻如意已然轉過了走廊。藉著拐角處假山石的遮擋，她一抹臉，換了一張人皮面具。朱衣衛們聽到警鑼聲匆匆奔來，所有人的心思都集中在突發的變故上，無人注意有個朱衣衛逆著人流奔跑的方向，悄然離開了此地。

行至偏僻的角落裡，如意躍上房頂，脫掉身上朱衣衛的服飾，反手團成個繈褓模樣。待她出現在街道上時，宛然已是一個抱著孩子的婦人，混雜在人流之中，很快便消失不見。

✵

楊盈的車馬穿過朱衣衛衙門附近的街口時，衙門前那條長街已然混亂喧囂起來。朱衣衛正當街抓捕往來的年輕女子，令她們掀開幕籬，一一盤問。

寧遠舟聞聲望去，見此情形，眼神不由得一凜。于十三悄悄湊上前，向寧遠舟耳語道：「是朱衣衛的人，美人兒她……」

寧遠舟目光堅定道：「朱衣衛既然亂了，說明她已經動手了，而且多半已經脫身，不會有事。」雖說著「不會有事」，手上卻還是不由自主地用力攥緊了。錢昭瞟他一眼，沒有作聲。

安國風沙大，不時吹起車上簾子。于十三不禁感慨：「安國風沙比江南大，街上姑娘們好多都戴幕籬，倒是別有一番風情。」

楊盈坐在車中，面色緊張，渾身僵直。

向著塔尖的方向再走二、三里，便到永安寺。走入寺中，過大雄寶殿，入寺廟後院，眼前便是一片廣場，巍峨聳立在前方的永安塔的全貌，便也赫然入目了。

寧遠舟不動聲色地觀察著高臺四周的兵力布防。

只見那塔高約七級，前後都是空曠的廣場，四周都有侍衛巡邏。塔身四方，下寬而上窄，坐落在一處三面環水的高臺上，只有一面有進出的通道。高臺四面還各設著一座一人多高的瞭望臺，上面布排有火盆和哨兵，塔身上到處都懸掛著警鈴。防備得可謂是滴水不漏。

穿過廣場，來到唯一的通道面前，鴻臚寺少卿示意一行人留步，便差遣手下向守塔侍衛交去令旨。

那些侍衛佩劍戴甲，肌肉壯碩，個個都是一副孔武有力的模樣。核對令旨後，他們側身讓開通道，那通道也堪堪只容兩人並行。

鴻臚寺少卿回身對寧遠舟一行人道：「諸位暫請留步。」又對楊盈道一聲：「殿下，請。」

楊盈正仰頭望著眼前高塔，聞言回過神來，向杜長史、寧遠舟等人略一點頭，便輕吸一口氣，走上前去。

塔中木階狹窄陡峭，似因年歲久遠，已有些老朽，踏上去吱呀吱呀地作響。楊盈一步步地向上攀爬著，距離塔頂越近，她的心跳便越快越響。

透過階梯的縫隙，可以看到每一層的暗處，都有侍衛的身影，還有無數機關。四下防備嚴密，一旦出事，她定然逃不出去。

但……真能不出事嗎？這一路行來，她心中對梧帝的敬愛仰望之心早已支離破碎——這個男人因無能與剛愎自用，在歸德原上葬送了無數忠義志士的性命，致使山河淪喪、百姓流離。誰敢保證今日碰面，他就不會出岔子呢？

楊盈精神漸漸緊繃，只覺呼吸都漸漸困難起來。

塔頂狹小的囚室裡，梧帝楊行遠正坐立不寧地等待著今日的會面。他一會兒站起來徘徊，一會又對著水盆低頭整理頭髮。突然發現自己鬢髮邊有了一叢白絲，他不由得一下子呆住。

那階梯足有百來級，楊盈爬得氣喘吁吁，不時便停下來歇一會兒。每次駐足休息，她都不斷地轉動著手上寧遠舟給她的指環。

待終於爬上頂層，出樓梯口，便聽塔頂侍衛問道：「誰人上塔？」

少卿道：「奉聖命，允梧國禮王上塔探視梧國國主。」

正對著水鏡發呆的梧帝聽聞外間對話，終於回過神來。他深吸一口氣，儘量整理衣冠，端坐在屏風前的主位上，彷彿自己仍是華貴帝王。只是微微顫抖的手指洩露了他內心不安，他連忙拉下衣袖，將雙手遮住。

侍衛們聞聲讓開出口，用特製的鐵條撥開散落在走廊上的鐵蒺藜，前方這才現出一條窄窄的通道來。

楊盈正在一旁等待，忽見兩個和她身形相似、打扮相近的少年站到了她身側。她心中猛地一緊，慌忙喝問道：「這是何人？」

少卿微微一笑，道：「這是禮部送去服侍貴國國主的近侍。難得殿下今日前來，正好一起上塔。殿下為何如此詫異？」

楊盈強忍驚慌，皺眉道：「孤不喜歡他們身上的熏香，讓他們離孤遠些！」正說著，通道便已清掃出來，楊盈搶先一步，走向囚禁梧帝的房間。

可就在她準備踏入房間的那刻，身後的兩個少年突然鑽了出來，將她擠到側邊。楊盈好不容易站穩，慌忙行禮：「臣弟參見聖上！」卻不料，那兩個少年竟然幾乎與她同時開口、同時跪下，說的是一模一樣的話，行的是一模一樣的禮。

楊盈霎時明白了安國人的盤算，心中大驚。然而還不待她開口，另外兩個少年已做出震驚的樣子指著對方和楊盈說：「你是何人，竟敢冒充孤！」

梧帝狐疑的目光在三個少年面上掃了一圈，遲疑道：「盈弟？」

楊盈一咬牙，手中扣緊了寧遠舟給她的指環，搶上前一步道：「正是阿盈！」

與此同時，那兩名少年也已搶上前，各自應道：「阿弟在！」「皇兄！」

一團混亂之中，楊盈伸手扶住被撞歪的髮髻。梧帝一眼望去，看到她髮髻上的簪子是自己常見的六道堂樣式，便突然大怒道：「夠了！你們安人實在無聊，竟然弄了一堆假貨來試探朕，難道以為朕連自己的弟弟都認不出來嗎？」他上前一步，一把抓住了楊盈的手腕，柔聲道：「阿盈，妳長高了。」

楊盈本已提到嗓子眼的心猛然放下，她鼻子一酸，輕聲道：「皇兄，您瘦了。」

兄妹二人執手相看。片刻後，梧帝惱怒地瞪向安國少卿，喝道：「帶著這幫假貨，滾！」

少卿使了個眼色，便帶著兩個少年和其他侍衛退出了房間。

梧帝正要開口，楊盈卻立刻拉著梧帝起身，道：「去屏風後面。」繞過屏風後，楊盈從袖中掏出一只小盒，抬手一搖，盒中的蟋蟀就喧騰地鳴叫起來。她這才鬆了一口氣，低聲道：「現在可以說話了。」

梧帝頗為震驚，半晌才道：「阿盈，妳真的長大了。」

楊盈不好意思地一笑，「我剛才還擔心皇兄認不出我來，還好……」

「還好，朕看見了妳頭上的髮簪。」破解了安國人的詭計，又在受辱這麼久之後終於見到了期盼已久的使者，梧帝心中激動，精神已不由自主地亢奮起來，「這是宮裡羽林軍侍衛統一的制式，朕一眼就認出來了！呵，朕聽到迎帝使前來的消息，就已經猜想過無數次禮王到底是誰了。原以為是找了位遠支宗室，沒想到居然是妳！」他拉住楊盈的手，「阿盈，妳不愧是朕的親妹妹，咱們兄妹倆，一樣果敢！」

楊盈心中的滋味頗有些難以言表，她語氣複雜地道：「臣弟不敢當皇兄如此誇獎……」

梧帝卻沒察覺到她微妙的心情，急切地問道：「閒話少說，快告訴朕，那十萬兩黃金，妳帶來安國了嗎？」

房間外，安國少卿和侍衛把耳朵貼在房門上，竭力想聽清屋中兩人的對話，卻被灌了滿耳喧鬧的蟋蟀鳴叫聲，偶有幾句支離破碎的人語混雜其中，卻根本就分辨不清說的是什麼。

房間內，楊盈也加快了語速，低聲向梧帝解釋著：「五萬兩黃金實物，還有五萬兩，寧遠舟寧大人作主換成了銀票，說以防安國人反悔，要等我們離開安國國境時才交給他們……」

梧帝一喜，「寧遠舟來了？太好了，有他在，朕定能平安歸國！」

「寧大人還是擔心安國人會食言，所以，」她將一只盒子悄悄遞給梧帝，低聲向他耳語了幾句，又道：「到時，請皇兄做好準備，我們會全力營救您。」

梧帝長鬆了一口氣，欣慰道：「很好，朕在這裡日夜煎熬，擔心的也無非就是這幾件事。」忽地又想起件事來，忙道：「對了，安國的長慶侯李同光，與朕還算有些默契，你們若要行動，不妨試試買通他。」

楊盈點頭道：「您放心，臣等早有安排。」

正事說完，兄妹二人突然便陷入了一種奇怪的靜默。

半晌，梧帝才又開口道：「妳皇嫂，還有二弟，可還安好？」

楊盈忙道：「皇嫂身體尚安康，腹中龍胎也一切正常。丹陽……」

楊盈還沒說完，梧帝忽地一驚，喜悅道：「龍胎？」隨即立刻反應過來，忙壓低了聲音，急切地問道：「皇后她有孕了？」

楊盈點頭道：「已經好幾個月了。」

梧帝肉眼可見地喜不自勝，竟不自覺地起身，笑著來回走動起來，「太好了，太好了！」他搓著手，彷彿自言自語一般，「朕更得平安歸國！」

楊盈便也含笑點頭，繼續說道：「丹陽王兄在梧都忙於監國，臨行之時，他再三吩咐臣弟務必接回皇兄，一家團圓。」

梧帝忽然變了臉色，回頭緊盯著楊盈：「那他說過沒有，到底是希望朕以什麼身分回去呢？皇帝，還是太上皇兄？」

楊盈被他臉上的狠戾之色嚇了一跳，忙道：「皇兄不必多慮，丹陽王兄勤勉忠義……」

梧帝冷哼一聲：「這些話，是別人教妳說來，好安朕的心的吧？可惜，朕與丹陽王當年爭了好些年的太子之位，朕難道還不清楚他是什麼樣的人？他想必沒少派親信刺客，攔阻妳順利到達安國。只要朕回不去，他就可以名言正順地占據皇位……」

楊盈忍不住打斷了他，沉聲道：「皇兄，這些事能不能等您平安回到梧國再說？」

梧帝一怔，目光忽地陰鷙起來，惱怒道：「妳是看朕落難了，竟然敢教訓起朕來了？還是丹陽王許諾過妳什麼，妳才來替他當說客，想勸朕認命?!」

楊盈對上他冰冷的目光，身子下意識地一抖，卻仍是挺直了腰背，直視著他，「臣弟本來不敢，但是皇兄，難道不是你一意孤行，才造成我上千大梧將士戰死於天門關嗎？」

有些話在她胸中已壓抑得太久了，她不能不問：「見面這麼久，你可有一句悔不當初，可有一句詢問過那些為你戰死、為你受傷的大梧將士?!」

屋外悶雷滾過，兄妹二人對面站著，身側是永安塔頂層的石柵窗戶，窗外萬里江山覆壓在沉沉陰雲之下。

梧帝怔怔地看著楊盈，腦海中彷彿再次響起刀兵碰撞之聲。身前護衛一個接一個地倒下，柴明拚死撲上來為他擋住射來的箭……那些深埋在屈辱心境之下，被他忽視和遺忘了的記憶，如走馬燈般一幕幕在他面前閃過。他的身體不由得輕輕顫抖起來。

楊盈目光哀切又赤誠地看著他，「況且，比起虛無縹緲的帝位和權力，難道平安回到大梧，見到皇嫂，看到小皇子出生，不是更實在些嗎？皇兄，我本來只是後宮裡一個什麼都不懂的小公主，但我來了，我躲過各路追殺，一路奔波上千里來了，只是因為我想救你回去，只是因為你是我哥哥，我想你好好活著！」

梧帝目光一顫，震撼之下胸中忽地有一捧溫熱甦醒過來。半晌，兩行清淚滾落，他情不自禁地上前抱住了楊盈，哽咽道：「阿盈！」

兄妹二人緊緊地擁抱在一起。

梧帝哽咽著：「朕一直念著那些戰死的英靈，可朕只是害怕，只是羞愧……阿盈，妳不知道，朕有多盼著妳來，盼到朕頭髮都白了！妳看，朕才二十五歲啊！」

楊盈看著兄長頭上的白髮，心中也難過不已。

這時，外面有人敲了敲門，安國少卿的催促聲傳來：「天色不早了。」

楊盈忙道：「再稍等片刻。」時間緊急，她匆匆對梧帝說道：「臣弟還有一事。皇兄，可曾記得護衛你的六道堂天道侍衛柴明他們？」

梧帝立刻點頭，「朕自然記得，還有石小魚、沈嘉彥那幾個，他們都是為朕英勇戰死的好男兒。」

楊盈大喜，欣慰道：「那就好。皇兄，現在大梧境內謠言紛飛，不少人傳言，是六道堂天道護衛們軍前擅權，出賣軍機，才導致了天門關大敗……」

梧帝怒道：「一派胡言！」

楊盈忙道：「那，能不能請皇兄現在立刻手書一封為柴明他們雪冤的詔令，阿盈想等會兒就交給寧大人，如此，也能讓使團裡的六道堂道眾安心為皇兄效力。」

梧帝當即便走到案邊，「朕這就寫。」

楊盈滿懷期望。不料，梧帝剛剛提筆，便突然想起什麼，警惕地看向楊盈，「不對，妳自幼長在深宮，多半連六道堂是哪六道都弄不清楚，上塔來見朕這麼緊急的當口，怎麼會想到給天道侍衛洗冤的事？」

楊盈一怔，連忙解釋道：「臣弟知道六道堂怎麼回事，你忘了，臣弟的女傅是寧遠舟之母顧女史啊。」

「寧遠舟，果然是他。」梧帝猶豫片刻，到底還是放下了筆，搖頭道：「不行，這封雪冤詔，現在朕還不能寫。」

楊盈大驚，忙問：「為什麼?!」

屋外狂風大作，吹得石頭柵欄幽咽作響。

安帝皺著眉，猜疑道：「剛才朕就覺得不對。朕將寧遠舟削職充軍，他應該心懷怨恨才對，怎麼轉眼就心甘情願地護妳入安了？原來是為了他以前的手下，這樣便說得通了——」他似是終於想明白了什麼，恍然道：「是了，他這人不愛功名利祿，卻最重兄弟情誼。出征以來，朕沒少聽柴明他們提寧遠舟……」他說著，眼神忽地一凜，陰鷙地看向楊盈，「呵，難怪妳著急要朕寫這雪冤詔，是他叫妳這麼幹的對不對？他是不是根本就不想救朕，只想拿了這封詔書給天道的那些人正名？」

「絕對沒有，皇兄誤會了！」楊盈正要解釋，卻被外間敲門催促的聲音打斷了。

敲門聲落下後，梧帝壓低嗓音，急促地說道：「回去告訴寧遠舟，想拿到這封雪冤詔，得等到他平安救朕離開安都再說，否則，就等著讓天道的人背一世的叛徒罵名吧！」

外間忽地劃過一道閃電，明光照亮了梧帝猙獰的臉。

楊盈急道：「皇兄，你不能這樣，天道的侍衛對你忠心耿耿！你不能這樣對他們！」

梧帝掰開她抓著自己的手，目光凶狠又可憐，「朕知道，但朕只能這麼做。寧遠舟現在是朕唯一的希望了，朕必須得想法子保證他平安送朕回去！」

話音剛落，安國少卿已繞過屏風走了進來，口中喚著：「陛下——」見楊盈還抓著梧帝的手，故作一驚，「喲，失禮，打攪了。」

梧帝道一聲：「無妨。」便將楊盈抓著自己的手用力推回，催促道：「快回去吧，朕等著與妳在塔下重見的那一日！」

天際悶雷聲低低地翻滾著。

楊盈心中又失望又無奈，還有些旁的情緒翻滾在胸口，卻一時難以辨明。她目光深沉地注視著梧帝，深深一禮，道：「皇兄善自珍重。」

她轉身走出梧帝的房間，步下樓梯前，終是忍不住再一次回頭望去。梧帝立於門前，眼巴巴地望著她，神色憔悴。她心境複雜至極，終是快步走下了樓梯。

窗外又是一陣閃電驚雷，那雨漸漸大了，天地間一片蒼茫。萬籟都淹沒在了鋪天蓋地的沙沙聲中。

第二十四章

零蒙細雨話平生

楊盈走到塔下，一眼便望到了正等在雨幕中的使團眾人。見她從塔裡出來，眾人精神都是一振，眼神中有急切、有期盼。楊盈心中疲憊又酸澀，無言以對，雖依舊昂首挺胸不肯露出頹狀來，卻不由自主地垂了眼。

待她穿過通道，走出環水的高臺，杜長史已迫不及待地迎上前來，急切地問道：「聖上如何？」

楊盈淡淡道：「聖躬安，聖上得知諸位忠心赴安，也格外欣慰。」

眾人都不由自主地仰頭望向塔頂，卻見梧帝正從高塔上探出頭來。諸人立刻深禮，杜長史更是撲通跪倒在地，含著眼淚高聲喚道：「聖上，聖上！老臣不惜一死，也必不辱命，迎您重歸大梧！」

寧遠舟抬頭望向安帝，然而這塔太高了，只望見烏雲罩頂之下、高寒塔頂之上一個面目模糊的身影，卻是看不清任何表情。

楊盈垂著眼睛，疲憊道：「大家回驛館吧。」

一行人這才收回目光，往寺外走去。

寧遠舟跟在楊盈的身邊，低聲問道：「東西給聖上了嗎？」

楊盈點頭，卻根本就不敢看寧遠舟。

寧遠舟似是察覺到了她的情緒，又低聲問道：「出什麼事了？聖上受了傷嗎？」

楊盈含淚搖頭道：「遠舟哥哥，對不起。」

寧遠舟突然明白過來，頓了一頓，問道：「他不肯為天道洗冤？」

楊盈低下頭，羞愧又難過地道：「他不相信你是真的會救他，他說，要想拿到雪冤詔，除非你先把他救出安都。我已經拚命勸他了，可他還是——」聲音一噎，已哽咽起來。

寧遠舟輕呼一口氣，眼中閃過一絲微不可察的失落，平靜道：「我知道了，我原本就覺得不會這麼順利。」

楊盈強忍著眼中淚意，垂頭道：「對不起……我從來沒想過，皇兄會變成這樣……」

寧遠舟卻說：「他不是變成這樣，而是一直都是這樣。視他人性命如草芥，己之皮毛逾泰山。看來天門關那一場血雨腥風的慘敗，並沒有讓他改變。」說話間，他們已走到馬匹旁，寧遠舟順手將楊盈托上馬背，道：「但臣慶幸，殿下並不是這樣的人。」他向楊盈欠一欠身，便和諸人一起翻身上馬。

楊盈驅馬走出寺外，仰頭望向天空。細雨漫天覆地，沙沙地落著。兩滴水珠從她臉頰上滾落，一時間不知是雨是淚。

✻

雷聲翻滾著，狂風吹得松柏林嗚咽作響。

如意獨自在昭節皇后的陵墓前跪拜著。守陵的士兵和內侍都已被她迷暈放到了別處，今日此地就只有她和昭節皇后兩人，不會有旁人前來打擾。

昭節皇后陵前有些荒涼。

如意跪拜過後，久久凝視著墓碑，向昭節皇后訴說著：「娘娘，阿辛回來了——不，我現在叫如意了。我會按您的願望，平安如意、幸福自主地活著。」

與昭節皇后相處的點點滴滴浮現在眼前。她犯錯受刑時，昭節皇后把她傳去自己殿中，殿門一關便拉著她喝酒；為她置辦了宅子，溫柔地告訴她只要是女孩子家，就得有一座閨房；手拿著書卷，嫻靜安雅地教她背誦《清靜山記》；動輒便帶著二皇子給她插滿頭的花；一本正經地教二皇子背「少小離家老大回，安能辨我是雄雌」……

一切都彷彿就在昨日，誰知竟已過去這麼多年了。

她輕輕說道：「一別幾年，您還好嗎？您向來喜歡熱鬧，守陵的人這麼少，您一個人又在泉下這麼久，會不會覺得有些冷清？不過，二皇子時常會來陪您吧。」她說著便沉默下來，眼圈漸漸泛紅，許久之後，才又道：「娘娘，阿辛很想您。」

風不知何時停了，雨水先是無聲無息，繼而鋪天蓋地地落下。

天地蒼茫，萬籟俱寂，鳥雀不飛，走獸蟄伏。茫茫雨幕之中，就只有一座孤碑，旁邊跪著個飄零的孤客。

雨水打濕了她的衣衫，繼而打濕了她的臉龐，兩行淚水倏然滾落下來。

✵

雨勢漸漸大了，路上行人紛紛走避。如意頭戴幕籬，快步行走在路上。忽然，她於如煙似霧的雨幕之下、匆匆穿行的人流之中，望見一抹不動的青色。

她心似雨打浮萍，那身形卻如砥柱般倏然絆住了她的目光。她掀了幕籬抬頭望去，便見寧遠舟一身青衫玉立於橋頭，手持一把油傘，正靜靜地等在雨中。

如意靜靜地站了一刻，終於摘去幕籬，奔向了寧遠舟。

寧遠舟似也有所察覺，忽然回過頭來。望見如意走來，那山色般空濛的黑眸子裡便有明光亮起，他立刻迎上前來。

兩人在橋頭相聚，寧遠舟將傘遮在了如意的頭上，默然凝視著她。

如意仰頭問道：「來了多久了？」

寧遠舟道：「一會兒。」

「不怕被別人發現？」

「朱衣衛被妳搞得一團亂，外頭的人都撤回總堂去了，沒人盯著咱們。」

「怎麼知道我在這兒？」

寧遠舟便道：「我是想妳報完了仇，應該會想去見見昭節皇后。從山陵回四夷館，這條路最近。」

兩人對視著，都看到了對方眼眸裡的黯淡。

如意便又問道：「你心情也不好？」

寧遠舟神情晦澀，片刻後才輕輕說道：「嗯。安帝許阿盈上永安塔去見我們皇帝了，可他說，除非先救他出來，否則他拒絕寫雪冤詔。」

如意把手覆在他緊緊握著傘柄的手上，輕輕握住，道：「娘娘的陵前有些荒涼，守陵的士兵也只有幾個。聖上寫了那麼多詩文懷念娘娘，卻偏偏對她的身後事這麼敷衍……」她說不下去了，手也微微抖了起來。

寧遠舟便用另一隻手又覆上她的手。兩人肌膚相貼，互相給對方以安撫，也從對方身上汲取安撫，在雨中默立良久。

後來，寧遠舟問：「我們一起，走一會兒？」

如意道：「好。」

他們便共傘漫步於雨中的安都，時經小路，時經水濱。煙雨中，城池如畫，平添幾分夢幻，兩人卻一直沉默不語。

良久之後，他們走到一僻靜巷口，再往前去不遠，便是四夷館了。

如意停住腳步，茫然道：「我心裡還是悶得慌。」

寧遠舟想了想，忽地看到遠處有一處大門虛掩著的破敗宅院，便道：「跟我來。」

他拉了如意走過去，伸手推開破舊的大門。院中空無一人，石磚生青草，樑下結蛛網，一眼看去便知已很久都無人居住了。

寧遠舟放下傘，回首看向如意，道：「我們認識這麼久，還沒怎麼正經交過手。不如來兩個回合？」

如意略有些意外，道：「你的傷勢和內力——」

寧遠舟已然抱拳請招，「任尊上。」

如意便也不再猶豫，回禮道：「寧堂主。」

一禮已畢，兩人同時出招，交起手來。一時間細雨紛飛，兩人拳腳相交，你來我往，好不精彩。

他們心無旁騖地對戰著，眼中的鬱氣漸漸散去，神采重現於眉睫之上。幾乎是同時，兩人的手刀都橫在了對方的脖頸上。如意一挑眉，反手一揮，把明顯放水的寧遠舟制在了牆上。

寧遠舟道：「我輸了。」

如意眸子一彎，輕輕笑了起來。

二人同時開口。

如意道：「心情有沒有好一點？」

寧遠舟道：「我好多了。」

如意看著嘴角含笑的寧遠舟，突然間一陣感動湧上心頭，輕輕說道：「寧遠舟，你真好。明明自己也不快活，卻總想著讓我開心。」

寧遠舟微笑道：「妳也很好啊，陪著我這麼痛快地打了一架，一點也沒手下留情。」「萬一有一天，我沒那麼強，也沒那麼好看了，你會後悔嗎？」如意忽地想起什麼，問道。

寧遠舟正色道：「不會。喜歡一個人，本來就是一念起，一生休。茫茫紅塵中，我能遇到妳，本就已經是上蒼垂憐。所以這份幸運，我會緊緊抓住，不管它褪成什麼顏色，我都不會輕易放手。」

他握住了如意的手，目光平和又堅定。

✵

雨不知何時停了，天色一碧如洗。街上房屋楊柳洗去浮塵，洇著水汽，愈發顯得色彩明豔。

兩人踏著雨後的青石路，繼續漫步在安都的街巷之間，臉上消沉低落的情緒已全然不見，代之以雲開霧散的爽朗。

寧遠舟道：「陪我去和章崧的人接頭吧，該拿這一期的解藥了。」

如意點頭道：「好。」

雨後無雲，日光明得耀眼，如意抬手遮了遮，問道：「章崧用一句牽機來控制你，你恨不恨？」

寧遠舟道：「談不上恨，畢竟我和他素無交情，只是合作而已。」說著便嘆息一聲，道：「但對聖上，我是真的很失望。天道的兄弟們幾乎全為他浴血戰死，可在他眼中，也不過是理所當然而已。」

如意道：「朱衣衛也差不多。剛才，我殺了謀害鷲兒的左使，但他死前說的話，卻讓我覺得很悲涼。他說他投靠大皇子只是為了活下去，因為聖上從來都沒相信過朱衣衛，只不過把我們當隨時可以扔掉的走狗而已。朱衣衛的高階衛使，最多也只能坐穩位置兩、三年，然後就會被替換掉。同樣的話，媚娘也曾經說過。」她摸出懷中自己被塗黑的那一頁名冊，遞給寧遠舟，道：「算一算，他們說得還真對，我在左使這個位置上，也不過就待了一年多的時間。」

寧遠舟接過那頁紙，認真地看了看，又交還給如意，道：「他們都是同一類人。我們這一位，衝動莽撞地發動關山之役，只是為了跟章崧奪權，向天下證明他是個文武雙全的天子。你們這一位呢，根據李同光傳來的消息，明知道北蠻人已經混入天門關內，卻還想撂開不管，一門心思只想著他再征褚國的大計。」

如意思索著，皺眉道：「那我們該怎麼做才能阻止他們？要不，我們一起潛進塔裡，直接逼你們皇帝寫雪冤詔和傳位詔？阿盈奈何不了他，我們兩個肯定沒問題。」

寧遠舟搖頭道：「先別急，等阿盈見過安帝，摸清楚他的態度之後再說。永安塔那邊守衛森嚴，要是交了黃金就能直接把人接下塔，咱們也不值得冒這個險。金媚娘那邊也已經把該遞的消息都遞給褚國了，估計過兩天，褚國就會發國書過來質問安帝為何不守盟約，聽憑天門關兵力空虛，卻悄悄在兩國邊境陳軍。偷襲之計一旦落空，安帝多半就能消停一會兒。」

如意想了想，問道：「你能安排六道堂的人放個假消息出來嗎？就說洩露攻打褚國計畫的，是大皇子的人。」

寧遠舟看向她，「妳想替李同光報復他？」

如意淡淡一笑，道：「那是自然，陳癸都死了，沒道理他還平安無事。我的鷙兒，怎麼能隨意讓人欺負。」

寧遠舟便也跟著笑起來，道：「有妳這麼個護短的師父，李同光還真是上輩子燒了高香。走，反正我也是去安都分堂拿解藥，妳看著我當面安排，應該更放心。」

如意便點了點頭，重新戴上幕籬，和寧遠舟並肩向安都分堂走去。

寧遠舟曾在安都潛伏過，是以縱使趙季上位，也依舊沒動搖寧遠舟在安都分堂的威信。兩人一走入後堂，安都分堂的道眾們忙都欣喜地上前參見，起身之後便迫不及待地擁上前和寧遠舟說起話來。

見他們如此，寧遠舟的心情也不由得輕快起來，他一邊向他們詢問著安都的情報，一邊不時地拍一拍他們的肩膀，以示鼓勵。

正聊著，忽然有人想起要緊事，忙鄭重地捧出一句牽機的解藥，遞給寧遠舟。寧遠舟隨手接過解藥，便又指著安都的地圖，指著四夷館和永安塔的位置，給手下們講述起使團後續的行動安排。

他說幾句，便看一眼身後戴著幕籬的如意，如意點頭，他才繼續說。安都分堂的人瞧見這情形，都隱蔽地交換著頗有興味的眼色。

離開安都分堂後，寧遠舟的心情明顯已放鬆下來，忍著笑對如意說道：「看著他們那想問妳是誰又不敢問的樣子，我心裡就直樂——」

如意頗有些不贊同，道：「幹麼不直接告訴他們我是阿盈的教習？」

「偏不，就要讓他們猜。」寧遠舟難得露出些跳脫的少年脾氣，「呵，他們幾個，當年我待在安都的時候，就沒少取笑過我沒女人緣。現在，讓他們慢慢羨慕嫉妒去！」

如意卻不免好奇起來，「自從兩國交戰，朱衣衛就在安國境內大肆搜捕六道堂，你們安都分堂的所有人都沒出事？」

寧遠舟點頭道：「對，都沒事。他們幾個還算聰明，記得當年我的吩咐，一發現風聲不對，沒等總堂的命令，就立馬自己化整為零，用以前準備好的身分，各自去了近郊躲藏。直到前幾天金沙樓放出堂中的暗號，他們才重新過來等候接頭——」他笑看著如意，補充道：「還真得謝謝妳，金媚娘這個好下屬，真是幫了我們的大忙。」

如意忍俊不禁，「你呀，一看到兄弟平安，連話都多了不少。」雨後空氣清新，風景也美得令人心曠神怡，如意擴了擴胸，展開手臂享受著迎面吹來的清風，感嘆道：「人生還真是奇妙，我一個朱衣衛，居然有朝一日會和你這個六道堂一起走在安都的大街上——對了，之前阿盈老問你以前潛伏在安都時是做什麼的，你幹麼老不說？」

「這個，這個——」寧遠舟輕吸一口氣，顧左右而言他，「啊，妳看，今天的天氣真好啊。」

如意一把捏住他的下巴，把他的臉扭回來，笑嗔道：「快告訴我。」

寧遠舟目光飄忽，「妳說過，每個人都應該有自己的小祕密。」

如意作勢擰他，逼問道：「你到底說不說？」

寧遠舟假裝害怕地躲避著，突然，一個詫異的聲音從身後響起：「古員外？」

寧遠舟忙收斂神色回過頭去，卻是對面商鋪的老闆站在門前，正詫異地看著他。寧遠舟認出是故人，拱手致意道：「啊，江老闆，上次在宿都一別，已經好多年了，您一切可好？」

江老闆見確實是他，立時滿臉堆笑，道：「都好都好，託福託福，哎呀，您當年的閣子，轉出去真是可惜了。」又看向旁邊的如意，道：「這，該不會是夫人吧？」

寧遠舟飛快地看了一眼如意，微笑道：「正是內子。」

江老闆忙又向如意行禮致意，隨後側身一讓，指向身後的首飾舖子，對二人道：「這是我去年新盤下的舖子，剛進了不少時新樣式的釵環，您二位要不要進來瞧瞧，順便品品剛採的秋茶？」

寧遠舟忙看向如意，見如意微微點頭，才對江老闆道：「請！」

❋

舖子裡布置得很是華美，一眼望去琳琅滿目。除了尋常的釵環首飾之外，還有些安國部族特有的飾品，牆壁上就掛著個鑲了一小截銀角的虎頭飾品。

江老闆將兩人領進去，示意他們隨便看看，便去催促夥計：「快去沏壺好茶來！」又用手一遮，向夥計低聲耳語道：「好東西儘量往夫人那邊擺，我剛才一眼就看出來了，古員外就是個懼內的，什麼事都得夫人說了算。」

寧遠舟和如意耳力極佳，都聽到了他的話。寧遠舟尷尬地假裝看別處，如意忍俊不禁，低聲笑問他：「古員外，這就是你以前的身分？我以為，員外都應該是肚子長這樣，」她在肚子前畫了個半圓，又去捋下巴上並不存在的長鬍子，「鬍子長這樣才對。」

她笑得開心，寧遠舟也不由得跟著笑起來，無奈地解釋道：「以前我的身分是珠寶行商，在安都也有過一間閣子，買珠寶的多是達官貴人的女眷，她們口風不緊，時常能收集到一些有用的消息。」

如意問：「閣子叫什麼名字？」

寧遠舟道：「一念閣。」

如意恍然：「啊，我記起來了，就是那間以俊俏男掌櫃聞名的閣子。難怪你只做女眷生意，難怪你不肯告訴阿盈。」

寧遠舟急道：「我是東家，不是掌櫃！他們說的掌櫃是葉光，就是你剛才見過的那個！」

如意意味深長地笑看著他，「哦，是嗎？員外——」

寧遠舟臉上已有些飛紅，揉著額頭略作遮擋，咕噥道：「人家叫妳夫人，妳都覺得沒什麼，叫我員外，妳倒笑了這麼久。」

「我以前又不是沒扮過別人的夫人，可是員外——」如意沒忍住又笑出了聲，見寧遠舟已有些羞惱了，才趕緊咳了一聲壓下笑意，安慰道：「在褚國，我還是永平世子的夫人呢——」見寧遠舟目光突然危險起來，立刻醒悟，忙道：「不過那個世子墳頭的青草，已經有三尺多高了。」

正說著，夥計已經奉上茶水，掌櫃的也帶著人端了珠寶盤過來。

寧遠舟這才目光稍霽，冷哼一聲，傲嬌道：「我突然有點倦，妳自己慢慢挑吧。」

如意隨意掃了一眼，道：「不用了，我不喜歡這些又重又累贅的東西。」

掌櫃的一僵。寧遠舟卻比掌櫃的反應還快，回身拿起一支金釵，道：「哪裡重了？這是鏤絲的釵子，中空的，最是輕巧。」說著便給如意戴在了頭上，雲鬢花絲交相映，愈發襯得如意肌膚勝雪。

他正欣賞著，突然察覺到如意頗有深意的眼神，不由得一滯。如此嫻熟的動作，他這「珠寶舖子裡受女眷歡迎的俊俏男掌櫃」的身分顯然是賴不掉了，便乾脆認命，又指著盤中瓔珞，道：「還有這個火珊瑚瓔珞，也很襯妳的肌膚。」

如意笑道：「我不要這個，叮叮噹噹的，幹什麼都不方便。」

寧遠舟又從盤子裡挑出枚耳墜，道：「那這個玉珠耳墜呢？玉料不錯，和闐的，既溫潤又簡單……」

老闆跟夥計使了個「你看我說得對吧」的眼色，夥計偷偷給他豎了個大拇指。兩人便乾脆悄悄退到一旁去，讓他們自己挑。

如意卻有些不耐煩了，拒絕道：「一件就好，我不想戴那麼多。你要是喜歡，幹麼不自己買了戴啊？」

寧遠舟微笑道：「首飾只能女子戴，現在是我在為妳挑，妳要是願意打扮我，我自然也甘之如飴。」

「我挑了你就戴？」

寧遠舟覺得不對，對上如意的目光，忙道：「戴，當然戴。」口風卻又一轉，補充道：「不過，得妳自己出錢才行。」他笑瞇瞇地看著如意，「夫人今日出門，好像沒帶什麼銀錢吧？」

如意一挑眉，轉身比了個手勢，向老闆微微點頭為禮。老闆臉色一肅，竟然交叉雙手深深地行了一個大禮，爾後畢恭畢敬地走上前來，躬下身聽如意說話。

如意跟他耳語兩句，從袖中拿出一顆銀珠交給他。老闆立刻滿臉堆笑，恭敬地接過去，點頭哈腰道：「有眼不識泰山，還請兩位貴人移步後園雅閣。您要的東西，小人馬上就去安排！」

他躬身導路，腰彎得跟蝦米一樣。如意起身移步，淡淡地瞟了寧遠舟一眼。寧遠舟心中驚詫，但他答應在先，也只能硬著頭皮跟上去。

出後門便是一道長廊，老闆在前面遠遠地帶路。寧遠舟追上如意，拱手為禮，低聲道：「還請夫人解惑。」

如意輕輕一笑，解釋道：「這鋪子裡的虎頭鑲著銀角，是沙東部常見的裝飾。娘娘是沙東部的王女，之前為了行事方便，便替我安排了一個她侄女的身分，族人相見，做個手勢，報個家系，便互相清楚了。至於錢嘛，呵，」她抬眼瞟著寧遠舟，笑道：「我是沒有，可是媚娘有啊。她擔心我來了這邊後手頭不方便，會被人擠兌受閒氣，就備了好些銀珠，不多，每顆能去金沙樓換上五十兩黃金而已。」

寧遠舟倒吸一口冷氣，恭謹地討饒道：「夫人，小可剛才失言，您千萬別往心裡去。」

如意挑眉笑看著他，一本正經地演著她尊貴豪富的「夫人」樣，道：「員外，這安都，畢竟是我的地盤。」

「夫人說的，都是對的。」

說話間，老闆已推開雅閣門，行禮延請道：「夫人請，員外請。」

寧遠舟突然警覺起來，扭頭看如意，「妳不會也要給我挑首飾吧？」

「誰說這兒只有首飾的？老闆說，他還有上好的衣料，」如意便學著寧遠舟樣子，粗聲粗氣道：「『妳要是願意打扮我，我自然也甘之如飴』——員外，你說話得算話啊。」

寧遠舟傻了眼。

雅閣鋪子裡，如意怡然靠坐在椅子上，腳下搭著腳踏，手上捧著香茶。

一旁的更衣室裡寧遠舟換好一身新衣，頗有些生無可戀地走出來——這已經是他換的第三套衣服了。他面帶詢問地看向如意，如意指點著衣上的細節，搖頭。

寧遠舟無奈又鑽回到更衣室裡，重新換了一身。這一次如意上下打量一番，終於滿意地點了點頭。

寧遠舟臉上才露出喜色，如意已站起身來，一指身旁夥計手裡托著的髮冠，招手示意寧遠舟過來。

寧遠舟無奈地苦笑一聲，走上前來。如意從盤子裡挑著髮冠，依次在寧遠舟頭上比畫著看。寧遠舟已然認命，由她打扮著，只眸光含笑地看著她認真思量比較的模樣，竟意外覺著這樣的時光也多少說得上清閒，有她相伴，一次兩次的倒也確實不是不能接受。

待挑選好了，如意抬手一指，「這件，這件，這件，還有這件……都給我送到金沙樓去。」執筆畫了一個花押，遞給江老闆，「附上這個，他們自然知道如何處置。」

待從鋪子裡出來，寧遠舟身上不但換了身新衣，還換了玉冠皂靴。他活動著腰肢，長呼一口氣，「累死我了，真像脫了一層皮。」

「知道累就好。」如意瞥他一眼，淡淡地道：「你們男人，最喜歡帶著小娘子逛舖子，看起來是疼她憐她，其實不過是把她當人偶打扮，自己尋開心罷了。今天啊，也讓你嘗嘗這種滋味。」

寧遠舟立刻躬身向「夫人」保證：「以後我再也不敢了——」說著便一抬眼，「等等，聽口氣，妳好像很有經驗？」

「你有意見？」

寧遠舟果斷搖頭，「沒有。」

如意一哂，反問道：「你挑首飾挑得那麼熟練，也不是頭一回了吧？」

寧遠舟笑看著她，道：「我熟悉首飾，是因為我要扮好珠寶行商。但給我心愛的女子挑首飾，這輩子還真是第一回。」

如意嘴角微勾，眸子一垂，掩去眼中笑意。

寧遠舟扭頭看著她，卻又有些不自信，認真問道：「真不喜歡我給妳挑的首飾？」

「廢話真多，」如意一指頭上的釵子，語氣卻是含笑的，「不喜歡我幹麼戴啊？」

兩人手牽著手漫步在安都繁華的街市上。

如意又說起來：「對了，我想查查二皇子府的情況，過幾日，我想替娘娘去看看他，另外也想提醒他一下大皇子對他的動作。你覺得是透過金沙樓好，還是你們安都分堂好？」

「讓我想想……」二人就這麼邊走邊閒聊著。

傍晚的天空剔透如琉璃，一絲雲色也無。夕陽西下，路邊柳枝低垂，篩落金色的光。

❋

二人回到四夷館時，于十三慌忙迎上前來，「老寧，你總算回來了！」然而正事還沒說，先察覺到兩人身上變化，當下就被轉移了注意力，「哈！新的衣裳，新的冠子，新的釵子！你們兩個偷偷摸摸地——」對上如意凌厲的眼神，果斷直奔寧遠舟而去，「不，你偷偷摸摸地拐了美人兒幹什麼去了？快說！」

寧遠舟自然不會乖乖地由他審問，留一句：「你看錯了！」便逕直繞過他，和如意一道進了大門。

于十三還在他們身後追著，「別走啊，我眼睛比晚上的狗還亮，啊不，比晚上的鷹還亮，絕不會看錯的！」

大門外的陰影處，李同光緊盯著如意與寧遠舟親密的身影。他今日得了閒，便來四夷館探視如意。尚未來得及入門通報，便望見如意和寧遠舟一道從街口走來，他連忙躲藏進一旁的湖石假山後面，卻不料竟撞見了這樣的情形。

嫉恨如毒蛇吐芯，咬在了他心口上，毒火積在胸口，只是發洩不出。他轉過身，抓起朱殷捧著的盒子，一把扔在地上，那盒子被他摔得四分五裂，釵環掉了一地。他狠命地踩著那些精美的首飾，腳下珠玉四濺，心中卻是不得稍緩。那些珠寶，分明是他為湖陽郡主用心挑選的裝點之物。

朱殷規勸道：「主上，您千萬要冷靜！」

李同光深吸了一口氣，強令自己鎮定下來，道：「我知道，我還得和寧遠舟合作。可就算我早就知道他們在一起了，親眼看到的時候，心裡還是會像刀絞一樣……」他說不下去了，重重地一拳擊在牆上，「回府！」

回府的路上，李同光失神地看著自己因為重擊而出血的右手，馬車卻突然一頓。李同光不快地問道：「怎麼了？」

車外朱殷回道：「稟主上，朱衣衛攔住了路，不讓過去。」

李同光掀起車簾，打眼一望，只見前方不遠處便是朱衣衛衙門的大門，有朱衣衛在路口設人障阻斷了長街，攔住過往的行人馬車，不耐煩地喝令著：「都改道！都改道！不許從這兒走！」周圍百姓都敢怒不敢言。

李同光眼中邪光一閃，命令道：「闖過去。」

朱殷得令，驅車直闖。不過片刻就被朱衣衛攔下，一眾朱衣衛拔刀喝道：「何人竟敢擅闖——」

話音未落，李同光已從車中躍出，手中長劍未出鞘，對著領頭的朱衣衛就是一陣暴風驟雨似的襲擊。朱衣衛們反應不及，不過幾招之間便悉數被擊倒在地，被他打得牙齒橫飛、血流滿地。

李同光漂亮地收招，傲然站在那群適才還不可一世的朱衣衛面前。

四周百姓心中一口惡氣得出，都紛紛鼓掌歡呼起來。

朱衣衛指揮使鄧恢聽到聲音匆匆出來，出門一見是李同光，腳下不由得頓了一頓。他臉上依舊帶著假笑，沉聲問躺在地上呻吟的朱衣衛：「怎麼回事？」

朱衣衛滿口是血，斷斷續續地回稟道：「屬下……奉命設街障……左使陳尊上他……」話未說完便發出一聲慘叫，卻是李同光提腳踩在了他手上。李同光腳下重碾，眼睛卻看著鄧恢，目光陰冷道：「鄧指揮使，本侯好像說過，在本侯心中，朱衣衛只有一位左使尊上。本侯不希望聽到別的姓綴在這個職位前後。」

鄧恢眼中寒光一閃，臉上笑容未改，別有深意地看著李同光，道：「長慶侯是想抗旨嗎？聖上可是親口說過，以後滿朝上下，都不得提起那個賊子的姓名。」

「我提了嗎？鄧大人說的亂臣賊子到底是誰，可否明示？」

兩人目光在空中交鋒，殺氣四溢。圍觀眾人都不由得噤聲屏氣，悄悄退了一步。

卻是鄧恢先開口，依舊帶著那副假笑，語氣卻已很不客氣：「長慶侯，差不多就得了，我勸你見好就收。」

李同光冷笑道：「我今兒就是特意來找你們麻煩的。本侯在合縣遇刺，誰是幕後主使，難道你不是心知肚明？」

鄧恢臉上的笑容終於沉了下來，「你已經派人殺了幕後主使陳癸，還想怎樣？」

李同光一驚：「什麼?!」

✵

屋內陳癸的屍首已經被抬至一側，其餘一應物事都還保留著原樣。李同光站在房門外，只見屋裡鮮血滿地，一片狼藉，顯然經歷過激烈的打鬥，一旁的牆上直書著幾個血淋淋的大字：「傷長慶侯者，死！」

他怔怔地看著，喜悅和震驚霎時間充滿了心頭，突然仰天大笑起來，「哈哈哈，哈哈哈！」

鄧恢一路留神觀察著他的神色，見李同光如此反應，多少已信了兇手不是李同光所指使，卻也料知必和李同光有關，便問：「不是你讓人幹的？那是誰？」

李同光已走上前去，掀起屍布查看陳癸的傷口，用手指抹了點血，在鼻端一聞，然後邪邪一笑，「你猜。」說罷逕直掉頭而去，竟無人敢阻攔。

鄧恢看著地上的屍首和牆上的字，笑容愈發瘮人。

鄧恢的親隨孔陽幾次欲言又止，終於還是小心翼翼地上前，試探道：「尊上，這個刺客能神不知鬼不覺地混入我們朱衣衛總堂，還挑明為長慶侯報仇，而長慶侯又看似全不知情，您說，她會不會就是……」

鄧恢沒有轉身：「誰?!」

「就是之前的那位……」

他話還沒說完，迦陵便匆匆而來，「屬下拜見尊上。」說罷目光凌厲地向著孔陽一橫。孔陽心中一凜，立刻噤聲，不再說下去了。

鄧恢卻不理會迦陵，只示意孔陽：「繼續說。」

孔陽忙改了口：「是不是就是之前大家一直在傳的那些個枉死的白雀的怨靈，」他悄悄看了一眼迦陵，又道：「左使前陣子，處置過不少白雀。」

鄧恢一哂，譏諷道：「朱衣衛果然蠢貨遍地，居然對這些鬼神之說信之鑿鑿。」他這才轉身看向一直恭敬俯身的迦陵，依舊帶著那副不知該說是和藹還是譏諷的笑容，淡淡道：「右使終於捨得回來了？」

迦陵心頭一顫，忙道：「屬下……」

鄧恢示意她閉嘴，只問：「妳說說，誰幹的？」

迦陵壓住心虛，正色道：「屬下接到通報，馬上趕回安都，一路上都在冥思苦想……」

「廢話太多。」

迦陵忙道：「是。屬下覺得，殺死左使的，應該就是左使自己。」

鄧恢挑眉：「哦？」

迦陵垂著頭避開鄧恢的目光，腦中急速運轉著，道：「左使喪心病狂，竟敢勾結北蠻人刺殺長慶侯。見長慶侯平安歸來，您又奉旨進宮，他多半已知東窗事發。為了保護幕後主使，索性就用性命演了這麼一齣戲，重新把禍水引到長慶侯身上。如此既能擾亂視線，也能給聖上一個畏罪自殺的交代。」

鄧恢凝視著她，忽地說道：「右使還真是聰明。」

迦陵心膽一顫，屏息道：「屬下不敢當。」

「那，就限妳七日之內，查出這個幕後主使來，否則——」鄧恢盯著她，笑意漸深。

迦陵聲音發顫：「是！」

她恭敬退下。鄧恢用腳尖挑起屍布，重新給陳癸蓋好，淡淡道：「可惜了，朱衣衛裡一堆討厭的女人，就這麼一個還算過得去的男人，也沒了。」

迦陵尚未走遠，聞言身體不由得一僵。

※

迦陵腳上一路不停，偶有朱衣衛上前向她行禮，她卻彷彿失魂一般眼都不抬一下，只快步向著右使房她自己的地盤去。待進了右使房中，一直緊追在她身後的親信瑾瑜連忙關上房門。迦陵卻是絲毫都沒流露出安心的神色，面色反而愈發慘白起來。

她腳下一軟，扶著柱子，如受火灼一般急道：「怎麼辦，怎麼辦？」

瑾瑜上前扶住她，安撫道：「尊上還請鎮定，至少現在指揮使還沒有懷疑起越三娘的事，刺殺長慶侯的事，本來就和咱們無關。」

迦陵用力地推開她，目光驚恐得近乎發瘋，「不，妳根本就不明白。那個刺客，只可能是她！」

瑾瑜被推倒在地，不解地問道：「誰？」

迦陵抱著手臂，強忍著心中恐懼，聲音顫抖道：「前任朱衣衛左使，任辛。」

聽到這個名字，瑾瑜也大驚失色，「啊?!不可能！」

迦陵喃喃道：「我早該想到了，那個如意就是她。除了她，誰還能知道那麼多的朱衣衛內情？誰還能神不知鬼不覺地避開一路的追殺，直入朱衣衛總堂如入無人之境？其實很多人都猜到了，她一輩子獨來獨往，只對李同光這一個徒弟盡心盡力……」

瑾瑜語聲都在發抖，壓低了嗓音道：「可是任左使早就死了啊！您說過，您親自檢查過她的屍體。」

迦陵絕望地怒吼道：「那屍體是燒焦了的，她都能騙過聖上，自然也能騙過我！一片樹葉，要藏在哪裡才最不容易讓人發現？藏在樹葉堆裡！所以她索性去了梧國做白雀，所以她才會一直抓著梧都分堂的滅門案不放！」

瑾瑜已經面如死灰，卻仍自我安慰道：「可就算如此，我們也還是有法子對付她啊。她畢竟只有一個人——」

迦陵如瘋獸般在屋裡來回踱步著，聞言突然一凜，似是抓住了什麼救命稻草般，喃喃道：「對，她畢竟只有一個人，而我現在已經是右使了！」

她腦中飛速運轉著，突然，她的眼中寒光一閃。

✵

長慶侯府院中，李同光眼中同樣寒光閃爍。

從朱衣衛官衙離開後，他便一直保持著一種怪異的安靜。一路上他似乎都在專注地思索著，又似乎是從一開始便得到了答案。目光炯然，卻又時而一寒，時而瘋狂，時而又歸於落寞。

朱殷不敢問，心知唯有涉及任尊上的事，李同光才會如此，生怕一問，就又勾起他的癡性。他只是服侍著李同光更換衣袍，告訴李同光府上有客人來了。

李同光這才回過神來，目光立時便冷起來，問道：「誰來了？」

朱殷道：「金明郡主，屬下不敢阻攔，只能請她在客室奉茶。」

李同光抬眼看向客室，便見透窗而過的夕輝映著初月的身影，落在了門扇上。

會客室裡，初月一身女裝端坐在椅上，等著李同光回來。大漠風沙粗礪，沙西部貴女的服飾也不比安都這邊的廣袖長衫雍容華貴，卻別有一股俏皮俐落的秀麗。只是從日過中天等到斜陽入戶，初月已略微有些不耐煩了，便催促侍女小星替她前去探看。

然而小星還沒來得及動作，客室的門便被刷的一聲拉開，李同光已面無表情地走了進來。

初月被開門聲嚇了一跳，下意識地抬頭望去，見李同光回來，面上立刻顯露喜色。她正要開口，李同光已然一禮，客套又疏遠地道：「不知郡主駕臨，有失遠迎。郡主此來，有何貴幹？」

初月臉上的喜色立刻便冷了下來，公事公辦地回應道：「聽說你平安回京，父親命我帶些禮物來探望你。」

李同光又對著禮物一禮，致謝道：「沙西王體貼備至，本侯感激至極。請上告王爺，本侯擇日必將親至貴府，登門拜謝。」

初月道：「侯爺不必客氣。」

說完之後，兩人便陷入了沉默。

對於這種尷尬的靜默，李同光適應良好，完全無動於衷。半晌，終是初月打破了僵局，開口問道：「你在合縣，真是受了北蠻人的襲擊？」

李同光惜字如金道：「是。」

初月有些不快，「多說兩個字不行嗎？我是替父王問，又不是自己想知道。」

李同光又何嘗受得了她驕縱的態度，語氣生硬道：「過兩日我自會寫一封書信，詳細地將事情經過上稟沙西王。」

初月在他面前幾番遭受冷落，難得今日她曲意示好，親自登門來問，李同光卻還是這種態度。初月心中委屈，終於有些忍無可忍，「李同光，你差不多得了！上回你口出狂言，說從來也沒瞧上我，我都沒跟你計較。今天我主動換了女裝過來，已經很給你面子了。要不是父王成天唸叨，說什麼既然賜婚已成定局，認命好好相處才是長久之計，我才不……」

李同光也忍不下去了，冷冷地打斷了她，諷刺道：「郡主放心，晚一點我會去沙西王府回拜，到那時，我們再在沙西王面前上演相敬如賓也不遲。」

初月氣壞了，騰地站起來，怒道：「李同光，你要是還想和我們沙西王府合作，最好對我客氣點！」

李同光一怔，想到寧遠舟的話，終是壓下了火氣，道：「對不起，我剛才在外面遇到了一點事，心情不好。」

初月卻越說越來氣，「心情不好就跟我發火，你當我是什麼人？我才懶得陪你演戲呢，我現在就回去告訴父王，說你欺負我！」她轉身就要走。

李同光皺眉道：「給妳臺階下，妳還不要是吧？」他回過頭去，冷冷地看著初月，道：「妳去啊，但妳別忘了，妳已經二十了，一直拖著沒出嫁，不是因為妳目光高，而是因為妳喜歡舞刀弄劍，妳父王根本找不到一個不會讓聖上猜疑、身分又合適的男人把妳嫁出去。」

初月猛地停住了腳步，難以置信地回過頭去，看向李同光。

李同光卻上前一步，目光嘲諷地看著她，「妳以為妳永遠是沙西王的掌上明珠？可惜，妳哥哥不會喜歡一個總是想和自己爭奪部中勢力的妹妹。妳想一直賴在沙西王府，讓妳父親年復一年地為妳的婚事擔憂嗎？」

初月面色漸漸變得雪白，手也難以抑制地顫抖了起來。

李同光見狀，心知自己的話說得太重了些，便放柔了語氣，誠懇道：「郡主，我無意為難妳，只要妳能在沙西王面前和我扮演好恩愛夫妻，成親之後，我保證讓妳手握侯府中饋之餘，絕不干涉妳的自由。」

初月被他說到了痛處，又驚怒又難受，一時激憤，不及思索便已脫口而出：「什麼自由？養個面首，再生一個生父不詳的私生子的自由？」

李同光的臉瞬間冷若冰霜，良久，他一笑，淡淡道：「郡主要是願意，別說一個，養十個八個都不成問題。以後，為夫自會慢慢幫妳挑選，保證都是最好的。送客。」他語聲輕柔，一指門外。

初月僵在當場，眼中水光微微顫動，然而對上李同光冷漠的目光，終還是昂起頭，驕傲地走了出去。

李同光看都沒有看她一眼，轉身奔向了密室。

直到進入密室，看到椅子上緋衣的假人，李同光眼中才重新染上些暖光。他走上前去，一如往昔每一次那般，輕輕地幫假人整理著衣衫，向「她」訴說著：「師父，她的話真難聽，但寧遠舟說得對，只要我能忍，只要我繼續韜光養晦，終有一天，我就無須再忍。」

待做完了一切後，他向著假人深深一禮，道：「謝謝您幫我報仇，我就知道，在您心裡，我一直是最重要的那個人。」

可再抬起頭後，他看向假人的眼神又變得迷茫起來。最終，他伸出手，小心翼翼地撫上了假人的臉，輕輕問道：「可您怎麼能和那個寧遠舟那麼親熱呢？那些釵環，鷲兒認認真真地替您挑了好久，可是您卻戴著他送您的釵子。師父，那究竟是不是您？您告訴我啊，告訴我，好不好？」

自然是沒有得到任何回應。

李同光終於忍耐不住，一把緊緊地抱住了假人，「師父，您別離開鷲兒，別不要我……就這樣，讓我抱一會兒，就一會兒……」

燭火靜靜地燃燒著，橘色的暖光籠罩著密室裡的一切，他一人背光而立，身前投下大片的暗影。

✵

夕陽斜射在長街上，映照著迦陵陰沉的面容。她正仰著頭，看著斜對面的酒閣。酒閣上正有女子探出身來，往閣樓簷角上懸掛燈籠。那燈籠三紅一白，依次間隔排列著。女子做完這些後，便向著迦陵這邊輕輕點了點頭。

身旁瑾瑜上前回稟道：「尊上，另一處暗號也已就緒。」

迦陵點頭，「好。」目光中卻盡是寒意。

❈

四夷館寧遠舟的房間裡。

寧遠舟正和如意、于十三等人對照著永安塔周邊的地形圖，商議著後續行動安排。突然孫朗匆匆推門進來，道：「如意姐！金沙幫的人突然聯絡我們周邊的遊哨，帶了一句話，讓您上樓往西南方向看！」

話音未落，如意已一個飛身，躍出了窗子。

她腳尖在各處輕點借力，身姿輕盈如飛燕，片刻之間便已躍上了院中閣子的最高處。站穩之後，她向著西南方向舉目望去。夜色之中，西南方大片房屋的暗影沉沉在下，唯遠方一處酒閣高聳獨出，簷角上三紅一白的燈籠格外醒目。

如意不由得微微瞇起雙目，正思索著，寧遠舟也已飛身而上，站到了她身旁，問道：「出什麼事了？」

如意道：「朱衣衛的傳信暗記。」她轉身看向另一個方向，很快便找到另一處高閣，閣樓簷角上掛著幾串紅綠、黃白相間的小燈籠。如意的目光從上而下依次掃過小燈籠，道：「有人約我，明晚子時，在城南土地廟相見。」

寧遠舟目光微動，問她：「蛇出洞了？」

如意點頭道：「自然，我特意在朱衣衛牆上留下那句話，就是為了引出真兇。看樣子，不是鄧恢，而是迦陵。」見寧遠舟似有不解，如意便告訴他：「這種暗記，只有我們當年那批白雀用過。」

第二十五章

機關算盡萬事空

子時，城南土地廟。正是月上中天的時候，清輝灑落一地。

如意落足在土地廟前，直接推門進去，只見庭中空空如也，迦陵獨自一人身穿尋常女子服飾，背對著她立在庭中。聽到聲音，迦陵驀然回頭，看清來者確實是如意後，她的眼神混雜著驚喜與恐懼，道：「果然是妳，任左使。不，阿辛，妳還活著，我真開心。」

如意審視著她。

迦陵道：「妳不認得我了？我是林己啊，當年和妳一起在白雀申字第五期，總睡妳對面的那個。」她神色忽地黯然起來，道：「妳當左使的時候，我才是一個小小的紫衣使，難怪妳不記得我。」勉強笑了笑，才又道：「不過我現在也做了右使啦，改名叫迦陵，因為我再也不想被人用天干地支的代號去稱呼了。」

如意自認同她沒什麼交情，甚至還有當初邀月樓上圍攻之仇。聽迦陵句句點情，卻也沒有戳破，只冷冷地打斷她：「特意約我來，只是想敘舊？」打量了一下周邊，直言道：「埋伏在哪兒，都出來吧。」

迦陵苦笑道：「以妳的耳力，難道還不知道這裡沒有第三人？」她深吸一口氣，正色看向如意，道：「尊上，我孤身前來，除了表明誠意，還想跟妳坦承一件事——」她驀地跪下，低頭道：「向六道堂出賣梧都分堂的命令，確實出自我手！」

她坦白得太過容易，一目了然地別有隱情，只等如意去問。如意便隨勢問道：「為何？」

迦陵道：「上峰有令，不得不從。」

如意譏諷地看著她，道：「妳以為把罪過全推到指揮使身上，我就會相信？」

迦陵抬起頭，懇切地望著她，「信不信由妳。可是阿辛，我是真的想活下去，才不得不聽鄧恢之命行事。」說著，兩行清淚便從她眼中落下，她黯然道：「這叫投名狀，如果我不做這樣自絕後路的事，鄧恢就不會相信我已經真正臣服於他。妳查過他的履歷吧？他父親死在白雀手裡，所以他恨毒了朱衣衛。被聖上派來整肅朱衣衛後沒多久，他就在衛中大肆排斥異己，不單逼得老指揮使自裁，當時的左、右使也被他羅織罪名，扔進了毒蠍池……所以，當他暗示我把收買胡內監的錢截留上交，並且出賣梧都分堂頂罪的時候，我不敢不從。要是以前，我還是孤零零一個人，豁出命去也就罷了。可是……」她低下頭去，摸著自己微凸的小腹，面色變得柔和起來。

如意面色微變，「妳懷孕了？」

迦陵的臉上滿是做母親的幸福，說道：「才四個月不到。衛中禁止女子有私情，我只能勒著肚子儘量瞞著。等過陣子找個外出公幹的機會，悄悄地把他生下來。」她忽地一抖，臉上露出喜色，「啊，看，他踢我了。」她抬頭看向如意，對上如意的目光，她臉上的笑容漸漸消失了，她輕輕問道：「可是，妳還是想殺了我，替梧都分堂那些人報仇，對嗎？」

如意沒有回答。

迦陵慘笑著，低下頭去，「我就知道。看到陳癸的屍首之時，我就已經有了這樣的覺悟。我不該為了孩子、為了自己，背棄手下；更不該為了苟活，就被鄧恢脅迫……我狠毒、我自私、我殺人如麻……」她說著便漸漸激動起來，「可是，這不就是我們打小做白雀時就學的東西嗎？這不是我們朱衣衛一直在幹的事嗎？我只是想活下去啊，憑什麼，憑什麼就該是我死?!」

她伏在地上，失聲痛哭起來。許久以後，她才揚起修長的脖頸，對如意道：「妳動手吧，只求妳別折磨我，快一點，我怕疼。」淚水再次滾落下來，她說：「妳知道的，以前我們一起做白雀的時候，我就最怕疼了，管教媽媽一拿鞭子打我，我就從了。」

如意一直沉默著，冷眼看著她情緒豐沛的表演，此時方道：「行了，妳說這些，無非就是想打動我而已。妳知道我以前就不殺有孕的女子。」

迦陵有些尷尬，但很快便又道：「如果我只是為了活命，大可以學妳假死躲起來，天下之大，妳未必就能找得到我。」

如意不置可否，只姑且順著她問了句：「那妳為了什麼？」

迦陵再次激動起來，慷慨道：「為了整個朱衣衛！阿辛，鄧恢他就是恨我們，恨朱衣衛的每一個女人，必須有人去阻止他，否則威名赫赫幾十年的朱衣衛，還有那麼多的朱衣衛姐妹，都會被徹底毀掉的！」

如意冷眼看著她，「妳想挑動我去殺他？」

迦陵忙道：「當然不是。」盤算接二連三地被如意拆穿，她的精神已經緊繃到了極點，腦中飛速轉動著，忽地想到些什麼，再次抬眼看向如意，問道：「阿辛，妳知道為什麼聖上一直認定是妳殺了先皇后嗎？」

如意的眸子猛地一縮。

迦陵察覺到她情緒終於有所波動，心下稍安，立刻向前膝行一步，緊盯著如意，道：「是鄧恢。那會兒他是聖上的飛騎營首領，是他串通先皇后的貼身宮女阿碧，說妳給先皇后出了歪主意，要她以死相逼，讓聖上立二皇子做太子，所以娘娘才上了邀月樓，最後不幸亡故。聖上恨妳挑撥事端，染指國器，所以才不由分說地將妳打入死牢，否則，他無論如何也應該聽妳分辯一回的！」

如意的手不由得攥緊了，眼中是灼灼恨意，卻猶然道：「不可能，我不信，我不信！」

迦陵道：「我以腹中的孩子發誓，絕無一字虛言！」如意依舊不信，迦陵一咬牙，道：「那我們一起到聖上那裡，當面跟他對質！阿辛，今晚聖上在宮外進香，防務也有一部分是朱衣衛在負責。妳願不願意和我一起去揭發鄧恢，洗去妳身上的冤屈？以往我一個人不敢，可今天，我豁出去了！否則就算妳今天放了我，我遲早也會死在鄧恢手上！」

如意立刻有了決定，道：「聖上在哪裡進香？」

迦陵一指外面：「南大寺。」

✵

迦陵和如意奔馳在道路上，馬蹄聲踏破沉沉暗夜。行至半途，如意突然一勒馬韁，指著另一條路，「走這條路。」

迦陵微微一愣，苦笑道：「妳還是不信我，覺得我會在路上設埋伏？行，聽妳的。」她便撥轉馬頭，隨如意奔向另一條道路。

道旁房屋儼然，民居庭院多植花樹，不時便有花枝從牆頭探出擋住視線。兩人一步也不肯慢，果斷地揮劍將花枝削斷，繼續奔馳。

空中陰雲漸漸聚起，越壓越低。如意抬頭望了一眼，只見花枝之上，月已半遮。穿過長巷，沿河前行不久，便是一座石橋，橋下叢生大片的蘆葦。迦陵一指遠方夜幕之下的高塔，道：「那邊就是南大寺。」如意點頭。兩人一道拍馬奔上石橋。馬蹄踏在石板上的嗒嗒聲回蕩在寂靜的夜間，分外清脆。

就在兩人奔上橋頭的一剎那，如意突然出手，撒出一把銀針射向與自己並騎的迦陵。迦陵反應迅速，在馬上使了一個鐵板橋躲避。銀針刺中她的小腹，幾團飛絮頓時飛散出來。

等到迦陵落地之時，如意已經仗劍殺到，迦陵匆忙拔劍。如意手中劍光如疾風驟雨一般撲面而來，迦陵被逼得步步後退，漸漸抵擋不住。眼見著劍光衝破防禦，迎面劈來，關鍵時刻，迦陵的手下終於趕到，及時出手幫她阻住如意的攻擊。

三對一，局面一時陷入僵持。迦陵終於得以緩一口氣，扯去纏在腹部的假肚子，問道：「妳怎麼看出破綻的？」

如意手上劍氣一蕩，震得兩個朱衣衛同時後退。她目光專注在戰局之上，殺氣四溢，隨口道：「第一，剛才我帶妳走的那條路，旁邊開的全是夾竹桃花，孕婦最怕這個，可是妳連避讓的動作都沒有，只能說明妳根本沒有懷孕。」

如意再次攻上前去，刺中其中一人，一腳將他踢開，道：「第二，妳剛才說得那麼淒慘，可惜，如果妳只是被逼對梧都分堂的人下手，根本用不著一路追殺我，最後甚至動用了親信珠璣。」說話間她已刺倒了第二人，道：「第三，當初邀月樓下，是妳帶著人圍攻我，而我從來不會輕信自己的敵人。」

眼前就只剩迦陵一人，如意已是游刃有餘。她一邊提劍進攻著，一邊說道：「剛才妳雖然同意選擇另一條路，但這座橋是去南大寺的必經之路，在這橋下設伏，最是合適。」話音落下時，已然將迦陵逼到死角，她冷冷地看著迦陵，道：「妳果然還是和以前一樣蠢，連設個陷阱都沒點新意。」

迦陵有片刻慌亂，卻突然一笑，陰森地看向如意，道：「可我有一點和以前不一樣了。」如意一挑眉，迦陵便道：「我現在是右使，而妳，只有一個人。」言畢，她驀地飛出，在空中發出一聲長嘯。

只見橋下的蘆葦叢中，橋邊的草叢、樹叢、大石後，黑影接連不斷地現身——竟是早已埋伏在此的朱衣衛。等迦陵落地時，一眾朱衣衛已將她團團拱衛起來。石橋兩端的出口，也已被朱衣衛重重包圍。

迦陵目光陰寒地看著如意，冷笑道：「就算妳是朱衣衛有史以來最好的刺客，今天我也能把妳耗光了！大夥兒聽著，傷她者，賞金二十；殺她者，賞金一百！」

如意退後一步，目光警惕地打量著步步逼上前的一眾朱衣衛。突然間，她耳朵微微一動，隨即便緩緩笑了。

迦陵立時緊張起來，狐疑地問道：「妳笑什麼？」

「她笑妳猜錯了，她不是一個人。」

清朗的聲音響起的同時，一個男人從蘆葦叢中飛起，落足在如意面前。看到如意臉上的血跡時，他微微皺起眉，伸手輕輕地幫如意抹乾淨。如意任他動作，只含笑看著他。兩人坦蕩地對視著，視一眾朱衣衛如無物。

迦陵錯愕地向那人來的方向望去，只見底下蘆葦叢凌亂倒伏，原本埋伏在那邊的朱衣衛早已橫七豎八地躺了一地。不過咫尺距離，她竟絲毫沒察覺到那人究竟是何時動的手。

迦陵大驚失色，「你是誰？」

男人淡淡地道：「六道堂，寧遠舟……」說話間，迦陵身旁的瑾瑜已悄悄摸出暗器，準備趁機偷襲。如意眼都沒抬一下，手中銀光一閃，已射出一枚暗器將瑾瑜反殺。與此同時，寧遠舟從容拱手，將話說完：「幸會。」

朱衣衛中一片驚亂，迦陵眼眸急劇收縮，看著如意，難以置信地問道：「妳找六道堂的堂主當幫手？任辛，妳不是從來都不相信任何人，只會獨來獨往的嗎?!」

如意看向寧遠舟，淡淡道：「人是會變的，妳不一樣了，我自然也不一樣了。」

她原本確實是打算獨自赴約的，可這一次跟寧遠舟打過招呼，離開四夷館時，她走著走著，卻忽然停住了腳步。思索片刻之後，她終於下定了決心，轉過身去，對寧遠舟道：「你總說我喜歡獨自行動，這一回你陪我去，好嗎？」

寧遠舟原本正在回廊下默默地目送著她，聞言一怔，隨即舒心地笑了，「任君差遣。」

兩人一道去了土地廟，料想迦陵不會明目張膽地在那裡設伏，便由如意帶上迷蝶前去赴約，寧遠舟在周邊隨時接應。

路上如意見迦陵對夾竹桃花枝不閃不避，知她懷孕是假，便削斷沿路牆邊伸出的花枝，趁著花枝飄散之時，放出迷蝶，聯絡寧遠舟。寧遠舟便跟著迷蝶，一路追來此地，發現迦陵喚來幫手，便現身接應。

迦陵見二人相互信任，全無隔閡，只能一咬牙，號令：「上！」

朱衣衛們一擁而上，向著兩人殺去。如意與寧遠舟聯手應敵，二人都是絕頂高手，此時淋漓盡致地施展開來，雙劍合璧，攻防之間配合得默契無隙，宛若合為一體，朱衣衛們如何能敵？不過幾個來回，就有七、八個朱衣衛受傷倒下。

空中隱隱有悶雷響起，天地一片肅殺。

迦陵心中已生出懼意，卻仍是垂死掙扎著，冷笑道：「可惜就算你們是神仙下凡，也抵不過槍林箭雨！」她一彈指，向空中發出了鳴鏑，猙獰地盯著如意，道：「一炷香之內，在附近駐守的羽林衛必會趕到！你們有本事在一炷香之內殺光我們所有人嗎？」

寧遠舟長嘆一聲，道：「唉，知道我是怎麼坐上六道堂堂主的位置的嗎？不是憑這個，」他揚了揚手中的劍，「而是憑這個。」他指了指自己的腦子。

言畢他揮手擲出一顆彈丸，朱衣衛們忙揮劍去擋，彈丸卻在空中爆開，陡然炸出一團煙霧，將站在最前面的迦陵等人嗆得咳嗽不止。

寧遠舟反手執劍而立，揚聲道：「朱衣衛的人都聽著！迦陵是殺了你們陳左使和梧都分堂衛眾的真兇！現在，我們在為他們報仇！她的性命，我們一定會取！而你們可以選擇：要麼，留下來，在羽林衛來之前，有六成的可能死於我們手中；要麼，現在就走，就當今晚沒來過這裡，什麼也沒看到。否則，就算你們今晚能活下來，明天也會被鄧指揮使當作迦陵的同黨治罪！」

迦陵驚怒萬分，忙吼叫：「別聽他的！」但她聲音已被嗆得嘶啞，根本就傳不出去。她捂著喉嚨，驚恐地後退了一步。

而寧遠舟的話，已令朱衣衛中不少人心生動搖，開始猶豫。

如意立時便領會了寧遠舟的用意，目光巡視一圈，揚聲道：「珊瑚！盧庚！」

聞聲，朱衣衛中有一男一女下意識地一震，女子已脫口應道：「屬下在！」

如意看著二人，問道：「你們還認得我嗎？」

兩個朱衣衛猶豫了一下，都點了點頭。

如意便怒聲道：「回答我，我任辛自入朱衣衛，是不是一言既出、駟馬難追？」

兩名朱衣衛被她目光一懾，立刻齊聲應道：「是！」

說話間，迦陵的親信已回過神來，悄悄移到如意身側，趁她不備，瘋狂地揮劍撲上去。如意身如鬼魅，旋身避開幾人的攻擊。手中長劍順勢一送，其中一人已被她穿胸刺死。

如意目光看向其他人，道：「我知道你們都追隨迦陵，但從此刻起，我只誅首惡，絕不再尋你們的麻煩——」她拔出劍來，那人的屍體滑倒在地。如意一橫劍鋒，此時恰有閃電劃破天際，銀光照亮了劍鋒上的血跡，也照亮了如意決絕的面容，她冷冷說道：「以此為誓！」

雷聲轟隆隆地滾地而來。朱衣衛們心中震撼，無不呆立當場。

寧遠舟見狀，高聲鼓動道：「你們加入朱衣衛的時候沒得選，但現在，你們還可以選！」

迦陵此時終於緩了過來，帶著剩餘的手下瘋狂地揮劍攻向二人，邊打邊吼道：「你們別聽他的！聽到馬蹄聲了嗎？羽林衛的人已來了！」

朱衣衛們猶豫不決，不知究竟該幫哪邊。

寧遠舟一手負於身後，單手持劍與迦陵交鋒，游刃有餘道：「那妳發出鳴鏑之前，有沒有想過，現在的羽林衛將軍是誰？」

珊瑚突然醒悟，眼前一亮，高聲應道：「長慶侯李同光！任左使的徒弟！」

迦陵一怔，面色刷地變為雪白。就在這電光石火之間，如意幹掉了迦陵另一親信，反手一劍刺入迦陵小腹。迦陵捂住小腹，踉蹌著向後退去。她還想再喊幫手，舉目望去，卻見不知是誰帶頭，朱衣衛們都不約而同地掉頭向橋下奔逃，縱使負傷之人也強忍著疼痛，踉蹌而去。她被拋下了。

迦陵不可置信地伸出手去，徒勞地吼著：「別走！回來！」但無人回應她，很快地，所有人就都消失不見了。現在，就只剩她孤身一人了。

失去幫手之後，迦陵所有的底氣和膽量都在一瞬間瓦解殆盡。見如意向她走來，她驚恐地後退著。不料石橋欄杆在剛才的打鬥中已然斷裂，迦陵向後一靠，整個身體就和欄杆一起墜入了水中。她墜落時的慘叫聲從黑暗的橋下飛出，劃破了整個夜空。

❋

李同光率眾縱馬趕到河邊，正聽到迦陵的尖叫聲和緊隨其後的落水聲，立刻拍馬趕上前去。

等他趕到石橋邊時，橋上已是一片寂靜。如果不是還有幾具屍首橫在橋上，幾乎看不出來這裡發生過一場血案。李同光率眾下馬，手下們各自四散開去，搜查線索。

李同光站在橋上，目光掃視著。忽地一道閃電亮起，將橋面照得雪白。暗處似有亮光一閃，正落入李同光眼中。李同光走到石橋縫邊，果然在石縫裡找到一枚銀針。他將銀針拾了起來，細細觀看著，不知認出了什麼，他眸中忽有星光一閃而過。

朱殷上前回稟道：「大人，那邊有帶血的足跡……」

李同光一抬手，示意他閉嘴。眾人也都立刻噤聲。

李同光站起身來，面上淡淡的，卻頗有閒情地環顧了一眼四周，道：「這兒風景倒是不錯，看這天氣，是要下雨了。」

眾人都不解其意。

李同光又道：「既然下雨，就會沖走很多東西。」

朱殷已然會意，忙道：「是！」

李同光道：「記——子時三刻，羽林衛得鳴鏑報警，至清溪橋橋頭，見朱衣衛三女一男橫屍，別無痕跡，疑內鬥而死。」

眾人這才明白過來，忙齊聲道：「是！」

李同光看向橋下河流。不知何時起了風，灘上蘆葦低伏，蓬架輕搖，原本平闊無波的河面，波瀾漸漸湧起。縱使先前曾有人來往躲藏，也早已尋不見痕跡。但那些總是似有若無地繚繞在李同光眼中的瘋勁，卻似是已得了安撫，悄然化作一片煙雲。

✵

黑暗中，水流潺湲。迦陵的「屍首」仰面朝天，僵硬地在河中漂流著。但若近前細看，便可發現那「屍首」正睜著眼睛緊張地觀望著四方。

待她終於順著水流漂到了一處橋洞下，她忙藉著橋下陰影的遮蔽，迅速翻過身子，靈活地為自己裹傷敷藥。確定四周無人後，她眼中閃過一絲狠厲和冷酷，向著河岸游去。

可就在她接近河岸的一剎那，岸邊停靠著的一艘畫舫上突然亮起了燈。黑暗中，那燈光刺眼至極。迦陵下意識地抬手擋住眼睛，便聽到一個令她心膽俱裂的聲音：「妳又猜對了，她果然沒有死。」——是寧遠舟。

迦陵驚懼至極，正欲游走，一根削尖了的青竹已迎面襲來。水中動作遲緩，她躲閃不及，只勉強避開了頭臉，肩頭已然被青竹刺穿。而後不及有所應對，肩頭已有劇痛襲來。迦陵模糊地看到船上的如意執著青竹的另一頭高高一揚，自己的身體便被挑飛出去，片刻之後，便重重地摔在了甲板上。

那根青竹依舊穿在迦陵肩頭上。如意扭動青竹，迦陵登時便疼得抽搐起來。如意這才停下手來，站在迦陵面前，居高臨下地看著她，冷冷地道：「雖然我問過很多人，但我還是想聽妳親口說一次，為什麼要出賣整個朱衣衛梧都分堂？就為了貪墨收買胡內監的那三千兩金子？」

迦陵笑著，喘著粗氣，「不然呢？妳以為我還能像陳癸那樣，投靠皇子？我們是女人，朱衣衛裡的女人，沒有明天，也沒有人會真正信任我們。我不想被鄧恢除掉，不想步妳的後塵，我得為自己安排後路，所以我需要錢，很多很多的錢。」

如意一時默然，又問：「我義母，還有玲瓏的家人，也是妳下令殺的？」

迦陵冷笑著：「事到如今，這些還重要嗎？」

「重要，」如意道：「他們都是活生生的人命。」

迦陵譏諷地笑了，「那我們不是命？那妳之前殺的那些人，不是命？妳能活到現在，還不是踩著別人的屍骨上來的。我今天栽在妳手裡，不過是運氣不好，不代表著妳就是正義的！」她強忍疼痛，喘著粗氣看向寧遠舟，惡毒地說道：「寧堂主，你被她迷住了吧？我告訴你，她全是裝的，她和我一樣，都是最卑賤的白雀出身，天天在男人的身邊出賣色相，不管多噁心的事都幹過，她沒有一句話是真的！」

如意身子一僵。寧遠舟握住了如意的手，淡漠地看著迦陵，道：「妳錯了，不管她做過什麼，她都和妳不一樣。她手辣，我心狠，正好天生一對，地配一雙。」

迦陵愣住了。隨即，她哈哈大笑起來，越笑越是淒涼，最終笑聲變為抽泣，「憑什麼？」她滿臉是淚，仰著頭，嫉恨，卻更多是不甘地質問著如意：「憑什麼妳就運氣這麼好？我費盡了全身的勁，坐到現在的位置，可還是只會被他們騙，被他們罵！」

如意無動於衷地看著她，待她哭夠了，便又問道：「聖上認定我是刺殺娘娘的兇手，當真是因為鄧恢？」

「我說了，妳會讓我痛快地死嗎？」

如意點頭。

迦陵卻又道：「我還有一個要求，答應了我才會告訴妳。」

「說。」

迦陵道：「把我的屍身偽裝成是力戰北蠻間客不敵而死的。」

如意大為意外，「為什麼？」

寧遠舟卻明白了過來，嘆息了一聲，道：「她想學陳癸，死後算殉職，這樣朝廷會有追封。」

迦陵笑了，「不錯。因我而死的人，我用命去還。可我不想像其他衛眾那樣死得沒聲沒息，只變成冊令房中一個被塗黑的名字。我要我哥哥知道，我不是一個只會出賣色相的賤人，我配得上朝廷香火，不會讓家裡蒙羞……」她喘著氣，艱難地撐著身子，仰頭看向如意，「妳不答應，我就咬舌自盡，這個祕密，妳，就永遠都不可能知道了。」

如意點頭道：「我答應。」

迦陵盯著她的眼睛，「以昭節皇后之靈為誓。」

如意道：「以昭節皇后之靈為誓。」

迦陵這才信了：「好，我告訴妳，」她盯著如意，眼中忽就亮起些惡意的光，道：「不是鄧恢。」

如意一驚，「那殺了娘娘的是誰?!」

迦陵哈哈大笑起來：「任辛啊任辛，妳到現在還不明白嗎？為什麼妳去邀月樓救皇后，皇后卻不肯走？誰會讓妳家娘娘心甘情願地死？」她被血嗆到，劇烈地咳嗽起來。

如意猛地意識到了什麼，卻不肯相信。她拉起迦陵，撕著她的衣領逼問：「妳說清楚，是誰?!到底是誰?!」

伴隨著一聲巨大的雷鳴，大雨終於鋪天蓋地落了下來。

迦陵不斷地喘著粗氣，目光渙散地催促道：「我喘不過氣來，妳快動手，快，我不想被憋死！」她劇烈地喘息著，「快，快！輕一點，我真的怕疼……」話音未盡，她的身體便癱軟了下去。

如意心神已亂，猶自搖動著她，「妳說啊，說啊！」

寧遠舟上前探了探迦陵的呼吸，嘆息道：「這次是真死了。」

如意還在瘋狂地拍打迦陵，「妳醒醒！我不許妳死！」她猛地抬頭看向寧遠舟，急切地問道：「你有沒有帶什麼藥？給我！我要救活她，我必須知道全部答案！」

寧遠舟捉住了她的手，想讓她冷靜下來，「其實妳心裡已經猜到了，但是妳不敢相信，對不對？」

如意甩開他，「我沒有！我什麼都不知道！」她神色癲狂地指著迦陵，「她故意那麼說的，她從來都滿口謊話！聖上和娘娘是結髮夫妻，伉儷二十年，就算這些年對后陵沒那麼上心，也不可能是害死她的兇手！」

寧遠舟扶住她的肩膀，強迫她面對現實，「那妳想過沒有，按舊例，元后本應與皇帝合葬，為什麼安帝卻匆匆給昭節皇后單起了后陵？難道不是因為他心中有愧，怕九泉之下無顏面對嗎？」

如意震驚地搖著頭，步步後退著，「不可能！我不信！我絕對不……」她竟然一腳踩空，跌落進了水裡。

寧遠舟大驚，忙躍入水中去救她。

如意在水中不停地下墜著。四面一片昏黑，意識昏沉之中，她恍惚又看到了昭節皇后的身影。邀月樓上大火肆虐，皇后眼中含著淚光，卻還是微笑著，用力推她離開火場。如意伸出手去想要拉住昭節皇后，可手臂重逾千斤，難以抬起。她張口想大喊「娘娘」卻發不出聲，水從四面八方灌入她口中，將肺裡的空氣擠出。

如意痛苦、困頓地掙扎著，迦陵、陳癸、越三娘、玲瓏、義母……所有死在她手中、所有因她而死的人的面容全都浮現在她的面前。他們的身體蒼白而恐怖，將她團團圍住。如意掙扎著想要突破包圍，卻望見安帝玄衣冕冠，陰鷙地立在遠方。

如意終於力竭，向著水底沉沉墜落下去。昏迷之前，她隱約望見頭頂有一線光芒射入，寧遠舟自那光芒中奮力游下，伸手拉住了她。

大雨當頭不停落著。寧遠舟抱著半昏迷的如意浮出水面，用力將她托上甲板，為她控水。如意吐水出來，卻依舊沒有甦醒。

寧遠舟一摸她的額頭，只覺滾燙至極，心中暗叫不妙。他忙用外袍將她包起，抱起她飛身奔入暗夜之中。

大雨下了一夜，鄰近天明時才淅淅瀝瀝地停了下來。

又不知過了多久，外間天光轉亮，有啁啾鳥鳴聲傳來。

如意依舊沒醒。她燒得滿臉通紅，昏昏沉沉地躺在榻上。錢昭在一旁替她扎針，元祿看護著她。天亮後寧遠舟得護送楊盈入宮面見安帝、遞交國書，兩人都不能久留。此刻他們更衣準備完畢，臨走前再次來到如意房中。楊盈上前為如意擦去額上汗水，寧遠舟輕輕拍了拍元祿的肩膀，「幫我照顧好她。」

元祿鄭重地點了點頭。

天亮後，朱衣衛的人終於在畫舫的甲板上找到了迦陵的屍體，也看到了屍體旁邊的血色狼頭印。

屍首送回朱衣衛總堂後，鄧恢看著面前左、右使的兩具屍體，臉上面具似的笑容終於一點點消失了。

✵

朝陽初起，群殿巍峨。

楊盈穿過宮門，在杜長史、寧遠舟和于十三的拱衛下，一級級走上臺階，向著太極正殿走去。

殿外，內監已高聲唱報：「宣，梧國禮王覲見——」

寧遠舟低聲對楊盈道：「剛才在宮門口，李同光的人送來密報，說安帝已經接到了褚國質問的國書，褚國已在邊境陳兵一萬。他偷襲褚國的計畫破滅，今日又突然召見我們，只怕會藉題發揮。待會兒殿下務必小心。」

楊盈心中一凜，輕輕點頭，然後昂首正色，走入了大殿之中。

安帝高踞龍座之上，神色晦暗。

這大殿宏闊，本是文武百官朝會之所。雖四面都是朱漆雕花的窗子，陽光卻也無法照透整個殿堂，縱使在白日裡，也點著花樹燈檯。若有百官列隊在前，自是煌煌赫赫、威嚴壯麗。

但今日安帝傳楊盈入見，卻未有百官在場，只命李同光伴駕在側，四周肅然而立的，都是些執槍的侍衛。殿內空曠，便更顯得高大森寂、深不可測，天然已是一道威壓。

楊盈踏著金磚，一步步走上前去，卻未流露出絲毫怯意。近前之後，她便同杜長史一道躬身大禮，嗓音洪亮道：「陛下萬安。」

龍座之上久久沒有傳來允他們「平身」的聲音，安帝陰鷙地凝視著她。半晌之後，他才微微抬了抬手。楊盈直起身，便也不卑不亢地抬起頭，同安帝對視著。

安帝依舊不語，只是目光中的威壓越來越大。楊盈卻始終挺直了腰，臉上帶著恰到好處的微笑，看著安帝。

安帝終於開口，說的卻是：「你皇兄尚在獄中受苦，你怎麼還笑得出來？」

楊盈道：「陛下聖明，許小王迎回皇兄，兄弟不日即可攜手歸家，是以小王自然心中歡悅。」

安帝眼皮一耷，露出些嘲諷之意，「黃毛小兒，巧言令色。」

楊盈微笑道：「小王是真的開心，如果不是陛下有好生之德，許小王迎帝而歸，小王說不定一輩子都只能做個沒有實封的閒散親王。陛下送小王這潑天的功勞，小王豈有不開心之理？」

安帝有些意外，打量著他，似是有了些興味，「你倒是不忌諱自己的出身。」

楊盈依舊微笑著，「人貴有自知之明。」

安帝終於開口說起正事，問道：「贖金帶來了嗎？」

楊盈應道：「帶來了，五萬兩黃金現在宮門外，另外五萬兩折為銀票，等皇兄踏入梧國國境之時，即刻交納。」

安帝陰冷地一笑，「還敢跟朕玩這一套？」便瞥了眼李同光，道：「你去收了黃金。」

李同光道一聲「遵命」，便上前接了簿冊，呈給安帝。

楊盈見交接已畢，便詢問道：「那陛下，小王何時能接皇兄出塔？」

安帝卻淡淡地道：「朕最近忙著別的事務，過一陣子再說吧。」

楊盈卻也記掛著該如何向安帝提及北蠻入侵一事，見有時機，連忙問道：「是北蠻南侵的事嗎？陛下，我大梧六道堂探知，北蠻人正暗自在天門關外集結，並挖掘了山中密道，進入合縣。昔日三國先帝曾有盟誓共鎮天門山，嚴防北蠻再度南侵，孤想請陛——」

話音未落，安帝已皺眉打斷她，冷冷道：「朕之國事，你也要來插嘴？」不悅地抬手示意內監。

內監上前對楊盈道：「殿下，請——」便要送楊盈一行離開。

杜長史急了，上前理論道：「就算不提北蠻之事，陛下也不能出爾反爾，拿了金子，卻繼續羈留我國聖上啊！」

話音未落，杜長史就被兩個侍衛攔住。他言辭不遜，舉止亦有衝撞之意，侍衛們得安帝目光示意，正要強行拖走他，寧遠舟和于十三已一左一右同時上前，輕輕兩記動作，便將侍衛彈開。

寧遠舟阻住侍衛，使了記眼色給杜長史。杜長史深吸一口氣，強忍怒意向安帝行了個大禮，便自行退出了正殿。

安帝皺眉，瞟了一眼寧遠舟，看著內監，又對楊盈揚了揚下巴。

眼見內侍又要催她離開，楊盈深吸一口氣，看向安帝，正色道：「陛下，小王深知我兄弟二人的性命，其實都在您的掌握之中，但請容小王說完最後一句。」

安帝眼也不抬：「說。」

楊盈昂首道：「陛下若志在逐鹿，送皇兄及小王歸梧，才是正途！」

安帝一震，隨即慢慢抬起頭來，審視著楊盈。

楊盈道：「陛下為何明明在天門關大勝我國，卻不乘勝追擊？那是因為我楊氏世踞江南，此次雖然戰敗，但實力仍存，貴國若繼續強攻，卻攻不下天星峽一帶的天險，最後只會落得兩敗俱傷的結局。我皇兄已成陛下階下之囚，陛下為何沒有取他性命，卻許小王帶金入安贖人？那是因為這一仗，也耗乾了陛下的國庫。陛下希望儘快對更容易奪取的褚國蒼、潤等州出手，所以還需要我大梧的黃金充作下一場大戰的軍餉。可陛下，黃金雖重，但能重於帝王之信否？小王入安之事天下皆知，若不能及時迎帝歸梧，他日聖上再戰，哪一位守將還肯信您『獻城不殺』的承諾呢？是以，小王請陛下三思！」

安帝頗有興味地看著她，問道：「可你怎麼能保證，放了你們回去，那五萬兩黃金的銀票就能到朕手中呢？」

楊盈道：「如今，我國乃丹陽王攝政，聖上若歸，兄弟爭位，梧國必會內亂紛起。陛下，五萬兩黃金買我梧國的內亂，值與不值？」

安帝一愣，走下丹陛，來到楊盈身邊，審視著她，「可到時梧國內亂，你又如何自處？」

楊盈一時啞然，不知該如何作答。

寧遠舟揚聲道：「陛下，當獵物被獵戶發現，只要能順利逃走一回，便已經是幸運至極。這時候，牠眼中最重要的東西，是能回到草場再吃幾天草，而不是獵戶下次還會不會放過牠。」

安帝目光一閃，審視地看向寧遠舟，「你是誰？」

寧遠舟拱手道：「小人是乃大梧前龍驤騎火頭軍，如今暫在殿下身側任侍衛之職。」

「火頭軍？」安帝似是一笑，再次看向楊盈，道：「你們都比朕以為的要聰明些。」

「陛下過譽，其實這些話，都是剛才您讓人叉出去的杜長史教我們的。他耳提面命了好幾十回，小王才能勉強記住。」她說著，便又掛上了那種自幼欠缺眼界和教養、但勝在率直膽大的微笑，「所以，要是剛才哪兒說得不對，還請陛下多多包涵。反正，意思差不多就行了。」

安帝一怔，隨即哈哈大笑起來，「有意思，有意思！」

楊盈一禮，恰到好處地微笑著，「能讓聖上展顏，小王已然功德圓滿。小王告退。」

安帝對內侍招手，吩咐道：「替朕好好送禮王出宮，賜宴，對了，也給永安塔送上一份！」

❋

一直到出了宮門，重新上了馬車，楊盈臉上那幾乎僵硬了的笑容才驟然消失，她輕輕呼了一口氣。

此行姑且算是順利，但實際上只交了黃金，確定了安帝李隼確實是個心機深沉之人罷了。其餘不必說何時換回梧帝，就連能否換回，都還是未可知之事。回四夷館的路上，一行人都沉默無言。

待回到四夷館，卻見四夷館正堂裡已然擺好了滿桌的佳餚。錢昭迎上前來，道是：「安國人動作很快，殿下還沒進四夷館，這桌賜宴便已經送到了。」楊盈和杜長史不由得心情複雜地對視一眼。

寧遠舟道：「安帝無非是想藉此暗示我們，只要我們身在安國，一舉一動都盡在他掌握中。」

兩人也都心有戚戚。

楊盈道：「剛才最後那會兒，孤都快頂不住了，還好有遠舟哥哥救場。」

杜長史也目光沉重，問道：「寧大人，你覺得安帝放我們走的可能性有幾成？」

寧遠舟道：「五成。安帝現在是把無法突然向褚國出兵的火，發在我們身上了。他今日雖沒有特別為難殿下，但也會故意扣留我們在此一段時間，又或是刻意提高贖金，如此才能挽回他在褚國那邊失去的面子。」他面容平靜，目光裡卻已是有所決斷了，道：「所以我們不能這麼被動地等下去。從今日起，我們要立刻展開攻塔救人的乙方案。錢昭、十三、元祿，按計畫行事。」

三人立刻應道：「是！」

杜長史卻憂心忡忡，遲疑道：「可是一旦不成功，陛下和殿下只怕都……」

楊盈卻目光堅定地看著他，接口道：「與其相信敵人的善意，自己手中的劍，還是更可靠一些。」

杜長史一凜，忙正色道：「老臣狹隘了，殿下自來安都，可謂一日千里。」

寧遠舟見眾人都無異議了，便道：「那殿下和杜長史就先用膳吧，我暫時告退。」說完向楊盈和杜長史點頭致意，便匆匆離開了房間。

杜長史奇道：「寧大人為何不——」

楊盈連忙拉住杜長史，小聲提醒道：「如意姐還沒有醒。遠舟哥哥一直擔心不已。」

杜長史恍然，隨即也露出些擔憂的神色，道：「如意姑娘怎麼突然病得這麼重？臣也略通一點醫理，要不要——」說著便意識到什麼，一拍腦袋，「唉，論醫術，臣哪比得上錢都尉？」

說到錢昭，在去如意房中的路上，他便已向寧遠舟說起了如意的狀況：「沒有外傷，但高熱始終不退，黃連、石膏、羚羊角、銀環蛇膽，該上的都上了，但還是——」

于十三嘆了口氣，「肯定是傷心過度，打擊過大才……唉，美人兒這樣的人，平常身子比一般人強健，但一旦觸到了傷心處，就會瞬間土崩石塌。」

錢昭憂慮道：「可我只會醫病，不會醫心。表妹的身子之前就受過好幾回傷到根本的大傷，」說著便想起許城的圍攻，懊悔地給了自己一巴掌，「上一回，還怨我。今兒這一關要是過不了，只怕……」

元祿聞言一驚，馬上慌亂起來，「不至於這麼嚴重吧？寧頭兒，怎麼辦？要不要請外面的大夫來試一試？」

寧遠舟緊皺著眉頭，搖頭道：「不行，請外面的大夫風險太大了。」他輕呼了一口氣，不知是說給自己聽，還是說給這三人聽：「別慌，我自有辦法。」低頭沉思了片刻，旋即問道：「賜宴裡面有參湯對吧？」

元祿馬上道：「有，我去！」說著便已回身飛奔向正堂，去端參湯。

寧遠舟又對于十三道：「替我去買一樣東西，要……」

于十三附耳去聽，待聽清他要的是什麼，錯愕地看向他，「什麼?!你瘋了吧！」

寧遠舟閉了眼睛，輕輕道：「險中方能得求生機。」

✲

屏風後，幾盆冰塊被嘩嘩地倒入浴桶中，桶中立刻升騰起白霧。

于十三看著寒意逼人的浴桶，猶豫再三，忍不住還是再一次問寧遠舟：「你確定？冰啊，這些都是冰啊！美人兒現在的身子，受得住嗎？」

「她告訴我當年做緋衣使時，在寒泉受過整整六個時辰的冰刑。她當年受得住，現在也應該能熬得過去。」

「給自己的女人上冰刑？寧遠舟，你真夠可以的。」

「你就別管了，」寧遠舟強行將他推出門外，「她如果清醒，也會選擇這麼做的。退熱，這是最快的法子。好了，你先出去吧。」

關上門後，寧遠舟回到床前，俯身抱起床上燒得滿臉通紅的如意，走向屏風後。他小心地抱著如意走入全是冰塊的浴桶坐下，針刺一樣的劇痛瞬間傳來，如意無意識地抽搐了一下。

寧遠舟抱著她，在她耳邊輕聲道：「如意，從妳的世界裡回來吧。我知道在那邊，妳家娘娘一定待妳很好，妳一定很開心。可我更需要妳。阿盈、元祿、十三，還有整個使團的人，都需要妳……」

如意說過，是使團裡的溫暖讓她體會到紅塵況味，愛上了人間的熱鬧。她會和他一道在街頭共傘漫步，會帶一把棗子給楊盈吃，會在元祿病榻的枕畔放一朵小花。她會和于十三比武，當她一掌將于十三掀翻在地後，于十三誇張地喊痛，元祿拍手喝彩，使團眾人都哈哈大笑看熱鬧，連錢昭也忍不住眼露笑意，每到這時，如意也會抿唇微笑起來。

寧遠舟知道他在如意心中的分量不能和昭節皇后相比，可使團裡不單有他，還有許多如意喜愛的同伴。他知道如意是惦念他們的。

但如意依舊一動不動。

寧遠舟的聲音惶急了起來，他喃喃說著：「如意，求求妳快醒吧。這是我能想到的唯一法子了，我心裡其實很慌，我根本不像在他們面前那樣成竹在胸，我只敢賭這一回……」

如意卻依舊沒有反應。

寧遠舟的嘴唇已凍得發抖，他深吸一口氣，強迫讓自己冷靜下來，思索著如意此刻心中最迫切、最放不下的事，在如意耳邊低語道：「任如意！我們不是說好了，要一起去安都分堂的密檔庫查看害死妳家娘娘的真兇嗎？妳只想著妳家娘娘，為什麼不想想她留下來的二皇子？還有李同光呢，他是妳最心愛的徒弟，妳就丟下他不管了?!」

如意終於微動了一下。寧遠舟驚喜地搖動她，「如意！如意！」但如意很快又沒了反應。

寧遠舟心一橫，執起如意的手，在她指尖重重咬了下去。

如意吃痛，身體一震，猛地睜開了眼睛。她的眼神一瞬間就由迷茫變得敏銳，她緊盯著寧遠舟，道：「密檔，你剛才說，你要帶我去看六道堂安都分堂的密檔！」

寧遠舟一探她額頭，終於長舒了一口氣，道：「是，但那處宅子現在被安國人占了，分堂的兄弟們得過上一陣，才能把宅子弄回來。」

寧遠舟將如意抱回到床上，一面不停為如意擦去髮上的水漬，一面細細地同如意說起這一夜一日之間發生的事。

「所以，我決定不管安帝，自己先著手攻塔救人。」

如意點了點頭，又問：「那迦陵呢？」

「已經按她所願，安排好了。」

如意輕輕道：「謝謝。」

寧遠舟卻又道：「但她多半得不到她想要的朝廷追封。今天我陪阿盈晉見安帝時，安帝神情還算平和，多半鄧恢還沒有將昨夜的事上報。」

如意閉上眼睛，靜靜地思索著，問道：「如果你和鄧恢易地而處，你會怎麼做？」

寧遠舟想了想，道：「說迦陵就是與北蠻人勾結、刺殺李同光的真兇，左使陳癸也是死於她手中。多虧自己指揮得當，手下暗衛終於親手將迦陵誘殺於畫舫。這樣，既能向安帝交代過去，又能達成他在朱衣衛內排除異己的目標，一石二鳥。」

如意靜默了片刻，才道：「所以，迦陵的最後一個心願，也成了泡影。」她突然探身拉住寧遠舟的衣領，仰頭問道：「朝中政事，當真都是這麼指鹿為馬、顛倒黑白嗎？」

寧遠舟點了點頭，「這就是我當初想要假死遠離朝堂的原因。」

如意沉默下來，寧遠舟拉開她的手，見她頭髮已經乾了，便靜靜地為她梳頭。

過了很久，如意才再次開口：「迦陵的話，你覺得有幾分可信？」

寧遠舟輕聲說道：「我只能告訴妳，五年之前，森羅殿截獲過一條重要的密報：安國曾與褚國商議辰陽公主的親事。而辰陽公主當時二十歲，安國大皇子十六歲，二皇子只有十三歲。」

如意一震，猛地抬起頭來，「你在暗示我，聖上有意納辰陽公主為妃，而娘娘是出於嫉妒，才和聖上反目？」

「我不敢做此定論，」寧遠舟輕柔地幫她梳著頭髮，道：「因為不久之後，辰陽公主就守了母孝，是以這樁婚事至今未成。公主也在出孝後另招了駙馬。」

如意微微瞇起眼睛，淡淡地說道：「我會全部查清楚的，如果真是他害了娘娘，管他是誰，我都會殺了他！」

✵

數日後，四夷館。

天高氣爽，院中八角亭外，一樹夾竹桃花開得絢爛。八角亭中，如意和金媚娘正對坐石桌旁說話。石桌上放著一只瓷瓶，瓷瓶旁擱著如意的索命簿，迦陵的名字上已畫了醒目的紅勾。

「迦陵在衛內獵場被暴屍三日，屍身當眾焚毀，」金媚娘目光看向桌上的瓷瓶，道：「我手下能撿到的遺骨，也就這麼些。」

如意拿起瓷瓶，心中不知是何滋味，「那麼一個人，最後只剩下這麼一點點。」她停頓了一下，嘆息道：「媚娘，妳覺不覺得奇怪？雖然之前我恨毒了那個害死我義母和玲瓏的幕後真兇，但現在看著這個，我只覺得可憐和悲涼。」

金媚娘垂眸道：「其實迦陵待我不壞。我當了金沙幫的幫主後，和衛中舊人多有接觸，她多半已經猜到我的身分，卻一直沒有揭破，反而這些年，還送了不少被逐出衛中的衛眾到金沙樓。」

「她在金沙樓存了錢嗎？」

金媚娘點點頭，「三千一百兩。」

如意嘆息道：「她從收買胡內監的錢裡貪了三千兩，還得分給手下；越三娘出賣梧都分堂的錢，也來不及運給她。也就是說，她在朱衣衛做了十多年，已經是一人之下、萬人之上，但所有的身家，也就幾百兩金，在安都連一所大宅都買不到。」說著便又搖頭笑了笑，「其實她比我有錢多了，我從邀月樓假死的時候，全副身家才五十兩。」

金媚娘道：「衛裡一直說，只要我們勤勉為國，老了之後自有衛中負責養老。但我們那時太年輕，安全不知道，除了那幾個充場面的老人，大部分人，根本就沒有老的機會。」兩人沉默下來，望著亭邊盛放如爛漫晚霞的花樹，久久沒有作聲。

後來如意起身走到樹下，媚娘會意，拿起花鋤在樹下挖了個坑。如意打開瓷瓶，將骨灰倒入坑中，媚娘便將骨灰掩埋起來。如意看著樹下新土，想起迦陵死前惦念之事，便對著花樹輕聲說道：「妳等不來朝廷的追封和香火，但只要這棵花樹不死，就一直有人照顧妳。」

兩人一道在樹下靜立了片刻，這位朱衣衛右使的葬儀，便這麼草草結束了。了卻此事，如意便轉身對金媚娘道：「陳癸死了，大皇子河東王那邊，一定很是慌亂。我想藉機去二皇子府裡看一看。」

金媚娘眉心微微一動，卻隨即掩住了表情，平靜道：「洛西王府在宣康坊。」

如意點頭，又問：「他這些年過得怎麼樣？」

金媚娘言辭隱晦，只道：「一個沒了娘的孩子，自然只能去努力爭取原本應該屬於他的東西。屬下沒資格評判。」

如意卻戳破了她的用意，道：「妳不必那麼婉轉，我去看過娘娘的陵，不說雜草叢生，也頗為淒涼。六道堂安都分堂的人說，二皇子除了每年娘娘冥壽時會去致祭，平時難見蹤影。」

金媚娘垂了眼睛，沒有作聲。如意目光越過院牆，看向牆外繁茂搖曳著的樹冠，道：「但就算這樣，我還是想去看一看，畢竟，他是娘娘唯一的骨血。」她說著便流露出些懷念來，「他小時候，我還抱他上樹捉過鳥玩呢。」

第二十六章

故人故心皆不再

安都宣康坊，洛西王府。

夜色幽寂，樹影紛拂。如意藏身在院牆外的大樹上，俯視著王府前院。

前院裡，二皇子身後跟著兩個提燈侍從，正在同一個高大的中年男人道別。五年不見，昔日那個亦步亦趨地追在母親身後的孩子已經長大成人，模樣上雖依稀還能尋出些與昭節皇后的肖似之處，但性情上顯然並未學得母親的沉穩聰慧，反而透出些長戚戚之人所特有的浮躁難安。

「舅舅回去路上小心，千萬別被大哥或是父皇的人發現了。」送自己的舅舅出門時，他先是多憂地叮囑了一句，而後便突然哈哈大笑起來，「呵，孤怎麼忘了，他們多半因為朱衣衛的事正焦頭爛額，沒餘力多管閒事吧。」言辭間有幸災樂禍，卻更多是對自己不受重用的怨懟譏諷。

他的舅舅，自然便是昭節皇后的弟弟，安國當今的沙東王。沙東王聽他言語不謹，皺起眉頭，低聲規勸了他幾句。二皇子忙端正了神色，點頭受教。然而送沙東王離開後，府門一關上，二皇子立刻嫌棄地用手掃了掃沙東王碰過的地方。親信見狀，只得出言規勸。

二皇子卻不悅道：「孤就是討厭他，不行嗎？母后都死了多久了，還天天擺出個舅舅的樣子來教訓孤。笑話，老大只差沒踩在我這個元后嫡子臉上來了！」他憤憤不平地穿過院子，甩袖進了房門，「要是孤真的什麼都不做，只怕也跟朱衣衛那對左、右使一樣，涼透了！」

院子裡很快便安靜下來。如意躍下樹來，望著二皇子消失在門內的背影，不由得眉頭深鎖。

然而看到二皇子，便不禁想起當年在宮中和昭節皇后一起生活的點點滴滴。那會兒二皇子才七、八歲，抱了滿捧的花兒坐在昭節皇后懷中，一臉懵懂地被抱到自己面前。

「來來來，你任姐姐不肯戴花，我們偏要給她戴！」昭節皇后微笑道。

於是如意便一臉無奈地被插了滿頭的花。插完花，昭節皇后使一個眼色，二皇子便上前吧唧一聲在如意臉上親了一口。如意被嚇得一步跳開，昭節皇后便促狹地大笑起來。二皇子莫名其妙，但撓了撓頭後，也咧開缺了牙的嘴笑了開來。

如意看著窗上映出的二皇子的剪影，到底還是嘆息了一聲，輕輕地躍上房頂。

書房裡，二皇子正在和親信交談著。他驗看了一下桌上的珠寶箱，點頭道：「這一批珠子不錯，還有這些南海的瓜果，全都給貴妃姨母送過去。」

親信遲疑道：「會不會太打眼了一點？」

「孤跟父皇說，孤打小沒了母后，貴妃姨母現在就是孤的親娘。既然都過了明路了，孤自然得名正言順地孝敬她。」二皇子說著，便走到房中掛著的觀音畫像前，拈了炷香，嘆息道：「唉，這些年，要不是靠著她的枕頭風，孤的日子只怕更難過。」

如意已悄然潛入書房樑上，聞言不由得一愣，露出了難以置信的神色。

親信見他望著觀音畫像，目光落寞，便又問：「既然這些瓜果難得，那娘娘的陵前，要不要也……」

二皇子卻厲聲打斷了他：「說過多少次了，父皇不喜歡我經常去拜祭母后！她都已經不在了，還供什麼瓜果！滾！」

親信只能唯唯退下。

如意的手緊緊摳住了房樑，她衝動地想要躍下去，但最終還是忍住了。她深吸一口氣，正準備離開，卻忽聽樑下的二皇子對著觀音像說道：「母后，其實您也未必想受兒臣的祭拜吧。您原諒兒臣好不好，兒臣當時年紀小，不知道那樣會害死您……」

如意瞳孔猛地一縮，連忙回身，想再從二皇子的隻言片語裡聽到些什麼，二皇子卻不再說話了。

如意正焦急不已，便聽門外傳來侍女的聲音：「殿下，環姐姐已經在西廂等您多時了。」

二皇子應了一聲，擦去眼角的淚水，收拾好表情，離開了書房。

如意伏在屋頂上，眼看著二皇子從回廊上走過。她緊扣手中的匕首，幾次想要撲下制住二皇子問個究竟，但終究還是忍住了衝動，幾個起躍，消失在夜色中。

✵

四夷館。

錢昭正注視著手中的堂徽，忽見如意從窗子躍進來，連忙收起手中之物，抬頭看去，便見如意頭戴斗笠、身穿夜行衣，一副外出遇事匆匆折回的模樣。錢昭正覺著詫異，如意已扭頭看過來，目光陰鷙地問道：「我想要一味服下後神思渙散、極易聽從別人指令的藥，你能幫我配一些嗎？」

「不用配，我這裡有曼陀丹。」錢昭也不問她要此物作何用，直接翻出個小瓶遞給她，「殿下指環上浸的就是這玩意兒，本來是準備給我們聖上用的。不過服用之人，藥力過後，多半會記不清曾經發生過什麼。」

如意接過瓶子，道一聲「很好，多謝」，回身一躍，便又消失在了窗外。

行動之日臨近，這幾天楊盈一直心事重重，不能安枕。這一夜她也是輾轉反側、難以入睡，便乾脆起身，去院子裡走走。出門恰望見如意身影一晃而過，已然消失在屋頂上。她下意識地追出去幾步，卻見寧遠舟就在她身前不遠處，也正望向如意消失的方向，便道：「遠舟哥哥——」

寧遠舟卻知道楊盈想說什麼，只道：「放心，她不會有事的。」

「你不陪著她去嗎？」

寧遠舟搖了搖頭，「事涉安國皇室祕辛，她若不主動邀我，我只需要等她回來就行。」

「可是……」

寧遠舟嘆了口氣，回頭看向楊盈，「阿盈，有時候不去幫別人，對別人反而是一種尊重。」

楊盈如有所悟，默默思索著，良久之後，才又看向寧遠舟，「遠舟哥哥，有件事，我想找你商量商量，你陪我走一走吧。」

兩人一道在月色之下的庭院裡散著步。夜涼如水，有秋風迎面拂過，楊盈卻是毫無所覺。不知過了多久，她才憂心忡忡地問道：「你們準備什麼時候強攻永安塔？」

寧遠舟道：「還在準備，大約十天吧，這件事，必須一次成功，我們沒有退路。」

楊盈停住了腳步，問道：「救回皇兄的希望，大嗎？」

寧遠舟想了想，道：「四、五成吧。」

「一旦不成功，會折損多少人呢？」

寧遠舟沉默了片刻，道：「以前像這樣的任務，我會準備一半人以上的撫恤銀。」

楊盈的聲音顫抖起來，她抬頭望向寧遠舟，「所以，元祿、十三哥、錢大哥、孫朗他們，可能只能回來一半？」

寧遠舟沒有正面回答，只注視著楊盈，輕輕說道：「殿下，其實一旦任務失敗，最危險的人是妳。我和如意已經商量好了，她不方便一起去救聖上，但她會儘量把妳帶到安全的地方。如果我們都回不來……妳就聽她安排吧，她會好好照顧妳的。」

楊盈閉了閉眼睛，「這兩天，我其實一直在猶豫一件事。但剛才，我終於下定決心了。」她終於睜開眼睛，望向寧遠舟，正色道：「寧大人。」

寧遠舟一怔，肅然行禮，「臣在。」

楊盈看著他，字字擲地有聲：「孤命令你，永安塔之事，以六道堂眾人平安為重，其他，你可便宜行事。」

寧遠舟不解，一時沒有應答。

楊盈便輕呼一口氣，道：「孤的意思是，皇兄能救就救，救不回來，你逼他寫一份雪冤詔帶回來就好。那天在塔上，孤逼不了他，但是你可以。」

寧遠舟一震，難以置信地看向她。楊盈的目光卻如磐石般堅定不移，「孤知道你們多半也這麼想過，但未必敢做，那就由孤來當這個惡人。皇兄心胸狹窄，自私無能。柴明為他而死，皇兄卻還把為他們雪冤當作交易。他是一國之君，固然不得不救，但若是救不出來，那便是天意。孤絕不能讓大家再為了他做無謂的犧牲。」

寧遠舟道：「可妳承擔不起。丹陽王若要治妳的罪，妳該如何脫身？」

楊盈平靜道：「皇兄回不了國，皇位自然是丹陽王兄的，孤便算有了從龍之功。他若是真敢對孤如何，只怕那把龍椅也坐不穩。要是真有什麼萬一，孤就把這身蟒袍一脫，」她輕輕一笑，「反正他們要抓的是禮王，與我這個公主何干？」

寧遠舟的眼中也露出了笑意，他向楊盈深深地一禮，「謹遵殿下吩咐。」待站直身子後，他凝視著楊盈，喚道：「阿盈……」

楊盈卻一怔，喃喃道：「你好久沒這麼叫過我了。」

寧遠舟微笑道：「阿盈，妳是個好妹子、好姑娘，好公主、好禮王。如今妳既有主見，又有心胸，還很聰慧。妳母妃和我娘在九泉之下有靈，一定會很欣慰的。」

楊盈目光一顫，眼中不覺已湧上淚水，卻不由自主地綻開了笑容，「謝謝遠舟哥哥！」

寧遠舟微笑道：「那我先去安排其他事了。」

楊盈連忙點頭，目送著寧遠舟離開。

這時，屋頂上忽有一顆東西落下來，楊盈側身避開，頭頂便傳來元祿的叫嚷聲：「喂！那可是我剛買的松子！」

楊盈抬頭望去，才發現原來元祿正坐在屋頂上。

「妳不讓我們去送死，我本來想謝謝妳的，結果妳還不領情。」元祿口中抱怨著，眼睛卻笑盈盈地看著她。

楊盈一抹眼淚，「請人吃松子，也不誠心點！」便向元祿伸出手，「拉我上去。」

元祿拋下一根繩子，「嘿，抓穩了。」楊盈一借力，便被元祿拉上了屋頂。屋頂月色正好，明如白霜，同年少時在母親懷中所見也並無不同。然而想來在梧都時她從未爬過屋頂，所以或許今夜所見的月亮比當日的更近、更明亮吧。

楊盈便在元祿身旁坐下，拿起元祿懷中的松子袋便吃了起來。吃著吃著，眼中淚水忽就滾落下來，她便抬了袖子去擦。

元祿有些蒙：「哭什麼啊，剛才寧頭兒不是誇妳了嗎？」

楊盈抽了抽鼻子，道：「沒什麼，就是想哭。」

元祿想了想，嘆了口氣，問道：「想妳娘了吧？」

楊盈的眼圈一下紅了，她無聲地落著淚，「嗯。杜大人、皇兄他們一直都說，我越來越能幹了，真不愧繼承了父皇的血脈。可是，我也是我娘的女兒啊。就因為她出身不夠高，所以她就不配被人記得嗎？只有遠舟哥哥還念著她。」

元祿又道：「而且寧頭兒誇的是殿下妳自己，而不是因為妳是誰的女兒。」

楊盈一怔，重重地點了點頭，眼神再度明亮自豪起來，「沒錯。」

元祿見她破涕為笑，得意地扔出顆糖丸在半空中，用嘴接住。

楊盈眨了眨眼睛，好奇道：「什麼糖？我總看你吃，也給我一顆。」

元祿解釋道：「這是我的藥，很苦的。」他嘎巴嘎巴地嚼著，臉上帶著笑。

楊盈不解道：「既然苦，你為什麼還能吃得那麼開心啊？」

「因為我能吃藥，就證明我還活著，當然該開心啊。」他笑盈盈地看著楊盈，「要不剛才我為什麼要謝妳。」

楊盈想了想，又問道：「你怕嗎？」

「怕什麼？」

楊盈看著他，輕輕道：「死。」

「當然，我還有那麼多好玩的、好看的沒經歷呢，憑什麼就該活不長啊。」元祿說著，目光裡便又流露出些落寞來，「但是我不想寧頭兒擔心。好多次，他以為我睡著了，半夜過來瞧我，給我把脈，然後嘆氣，所以我才儘量裝成沒心沒肺的樣子。」

楊盈眼圈又紅了，「其實我也怕。我見安帝的時候，腿都在衣裳下發抖，如果不是如意姐事先幫我在腿彎和腰後綁了牛骨，我根本就站不直。我也怕，如果遠舟哥哥救皇兄失敗，安國人會不會扣住我，你們會不會丟下我管……可是，我也不敢說。」她說著，便抽泣起來。

元祿嘆了口氣，拍拍肩膀，「來吧，元小哥的肩膀借妳靠靠。」

楊盈還有點遲疑，元祿便笑道：「放心好了，我這種短命鬼，沒有做駙馬的運氣。」

楊盈連忙道：「呸呸呸，大吉利是。」說完便靠在了元祿肩頭。

屋頂上風清且涼爽，空中無雲，月光皎潔，萬里清明。楊盈依偎在元祿肩頭，只覺安穩，數日間煩憂難解的心情，終於緩緩平穩下來。

元祿笑著拿出片葉子，含在口中吹了起來。楊盈聽著悠悠的曲子，望著今晚的月色，一時失神，忽就問道：「元祿，你有喜歡的人嗎？」

元祿一怔，口中的曲子停了下來，半晌之後，他看著前方緩緩道：「算有吧。但她永遠也不可能喜歡我，所以，我準備永遠也不讓她知道。」說完，眼神有些落寞。

楊盈喃喃道：「以後誰會喜歡我呢，我又會選個什麼樣的駙馬呢？」

元祿輕輕說道：「選個對妳好的？」

「可是，當我經歷了這麼多之後，我還能回到大梧，做一個平平凡凡的、只要駙馬對我好就心滿意足的公主嗎？那些世家子弟，如果知道我女扮男裝出使過安國，還敢娶我嗎？安帝都想再打褚國了，大梧將來如果又遇兵災，我真的能做一個一世平安、老於後宅的貴婦人嗎？」

元祿想了一會兒，忽地想到：「那——妳可以像前朝的那位鎮國公主一樣，做個能掌權、能保大梧平安的皇妹啊！」他興致勃勃地看著楊盈，「哎，要不妳來當六道堂的堂主吧！」

楊盈一驚，「別異想天開了。」

「我們現在坐在這兒瞎聊天，異想天開又怎麼了？」元祿笑盈盈地暢想著，「反正以前又不是沒有親王執掌過六道堂，寧頭兒幹完這一趟就要歸隱了，反正妳現在對六道堂也熟，以皇妹之身執掌六道堂，多帶勁啊！」

楊盈也不由得來了興趣，黑眼睛炯炯發亮，「有意思。那，如果你那時候還活著，也沒人敢做我的駙馬，咱倆就在一起唄？反正都是熟人，你死了之後，還能有個香火祭奠。」

元祿連忙抱胸往後一仰，「喂，妳別事事都跟如意姐學啊，」屁股趕緊挪遠些，還打了個寒戰，「動不動就強搶民男，還要孩子……」

楊盈氣壞了，攥了拳頭去捶他，「你少瞎想，我說的是義子！我從宗室裡收一個過來當義子不行嗎？」

元祿作勢還手，兩人便如貓兒對撓般在屋頂上扭打起來。

屋內，孫朗正在專心致志地給一隻貓梳毛，忽聽頭頂響聲不斷，眉頭一皺，馬上就想出去。旁邊正在試穿新衣的于十三攔住他，眼神向上一瞟，笑道：「不用去，是貓在打架。」

孫朗看看頭頂，再看看自己手中的貓，一臉迷惑，但最終還是坐了下來。于十三換好新衣，手持摺扇一搖，「如何？我這身打扮去永安塔，像不像一個為求來年中舉，到寺中借宿苦讀的翩翩俏書生？」

孫朗道：「像。」一頓，又小聲嘀咕：「就是稍微老了點。」

于十三大怒，一腳踹了過去，孫朗立刻還手，兩人也扭打了起來。

屋頂上，元祿和楊盈打得滿頭是汗，都有些脫力。元祿收了手，喘息道：「不打了，我錯了，總行了吧？」

楊盈傲嬌地一扭頭，「誰要你認錯了，我就說句笑話，你還當真啊。」

元祿卻忽然收起嬉笑之意，正色看向楊盈，說道：「殿下，如果大梧沒人敢娶妳，妳就應該把目光放遠一點。以妳現在的魄力和眼界，給誰當皇后都夠了，天下那麼大，總有合適妳的郎君。」

楊盈一怔，緩緩點了點頭。她靜靜地看了元祿許久，才認真說道：「元祿，我們都要好好的，等這邊的事了了，我們一起去鬧遠舟哥哥和如意姐的洞房。」她伸出掌去，「一言為定。」

元祿便抬掌和她一擊，微笑道：「一言為定。」

✵

洛西王府，二皇子臥室中。

一隻手將藥丸掐成一半的一半，投入茶水中。藥丸墜入杯底，很快消融無形。

二皇子辦完了事，饜足地從屏風後走出來，半耷著眼皮，懶懶地伸手：「水。」那隻手奉上茶盞，二皇子接過去一飲而盡，正要回房再戰，然而沒走幾步就站立不穩，晃了晃身子，「砰」的一聲倒在地上。

內中女子聽到他摔倒的聲音，驚道：「殿——」

一句「殿下」還沒說完，適才奉上茶水還未起身的如意已抬手一揮，一顆石子擊出，正中那女子的穴道，女子隨即安靜下來。

如意走到二皇子身邊，看著迷迷糊糊倒在地上的二皇子，一指按向他的眉心，暗施內力，緩緩道：「李鎮業，你才十三歲，你母后很疼愛你，你是大安獨一無二的嫡皇子……好，動動左手。」

二皇子受了暗示，抬了抬左手。

如意道：「坐起來。」二皇子依命坐了起來。

如意又道：「睜開眼睛。」二皇子依命睜眼。

如意回身拿起旁邊花瓶裡的一枝花，遞給了他，模仿著昭節皇后的聲音說道：「過來，你任姐姐不肯戴花，我們偏要給她戴！」

在二皇子尚不清醒的頭腦中，如意變成了模糊不清的昭節皇后，他下意識地接過了花，喃喃道：「母后……」

如意微笑著牽起他的手，卻突然一變臉，呵斥道：「鎮業，你怎麼不聽話了？你為什麼要惹母后生氣？跪下！」

二皇子一凜，下意識地跪了下來。

如意在他耳邊柔聲道：「告訴母后，母后待你這麼好，你為什麼要害母后？」

二皇子忽地露出驚恐的神色，瑟瑟發抖起來。

如意輕聲誘導著：「你說了，母后就不生氣；要是不說，」她聲音一厲，「母后就讓任姐姐把你丟到朱衣衛的水牢裡去！」

二皇子一凜，聲音裡已帶上了哭腔：「我說，我說！」

✵

那是五年之前，宮中盛傳安帝為了征伐他國，欲與褚國聯姻借兵，所以要廢掉髮妻昭節皇后，另立褚國辰陽公主為新后的流言。彼時年方十三歲的二皇子從身邊人口中聽聞流言，心不自安，便親自去安帝面前，跪求安帝不要廢后。

安帝和藹地將他扶起來，詢問他是從何處聽得這些流言的。

二皇子道：「外祖……還有伴讀，都這麼說。」

安帝便道：「父皇向你母后許諾過，此生絕不廢后。」

二皇子鬆了口氣，正要說什麼，卻見父親目光如蛇一般凝視著他，緩緩說道：「但若是你可以勸說你母后自行請辭后位，朕許你太子之位。」二皇子猛地一震，心中立時動搖起來。

他最終還是沒能抵抗得住太子之位的誘惑，囁嚅著向母親提出了請求。

彼時昭節皇后緊緊抓著身上翟衣，失望卻平靜地看著他，「業兒，這些話，都是你的真心話嗎？」

少年二皇子膽怯，卻仍是點頭道：「嗯。兒臣是真心的。母后，您既然與父皇是結髮夫妻，就理應以夫為天，不要霸著后位，讓他為難。」

「可是你知道，如果我辭去后位，你就再也不能叫我『母后』了嗎？」

二皇子挺了挺胸膛，向母親保證道：「母后放心，父皇已經許我太子之位，您不過暫避鳳位，等他百年之後，兒臣就尊您為太后。」

「所以，為了你的太子之位，你就要求娘自請下堂？」

二皇子定了定神，再一次說道：「夫為妻綱，子為母綱，這是天地倫常啊。一個皇子最大的成功，就是順利接位；一個母親最大的榮耀，就是兒子成為九五至尊。」

昭節皇后卻搖了搖頭，目光中終於流露出些更為激烈的情緒，「不。我不單是你父皇的妻子、你的母后，我還是一個人。我憑什麼要為了你們的私欲而犧牲自己？業兒，我對你很失望。我生你教你十餘年，一直把你捧在手掌心，怎麼放你到上書房念了一年的書，你就變成了這副模樣？無恥、貪婪、卑劣、算計……我簡直不相信，你居然是我的親生兒子！」

二皇子震驚又羞愧，強梗著脖子頂撞道：「那我也不想做妳的兒子！我只想做太子！妳不聽父皇的話，也不聽我的話，那才是不守女德……」

昭節皇后甩手便打了他一耳光。

二皇子捂著自己的臉，難以置信地看著昭節皇后，「打我，母后妳居然打我?!」他掉頭跑了。

昭節皇后望著他的身影，淚水滾滾而下。

✵

暮色四合，群殿巍峨。二皇子高冠大履，正裝來到太極正殿之下，手持奏表準備向安帝求見。

親信中屠青緊張地確認道：「殿下，這樣真的妥當嗎？」

少年二皇子心虛地看著手中的奏表，給自己壯膽道：「沒什麼不妥當的，女子素不干涉國政，孤代母后向父皇呈上辭去后位的奏章，天經地義，順理成章。」

中屠青遲疑道：「可是，娘娘要是知道了……臣怕娘娘會想不開啊……」

少年二皇子一驚，卻仍是自我寬解道：「不會的，母后最懂享受了，她喜歡吃並州的柳丁，喝崇州的好酒，看安都的燈火，她才不會想不開呢。再說了，孤畢竟是母后唯一的兒子，她生上幾個月的氣就會明白，孤是她以後唯一的依靠，現在吃點虧，以後就——」

話音未落，忽聽四面的宮人奔跑道：「不好了，邀月樓走水啦！」「快去救火！」

中屠青驚慌起來，二皇子卻不屑道：「失個火而已，別一驚一乍的。」他深吸了一口氣，走上階梯，眼中燃著希望的火光，「孤馬上就要做太子了，你也要學會處變不驚……」

中屠青卻覺得不妙，拉住一個宮人，問道：「怎麼回事？」

宮人焦急道：「皇后娘娘在樓上！」

二皇子大驚，手中奏表跌落於地。他抬眼向宮殿一角望去，只見烈焰沖天而起，燒穿了邀月樓之上的暮色。

✵

此時此刻，二皇子撲到如意膝前，哭訴道：「母后，兒臣真的沒有害您，我不知道您會想不開，我真的不知道！」他忽地想起什麼，悲憤道：「父皇他也騙了我，他後來根本不承認立我當太子的事，還縱著老大跟我鬥！為什麼啊？我才是元后嫡子，這天下本來就應該是我的啊！」說著，號啕大哭起來。

如意眼中全是冷與恨，她提起手對準了二皇子，手指上已戴了殺人用的鐵指套。鐵指套上尖銳的刃尖在燭光下一閃，耀花了二皇子的眼睛。二皇子被刺激了一下，意識漸轉清明，他眨了眨眼睛，隱約認出了如意，不由得一驚：「任姐姐？」

這青年唯獨在面對利益和危險時是敏捷的，察覺到如意的意圖，立刻懼怕地抱住如意的腿，哭號道：「任姐姐，妳別殺我，我不是有意的！是父皇逼我這麼做的！」他涕泗橫流地哭訴著：「我不想害母后傷心，可父皇的兄弟沒一個能活下來的。生在大安，坐不上皇位的皇子，就只有死路一條……任姐姐，妳以前抱過我的，妳別殺我好不好？母后畢竟只有我一個兒子……」

如意任由二皇子抱著，腦海中不由得再次閃過昭節皇后抱著年幼的二皇子，同她嬉戲時的景象。那個為她插了滿頭花，親了她一口，而後傻乎乎地露出缺了一顆牙的笑容的幼童，到底還是長大成一個懦弱無能偏又貪婪無恥，夥同父親一道逼死母親的青年。

如意閉了閉眼，一記手刀砍翻了二皇子，往他嘴裡塞了另外半顆藥——醒來後，二皇子便應該什麼都記不得了。隨後她轉身離開。

如意從洛西王府的牆頭躍下，沒走幾步，便有蒙面人自暗處手持利刃襲來。如意雖猝不及防，仍是敏捷地避開，交手不過幾個回合，已輕鬆制住了那人的喉嚨。

那人的眼睛眨也不眨地盯著如意，漸漸盈滿了淚水。他壓低嗓音，卻難掩喜悅地說：「辛夷奪命手，師父，果然是您。」

如意一怔，手上力道已緩緩鬆懈了。那人已拉下面巾，果然是李同光。

他含淚凝視著如意，「看到陳癸和石橋上的朱衣衛屍首上的傷，我就隱約猜到了。求您別再否認，除了您，沒人還會去祭昭節皇后的陵，沒人還會替我報仇，天下也只有您一個人會使辛夷奪命手！我就猜到您一定會來找二皇子，師父，我終於找到您了。」他緊緊地抱住了如意，哽咽道：「您說話啊，別不理我。求求您認了我好不好，師父，我真的想您想到心都快碎了！」

如意先只是任他抱著，聽到這裡，終於無奈地嘆了一口氣，撫上了他的髮頂，「鷲兒。」

李同光全身大震，眼淚終於滾落下來，「師父！」

✵

如意跟著李同光走進了他的書房。李同光慌亂地收拾出椅子，請如意坐下，又連忙去取下小火爐上的銅壺，回頭小心地看著她，問道：「您愛喝什麼？」

如意只是打量著書房，不言不語。

李同光醒悟過來，忙道：「啊，您不必擔心下人們，我以軍法治府，不該看的他們從來不看，也不會多嘴亂傳。」

如意道：「隨便。」

李同光半晌才反應過來她是說喝的，忙喜不自勝地去找杯盞，半路又想起什麼，捧著壺水急急奔回來，小心翼翼地給她倒了一杯，忐忑道：「這是剛熬的棗湯，您嘗嘗，酸不酸？」

如意看著他忙亂小心的樣子，也推了一只杯子過去道：「你也喝。」

李同光大喜，給自己也倒了一杯，一口喝乾，而後眼巴巴地看著如意，小心道：「師父，鷲兒不是想逼您。鷲兒知道您之前隱瞞身分一定有自己的考慮。以後，無論您選擇什麼樣的身分，鷲兒都願意，只要您別離開我，一直在我身邊就好……」

如意沒理會他的癡妄，只道：「我跟你過來，只是想找個安全的地方問你幾件事。」

「師父請吩咐！」

如意便問：「先皇后娘娘，到底為何自絕於邀月樓？我之前問過金沙幫和六道堂，但都沒有回音。你這些年一直跟著聖上，又常出入宮廷，應該有所耳聞。」

李同光有些遲疑，「師父……」

如意聲音變冷，「別逼我挑破，就算你之前不知道，初貴妃也肯定知道。」

李同光一凜，忙道：「是。娘娘她……是不願意交還后位，這才想不開的。」

「是因為褚國的辰陽公主嗎？」

李同光點了點頭，「是。聖上當年想向褚國借兵三萬攻打宿國，提出的條件是立辰陽公主為后。但聖上又向先皇后許諾過永不廢后，所以，他便希望娘娘自行辭退后位，或出家修道，或退居妃位……」

如意皺了皺眉頭，「他不怕沙東部造反？」

「聖上許了沙東部族長三千匹良馬。如果沙東部不從，就要治娘娘的兩個弟弟搶奪沙中部草場的死罪。」

「搶奪草場，死罪？是誰陷害的？」

李同光搖了搖頭，「剛才那些，我也是一年前才得知大概，枝節之處並未完全清晰。總之，聖上自知理虧，一直不敢直面娘娘，娘娘便在邀月樓上設茶，要聖上務必親至面談，但等了整整三個時辰，聖上都沒有去。這時候，她又知道了二皇子要代她上書辭去后位的事，所以就……」他停下來，忐忑地看著如意。

如意目光冰寒，卻遠比他想像中要平靜。她只冷冷地道：「所以，為了三萬兵馬、一個立太子的承諾、三千匹馬，娘娘的丈夫、兒子和父親，一起聯手賣了她。」

李同光垂了眼睛，不敢說話。

「娘娘最在意的，不是區區一枚鳳印，而是至親至愛的背叛。」如意目光輕顫，彷彿再一次回到了那一夜的火場，喃喃自語著：「難怪我怎麼勸她，她都不想逃。不是難過，不是羞憤，而是絕望。所以她寧肯自己放火燒了邀月樓，她要堂堂正正地以大安皇后的身分，選擇自己最後的歸宿。」

李同光嘆息道：「是。」

如意深吸一口氣，平復下心中的憤怒與悲戚，面容重新歸於淡漠。她起身道：「我都知道了，我要走了。」

李同光大急，連忙哀求道：「師父您別走！您別丟下鷲兒！」

如意目光卻又一冷，抬頭看向他，「丟下鷲兒的不是我，是你自己。」

李同光心中迷惑。如意手一揚，香爐中的線香已到了她手中。香煙嫋嫋，向著下風處飄去。如意順著煙去的方向，抬手一掌劈出，密室的門應聲而開。李同光來不及有所反應，如意就已進了密室。

密室中掛滿了如意的畫像，畫幅大小不一，畫中人神色各異，環繞在四面八方。而密室中央，早先做緋衣使打扮的假人已換上了一身郡主裝束，被擺出端莊的姿勢立於臺上。只踏入一步，密室主人對畫中人的懷念與癡妄便已撲面而來。

李同光大急，「師父，您聽我解釋——」

如意目光淡漠地掃過滿屋子的畫像，道：「我從來不愛聽解釋。」她逕直走到自己的假人面前，撥弄了一下假人頭上的釵環，取下假人手中的馬鞭，見所有裝飾與自己先前所用幾乎分毫不差，冷笑道：「郡主的裝束，你換得夠快的。她沒有騙我，你果然弄了這麼一間密室。」

李同光無言以對，心中羞愧不已。

如意回頭看向他，冷冷道：「跪下。」

李同光立刻跪下。

「看著我。」

李同光下意識地抬頭。

如意拿馬鞭抬起他的下巴，雪膚紅唇，瑰姿豔質，黑瞳子裡映著山巔雪月般冰寒的光，又冷又豔地看著他，緩緩道：「現在我真人就在這裡，我給你一次機會說清楚，你現在對我，到底存著什麼心思？」

李同光顫抖著，幾次張口卻說不出來。

如意果斷地轉身就走。李同光猛地抱住了她的腿，「別走，師父別走！我喜歡您，不，我愛妳！」那些壓抑在心的情思一旦宣之於口，便如決堤之水般洶湧而出，他不顧一切地抱緊如意向她訴說著：「我對妳的心思，是一個男人對一個女人的心思，妳就是我的魔障、我的死穴……只要妳別離開我，我為妳做什麼都可以，哪怕上天入地！」

卻聽如意淡淡地道：「好，你馬上上表辭官！」

李同光猛地一怔，抬頭看向如意。

如意凝視著他的眼睛，繼續道：「再交出你手中的羽林衛，放棄你現在最引以為傲的國姓。」

李同光目光一震，張了張嘴，卻沒說出話。

「再幫我找幾個俊俏的面首來服侍。」如意又道。

李同光劇烈顫抖起來，難以置信地看著她，「師父！」

「怎麼，做不到嗎？」如意眼睫一垂，眸光如絲，輕柔道：「可是只要你答應了，我就不會離開你呀。」

李同光眼中漸漸聚起淚水，身體顫抖著，卻一句話也說不出來。

如意恢復了淡漠的神色，她深知，少年與自己的羈絆實在太深，如果此刻不能揮劍斬情絲，他便永遠不能成為一隻他自幼便想成為的雄鷹。她只能冷著心腸步步緊逼道：「長慶侯，你已經不是小孩子了，別許那些你做不到的願。少年時候的你，或許對我有著那麼一點朦朧的好感，但那只是自幼不得母親憐惜的一種填補而已。可現在你長大了，你的目標也不再是擁有一個不被人恥笑的姓，你想做重臣，你想權傾天下。這樣的你，不能有魔障，也不可以有死穴。好好地去和初國府的郡主白頭偕老，才是你最好的選擇。任辛已經死了，湖陽郡主也是個假身分，你都忘了吧。」

李同光拚命搖頭，「不是的，不行的，師父，我……」

「還要我說得更清楚嗎？」如意的眼圈紅了，剛才在二皇子府上強忍下的憤恨盡數湧了出來，「全天下人，沒有誰比你更明白娘娘對我意味著什麼，可這麼多年，你從沒有想過替她報仇，也沒有去祭拜過她！你忘了當初你娘不要你的時候，是她把你接進宮，是她讓我做了你的師父！李同光，知道我為什麼說是你自己丟下的鷺兒嗎？因為你不愧有李家的血脈，你們一樣涼薄！一樣絕情！」

李同光如遭雷擊，一時只愣怔地看著她。而如意此時也才意識到，原來自己對於鷺兒，委實寄予了太多她不會寄予別人的期望。

「我現在叫如意，娘娘的仇，我自己會報，」如意的聲音放柔了一些，「之後，我就會離開安都。畢竟師徒一場，以後，你我各自安好。」

李同光絕望地道：「師父，別丟下我一個人，我會瘋的！」

「好好地待在這裡，不許追出來。聽到了嗎？」如意轉身離去。臨出門的一剎那，她一掌揮出，那個假人被凌空劈得粉碎，掌風過處，牆上的畫像也盡數被帶起，拍得粉碎。畫像殘片漫天飛舞，像是一場盛大的送葬。李同光長跪於其中，徒勞地仰頭伸出手去，卻也只接住了一張殘片。望見那畫像殘片上如意的一絲笑顏，李同光將那一絲微笑抱進懷中，淚水不停滑過他年輕俊俏的面容。

✵

回到四夷館自己的房間裡，如意關好門後，脫力地靠在了房門上，卻忽聽敲門聲響起。

她提了提精神，拉開房門，卻見門外站的是寧遠舟。在這種時候望見寧遠舟那雙平靜如海的眼睛，疲憊的心彷彿被輕輕地托起了一般，終於有一瞬間安穩，卻也不由得愣了一愣，「都三更了，你怎麼還沒睡？」

寧遠舟提起手中的食盒，微笑道：「送夜宵過來給妳啊。」

屋內燈火昏黃，兩人在桌前對坐著。寧遠舟從食盒中取出一碗餛飩和一碟餅，絮絮說著：「雞湯餛飩，聽到妳進院子的聲音就下了鍋，現在吃正好。還有一口酥，在外頭買的，我嘗了一個，雖然不是張記的，味道也很好。」燈火在他柔黑的眸子裡投下一脈暖光。

如意接過他遞來的筷子，看著眼前熱氣騰騰的餛飩，一時又感動，又不知如何開口。

寧遠舟見如意不吃，便又把東西往她面前推了推，微笑道：「以後妳要闖蕩江湖，我自然得劈柴做飯。早點習慣就好。」

如意心下一暖，垂著眸子點了點頭，「嗯。」她掰開一個一口酥，遞了一半給寧遠舟，「你也吃。」

兩人便在燈下對坐著吃東西，無須言語，心中已是一片安然。

待如意放下筷子，寧遠舟便道：「吃飽了？那就和我去一個地方吧。」

如意略有些意外，卻也隨即猜到：「安都分堂的密檔室？」

寧遠舟點頭，「今天晚上，他們剛把那間宅子清理出來。」

✵

密檔室在一間地下密室裡，寧遠舟提著燈籠，和如意一道走下臺階。地下潮濕，臺階上生了青苔，寧遠舟不時提醒如意小心地滑，又道：「這裡靠著河道，一旦暴露了，他們就會炸開石閘，讓水倒灌進來，銷毀掉所有的東西。」

「那怎麼保證密檔不生黴生蟲？」

說話間便已下了臺階，只見面前整整齊齊兩排落地頂天的高大書架，如松林石碑一般貫通前後。寧遠舟帶著如意走到其中一排書架前，一指架上的各色牛皮袋，道：「每一個牛皮袋都紮緊了，裡面放著生石灰。」

如意望著眼前景象，不由得感嘆道：「只有親眼看見，才能相信你們六道堂居然在朱衣衛的眼皮子底下，弄出了這麼大一番事業。」

寧遠舟道：「春蘭秋菊，各擅勝場，我們在刺殺和收買方面，也遠遠不如你們。東西在這裡。」他打開一只牛皮袋，取出裡面的卷宗，遞給如意，「這是光佑元年，也就是五年前，關於昭節皇后的所有紀錄，旁邊是我剛才整理出來的節略，這樣妳能看得快一些。」

如意又道：「我要看彈劾沙東部兩位王子占用草場的奏章。」

寧遠舟翻開另外一本卷冊，掃了眼題頭，遞給如意，「在這裡，是吏部侍郎陶謂上書的。」

如意接到手裡，喃喃讀著：「皇后縱容外戚，強征橫擄，其德可鄙，不堪鳳位？」她心中怒氣驟升，手上一用力，那卷冊已被撕為兩半。

寧遠舟接過卷冊重新放好，又取出另一張錯綜複雜的關係圖，道：「據我們查證，陶謂的妻族，和大皇子河東王的岳父汪國公有關聯。」

如意聲音中帶著寒意，「五年前，大皇子剛與汪家獨女訂下婚約。如果皇后被廢，那二皇子就不再是嫡子，他這個長子，自然就有機會問鼎龍位了！」

寧遠舟點了點頭——無疑正是大皇子夥同汪國公一道謀劃了此事，指使陶謂上表彈劾昭節皇后。他隨即又感慨道：「妳家娘娘崩逝後，褚國的辰陽公主突逢母喪，聯姻之事，便從此擱置。但依我剛才和十三他們的推算，辰陽公主之母本就不想嫁女，在看到妳家娘娘突然崩逝後，唯恐自己的愛女步了後塵，這才……」他沒繼續說下去，只嘆息一聲。

如意閉了閉眼睛，合上卷宗，道：「我們走吧。」

寧遠舟微怔，但還是道：「好。」

✻

夜色已深，四面都不見人煙，只聽見潺潺的水流聲從黑暗中傳來。寧遠舟和如意並肩走在河岸上，如意始終沒有說話。寧遠舟能覺出她心事重重，便問道：「剛才為什麼不看了？妳從二皇子那兒……」

如意緩緩點了點頭，道：「我已經知道絕大部分的真相了。我剛才，還去了一趟長慶侯府，問到了些東西。」她頓了一頓，又道：「對了，李同光也知道我的身分了。」

寧遠舟一愣，停下腳步，握住了如意的手。

如意嘆息道：「你說得對，其實這些年，對於娘娘真正的死因，我心裡早就有過答案。只是安帝始終不立新后，又常寫悼亡詩懷念娘娘，我才一直不願去相信那個不堪的真相。」

寧遠舟輕輕說道：「在妳心裡，昭節皇后幾乎是一個完人。妳會下意識地拒絕相信她所托非人。」

如意閉了閉眼，遮住眼中水光。半晌，她才輕輕地舒了口氣，繼續向前走去，又問道：「娘娘的死，和初貴妃有關係嗎？」

「應該沒有。」寧遠舟道：「初貴妃是兩年前才進的宮，而且進宮時，你們皇帝就聲稱他與昭節皇后故劍情深，此生永不立后。」

如意諷刺地一笑，「他還說過此生永不負娘娘，此生絕不廢后呢。娘娘與他少年夫妻，結髮合髻，若不是有娘娘全力扶助，他絕對不可能以皇五子的身分被先帝選中、立為太子。我現在才明白娘娘為什麼選擇在邀月樓自焚，因為，那是當年她與安帝的初見之地。」她悲涼一笑，「可惜，她等了三個時辰，也沒等來她的良人，只等到了她的兒子要上書廢掉她的消息。難怪大理寺那麼快就把我定成了刺殺娘娘的兇手，難怪他一直把我關在天牢，不肯聽我申辯，原來，他心虛了。」

說話間，兩人已經接近了四夷館，都默契地停住腳步，同時隱身在了院牆的角落裡。

寧遠舟學了幾聲鳥叫，見圍牆上有鏡子反射的光，知道是一直隱在暗處監視著四周的孫朗發回的信號，便道：「安全，進去吧。」兩人快步接近四夷館，飛身躍入院中。

落地後，寧遠舟又問：「對了，二皇子還活著嗎？」

如意嘆了口氣，道：「他怎麼也是娘娘最後的骨血，我下不了手。娘娘的父親，沙東部的老族長，三年前也已經死了。」

寧遠舟點了點頭，又道：「而且光佑元年他才十三、四歲，一個少年，很容易就受了身邊人的蠱惑。」

「但大皇子那年已經成年了，還有他的岳父，我都不會放過。」如意目光冰寒，取出索命簿，坐在院中的石桌上，寫下了「河東王」和「汪國公」兩個名字，合好簿子又放回懷中。

寧遠舟又問：「那他呢？」

如意一怔，「誰？」

寧遠舟抬頭望向東北方，那是安國皇宮的方向。

夜色之下，巍峨的皇宮宛若一隻低伏的巨獸。

如意猛然間醒悟，愕然站起身來，看向寧遠舟，「你要我去對付安帝？」

「我並不是要妳真的對他做什麼，」寧遠舟安然凝視著她，輕輕說道：「我甚至希望妳能謹遵昭節皇后的遺言，永遠放棄為她復仇。但是妳想過嗎？害死妳家娘娘的罪魁禍首，其實是他。」

如意一下子怔住了，喃喃道：「我是想過，可他畢竟是一國之君！我們在朱衣衛的時候，天天都要背誦『雷霆雨露，莫非天恩』……」

寧遠舟嘆了口氣，道：「妳口口聲聲說任辛已經死了，可在妳內心深處，還依然背著朱衣衛的枷鎖吧？連阿盈今晚都跟我說，她皇兄自私寡恩，為了保護大家，攻塔若是傷亡太大，要我放棄救人，直接逼他寫雪冤詔即可。妳雖然是她的師父，可這一次，妳輸給她了。」

如意深受震撼，喃喃道：「我腦子有點亂。」

寧遠舟執住她的手，輕輕握了一握，聲音溫柔卻有力：「我再說一次，我絕不是勸妳對他做什麼，否則他若是有個萬一，安國也會陷入大亂。只是這幾日，我心中總有個模糊的想法：妳收拾了大皇子和他的岳父，昭節皇后就真的能夠在九泉下瞑目嗎？我們這一次雖然會盡全力阻止安帝再征褚國，但這樣，就能徹底改掉他好戰的天性嗎？聖上如果平安回到梧都，梧國會不會像杜長史說的那樣，再因兄弟爭位而起內亂兵災？我們得找一個法子讓他們真正覺悟，只有這樣，才會給兩國百姓帶來真正的安寧。」

如意一凜，良久之後，才道：「你說得對。不過，我得再想一想到底該怎麼辦。」

屋內一燈如豆，如意盤膝打坐，盯著自己面前的那張被塗黑了的「任辛」檔案頁，如同一尊凝住的雕像。

直到晨光入戶，繼而天光大亮，如意仍是一動不動地陷在冥想之中。

✵

晌午時分，馬車停在了安國工部尚書府邸外。錢昭去給門房遞上拜帖時，楊盈扶著元祿的手從馬車上走了下來。這是這一日他們拜訪的第三位安國重臣。

距離攻塔還有十日。在行動之前，楊盈打算把安國所有握實權的重臣全都拜訪一遍，盡可能地打通關節，請他們勸說安帝釋放梧帝。如果能僥倖成功，那麼寧遠舟他們也就不必冒著性命風險去攻塔救人了。

等在門外時，楊盈指了指街角的方向，小聲對元祿道：「我剛才在車裡看到，那兒有人在賣棗子，你去幫我買一點吧。如意姐好像喜歡吃這個。」她稍微有些擔心，「她又把自己關屋子裡了，動都不動。」

元祿點頭：「我馬上去。」又悄悄叮囑道：「待會兒回去了，妳也別去打擾如意姐。寧頭兒說，她在想一件大事，需要一個人靜一靜。」

正說著，錢昭已走了回來。兩人忙都肅整了表情。楊盈整頓衣冠，重新擺好了少年親王應有的儀態，微笑著走向前來迎接的官員，「有勞尚書親自相迎，小王惶恐……」

✵

永安寺外，寧遠舟和于十三扮作書生，正在附近一家書坊裡挑選著書籍。書坊對面就是永安寺後院的圍牆，越過朱紅色的圍牆，正可望見後院裡那座高高矗立的永安塔。天晴時，連高塔簷角上懸掛的警鈴都看得一清二楚。

兩人挑了一會兒書，便離開書坊，繼續沿永安寺外的長街閒逛。他們一邊閒適地聊著天，一邊指點著永安寺的風景，不時還停住腳步，在空白卷冊上疾筆對幾句詩。

永安寺是安都名剎，寺中常有士子結伴同遊，吟詠對句。安國百姓早習以為常，並不覺得這兩人與其餘遊寺題詩的書生有什麼不同，最多因這兩人生得俊俏，回頭多看一眼罷了。唯有兩人自己清楚，他們是在用腳步丈量附近布局，題在卷冊上的詩句隱含數字，正是各處關卡的距離。

待晌午兩人來到一家可以俯瞰永安寺的酒樓，在樓上臨窗的雅座入座時，兩人面前的卷冊上，已然繪出了一張粗略的地圖。

寧遠舟指著地圖上的一處道：「這裡至少要安排三個人才夠。」

于十三點頭，又道：「從今天早上開始，四夷館外面的朱衣衛暗哨又多了起來。」

寧遠舟倒也並不意外，「死的畢竟是左、右使，鄧恢這會兒也應該回過神來了。他若想跟安帝交代好這件事，就非得再立些說得過去的功績不可。而且我已經在安帝面前現過身了，鄧恢只要留心查，就一定會查到我的身分。我們救皇帝，文的不成就會來武的，他肯定也想得到。」

于十三略一思索，問道：「要不要找點別的事，讓他忙一忙？」

寧遠舟抿唇一笑，「安都分堂的兄弟們已經在做了，很快就會有言官上書，要朱衣衛交代清楚左、右使之死以及和北蠻勾結的真相之餘，順便再拱出幾件其他的好事。鄧恢再怎麼是安帝親信，以安帝多疑的性子……」確實夠鄧恢交代忙碌上一陣子了。

于十三忍不住大力拍了拍寧遠舟的肩膀，「老寧，我太喜歡你了，心夠黑。」

「滾！」

于十三又感嘆道：「我更喜歡美人兒，手夠辣，就兩天工夫啊，朱衣衛一個左使一個右使就沒了。哎，你得謝謝老天沒讓你幾年前遇到她，要不然，六道堂第二俊俏之人的位子，就要換一個人來坐了。」

寧遠舟隨口問道：「誰是第一？」

于十三自得地一捋額髮。

寧遠舟一哂，重新看向地圖，「說正事。撤退的路線，你覺得至少要安排幾條？」

✵

四夷館內，如意仍在打坐冥想。

她在迷霧之中四處尋找著昭節皇后的身影，大聲喊著：「娘娘，娘娘！您在哪裡？」可不論她如何呼喚，昭節皇后始終沒有像以前一般出現。

她失落地停住腳步，喃喃道：「我找您好久了……以前我無論遇到什麼，您總是在這裡。可為什麼整整一天，您都不回應我了呢？我需要您告訴我，我到底是誰，我該怎麼辦，娘娘，娘娘?!」

黑霧卻越來越濃，漸漸將她整個人籠罩在其中。

耳中突然傳來物體落地的聲響，如意立刻警覺地睜開眼睛，脫離了冥想。卻是外間起了風，風吹開窗子，將桌上的東西吹到了地上。

如意起身將掉落的東西撿起來，忽見陽光下有什麼東西被風掀起一角，她扭頭望去，見那張自己的名字和履歷被塗抹掉的檔案頁也掉在了地上。她上前撿拾，那檔案頁離開地面的瞬間，明媚的陽光穿透了紙面，被墨塗掉的「任辛」二字，便突然出現在了她的眼前。

如意怔了一怔，手指撫上那兩個字，一時間感慨萬千，心潮起伏。

耳邊卻忽地傳來昭節皇后的聲音：「如意。」如意猛地回過頭去，身後卻是空無一人。然而隨即又一聲「如意」響起，昭節皇后的聲音自四面八方傳來：「如意，如意，如意……」那聲音環繞在她的身邊，久久不散。

如意愣怔許久，突然醒悟過來：「這是您第一回叫我如意。我明白了，我明白了，不管叫什麼名字，我就是我，初心不改，永為始終。您要我盡情地去做我想做的事。唯有這樣，才不負我現在的名字，不負我一直以來身為刺客的驕傲。」

如意推開門，院中夕陽灑金，鳥語花香，風光正好。她展開手臂深深地吸了一口氣，只覺沁人心脾，整個人從未如此舒爽快意。

院中石桌上放著小酒罈，如意拿起酒罈，拍開泥封，暢飲了幾口，不由得笑了起來。

她趁著微微的醉意，又走到花枝邊，見那花開得正熱烈，想了想，便摘了一朵簪在髮間，對著池水端詳著，心想：原來偶爾做做這些之前從來不會做的事情，也挺快活的。

她正在整理髮髻，突聽有人聲傳來。她一時摘不下頭上的花，情急之下，連忙躲到了暗處，便見孫朗和丁輝從院子那邊走過來。

孫朗問道：「殿下還沒回來？」

丁輝道：「寧頭兒和十三哥他們也沒回來呢。」

孫朗嘆道：「我倒是不擔心寧頭兒，就怕殿下那邊出事，今天他們分開行動了。寧頭兒去勘察永安塔，殿下去許國公府送禮說項。那個長慶侯，之前在宮裡就對殿下……」

兩人說著，便已走遠。如意心裡卻一凜，不由得記起在那間密室裡，李同光絕望地凝望著她，說：「師父，別丟下我一個人，我會瘋的！」

她神色大變，立時翻出院牆，向許國公府的方向飛身而去。

✵

街道上，元祿和錢昭護送著楊盈的馬車，一路前行。行經一處安靜無人的十字路口，突然有一隊黑衣人從天而降，向著馬車殺了過來。元祿、錢昭和隨行護衛立刻迎上前去阻攔。

就在兩隊人馬纏鬥之時，李同光忽地從黑衣人隊伍之末殺了出來，目光如寒冰一般，舉劍直刺馬車。

馬車中傳來楊盈的驚呼聲。元祿和錢昭心中一急，齊聲喊道：「殿下！」

李同光手中長劍半入車簾，威脅道：「滾出來，跟我走，我就不殺你。」

車簾掀開了，探出的卻是于十三的臉。

他學著楊盈的腔調，嬌滴滴地說道：「不行，你傷了人家如花似玉的臉，人家要殺了你！」

李同光臉色大變，連忙後退，卻已是來不及。于十三已飛身殺出，同他纏鬥在了一處。李同光苦戰良久，仍然處於下風。于十三游刃有餘，還不時故意做出女子的動作來戲弄他。

李同光久戰不果，突然間心一橫，故意賣了個破綻，讓于十三制住自己。而後他便揮劍直向自己腰間刺去，那架勢，分明是要和于十三同歸於盡。

第二十七章 銀鞍白馬終有情

就在李同光要與于十三同歸於盡之時，兩根手指橫空而來，拈住了李同光已經刺入自己小腹的劍尖。

李同光愕然抬起頭來，卻見來者正是寧遠舟。

「早就猜到多半會有人對殿下不利，可沒想到竟然是你！這一招『玉石俱焚』，是你師父教你的吧？刺殺時如果絕無逃生機會才會用。小侯爺，你想過沒有，她要是知道你用這一招傷了自己，該有多傷心？」寧遠舟的語氣中，三分憤恨，卻是七分同情。

李同光的手一軟，再也握不住劍。他頹然跪在地上，淚流滿面，「我要是劫了楊盈，她肯定會找我算帳，她生氣也好，傷心也好，甚至殺了我，給我一個痛快都好，只求她別不理我，別這樣零零碎碎地折磨我……」

少年人的絕望是如此痛楚與真摯，不僅讓寧遠舟動容，連剛才因為他刺殺楊盈而憤怒的錢昭等人都一時默然。

如意一路飛簷走壁，恰在此刻趕到了這處路口，聽到了李同光的話。她著急地想要上前，卻被于十三一把拉住，「別著急，先交給老寧。」

寧遠舟看著李同光的熱淚，不由得輕嘆了一聲，「你呀。」他一使眼色，錢昭、元祿解下披風拉直，擋住了李同光。

寧遠舟柔聲勸道：「起來吧，你這樣子不能讓那些手下看見。」

李同光仍然如石像一般呆立不動。

寧遠舟只得道：「如果我有法子讓她既肯理你，又不生你的氣呢？」

李同光猛然抬臉，原本呆滯的眼睛瞬間被注入了生氣。

✵

馬車一路顛簸，來到了一處安靜的院落。

寧遠舟和李同光踏著假山的臺階走進亭子裡，亭外一牆爬藤月季盛開，夕陽暖金色的餘光映照在花藤上，寧馨靜謐。李同光望著那花朵，心中的抗拒與偏執一時散去，只剩一片空茫和漸漸如浮塵般堆積的痛苦。

寧遠舟走到亭中石桌旁，道：「這是六道堂在安都的分堂，四夷館太打眼，有些話在這裡說更方便。」

李同光眼中精光一閃，「你把你的老巢暴露了？難道不怕我——算了，你有什麼辦法讓師父肯理會我？」

「你之前對她說過什麼？」寧遠舟問道：「『別離開我？我不能沒有妳？妳要是走了，我不知道會做出什麼事情來？』」

李同光沉默了。

寧遠舟嘆道：「對小娘子說這些話是大忌。你不能總是強調你要什麼、你想什麼。你得站在對方的角度替她考慮，想想她要什麼、她喜歡什麼。你也不能只是仰望她，乞求她的垂憐，你得和她一樣強大，得尊重她、保護她、幫助她。這樣，她才不會一直把你當作小孩子；你在她面前，也才能被當作一個配和她並肩而立的真正的男人。」

李同光如有所悟，低聲重複道：「尊重她、保護她、幫助她，並肩而立，你就是這麼對她的？」

寧遠舟一笑，沒有正面回答，只道：「你還得多練練養氣的功夫，不僅是所謂的城府，還有在面對她的時候，控制自己的情緒。男人為情所困，瘋魔而失去理智，這樣的故事，也就只能在話本裡感動人，現實中的小娘子要是碰到了，只會退避三舍。你喜歡坐在元祿的雷火彈邊上嗎？」

李同光下意識地搖頭。

「那就對了，你的師父也不會喜歡。」

李同光沉默良久，終於點頭，「明白了。」

如意靠著亭下的假山，聽著亭中兩人的對話，一時感慨萬千。

于十三小聲道：「現在妳放心了吧？」

如意轉過頭，只道：「剛才你有沒有受傷？」

于十三心頭一暖，「喲，美人兒肯關心我啦？放心……」

亭子裡，李同光又看向寧遠舟，問道：「為什麼要告訴我這些？」

寧遠舟淡然一笑：「因為我沒把你當對手啊。反正你又搶不走她，多一個人幫我護著她，不是挺好的嘛。」

李同光怒氣頓生，握緊了拳頭，恨恨地看著他。

寧遠舟一哂，「省省吧，你又打不過我。」

李同光不甘地瞪著他，「你所謂的幫我，只不過是想利用我。只要支開我，不讓我找使團的麻煩，你救你們皇帝出來就省事多了。」

「那當然。我又不是普度眾生的菩薩，為什麼要白白幫情敵排憂解難？不早就告訴過你嘛，我只愛陽謀。」

夕陽餘暉之下，他神態淡然，李同光偏又奈何不得他，不由得恨得牙根癢。良久之後，李同光才又說道：「幫你們向聖上進言，勸他早日放走梧帝，可以。其他的免談。更別想能從我這裡混進永安塔，現在守衛永安塔的不是我手下的羽林衛，而是鄧恢的朱衣衛和直屬聖上的殿前衛。」

寧遠舟道：「如果單是為了這個，我就不用找你了。但是，要是現在有一個機會，能很快除掉大皇子，你願意加入我們嗎？」

李同光眼中精光一閃，立刻道：「願聞其詳。」

寧遠舟道：「昭節皇后對如意有厚恩，」忽地想起來，便向他解釋道：「哦，你師父現在叫如意，萬事隨心、無拘無束的那個『如意』。大皇子既是害死昭節皇后的罪魁，又和陳癸勾結刺殺你，是以她絕不會放過他。可刺殺皇帝的長子，和除掉朱衣衛的左、右使，意義完全不同。」寧遠舟眼中閃過一抹難過，嘆道：「而她身上的傷，已經夠多了。我不想再看到她昏迷不醒、命懸一線的樣子了。」

李同光愕然，脫口說道：「師父怎麼會受傷？不可能！」

寧遠舟看向他，問道：「在你眼裡，她應該永遠不會受傷、永遠不會落淚、永遠不會輸，是嗎？錯了，那是機關傀儡，不是人。」

李同光一怔。

寧遠舟閉上眼睛，輕嘆道：「只差一點點，你從邀月樓廢墟裡挖出來的，就是她真的屍體。」

亭外，如意的眼中閃動著淚光，她輕輕吸了一口氣。

亭中，李同光也猛然醒悟過來，忙道：「那、那這一次我會幫她。我去安排死士──」

寧遠舟搖了搖頭，道：「她已經是最好的刺客了，你再安排死士有什麼用？你該做的，是幫她行動前免受懷疑，行動後不受報復。上次我在合縣就說過，得讓兩位皇子內鬥，你才會有可乘之機。」他隨手拿起石桌上的棋子，擺在五角，演示道：「最好的法子是禍水東引，只要事成……」他推動著棋子，最後用代表二皇子的棋子，「啪」的一聲，按在代表大皇子的棋子上，而後輕輕一吹，代表大皇子的棋子竟化為了粉末，飄散開來。他看著李同光，沉聲說道：「便可趁火打劫，不傷分毫。」

李同光會意，問道：「你的意思是，我們設計讓二皇子出手去對付大皇子？」

寧遠舟點頭。

李同光卻搖了搖頭，「二皇子未必會上當，他和大皇子一直在爭太子之位，但他膽子小，這些年一直都不敢下狠手……」

寧遠舟眼中突然添了一抹陰冷，「那就逼他不得不下狠手。如果他知道大皇子已經和他父皇的朱衣衛勾結對付了你，下一步就要對付他，那他會怎麼反應呢？」

李同光一凜，但隨即又滯了一滯，遲疑道：「可是，二皇子一旦對大皇子下了狠手，

只怕也自身難保。他是先皇后娘娘唯一的骨血，我要是這樣做了，只怕師父會更生我的氣。」

「我不會。」如意的聲音從亭下傳來。

李同光下意識地站了起來，這才驟然察覺到是如意來了，是如意在同他說話，立刻難掩驚喜地循聲望過去。便見如意出現在亭外，月季花如瀑布一般盛開在她的背後，將她的身影襯得玉雕一般靜美。

如意走上前來，道：「二皇子的手上，一樣也沾著娘娘的血。雖然瞧在娘娘的分上，我不會殺他，但我也會讓他付出該付的代價。」她看向寧遠舟，「不過，除了二皇子，逼死娘娘的還有一位。」

寧遠舟的眼中流露出欣慰。李同光不解地問道：「是誰？」

如意目光冰寒，道：「安帝。是他，為了自己的權欲，背叛了娘娘。從今天起，我不會再稱呼他為聖上。」

李同光一時震驚，思量半晌之後，才望向如意，問道：「您，要行刺他嗎？」聽那語氣，分明是就算如意要刺殺安帝，他也會設法協助。

如意卻搖頭道：「不，畢竟邀月樓的那把火，是娘娘自己放的，而不是他；但我一定會讓他付出比死還痛苦的代價——」她霍地轉身，盯著李同光，「兄弟鬩牆，二子相殘，身敗名裂，千夫所指。」李同光心下一凜。如意盯著他，繼續說道：「趁著安國大亂，他

們會救走梧帝，爾後，就是你萬人之上的機會了。」

一陣令人戰慄的電流從李同光的腳心升到了頭頂。他怔怔地看著如意，只覺得心臟如被眼前之人攥進手中猛地一捏般，激越地跳動起來。

如意看向他，目光熾烈如火，令人如飛蛾般被那火光誘住，不能掙脫。她問：「李同光，你幹不幹？」

李同光單膝跪地，臣服在如意面前，捧起如意的指尖，仰頭凝望著她，道：「君之所願，吾之所行。」

✵

從安都分堂的院子裡出來，李同光走向坐騎。臨上馬前，他又鼓足勇氣走了回來，緊張地看著如意，低聲問道：「師父，以後，如果為了商議計畫，您還願意見我嗎？」

如意看著他小狗一樣的眼睛，點了點頭。

李同光瞬間喜出望外，歡欣鼓舞道：「我一定辦得妥妥當當的！您等我的消息！」

他興奮地翻身上馬，卻又被如意叫住。他連忙回過頭去，卻見如意拋來一個藥瓶，叮囑道：「肚子上的傷，自己上藥。要是有人問起，就說又被朱衣衛刺殺了一回。」

李同光接了藥瓶，心中快活無比，道一聲：「是！」便開心地策馬奔出，馬蹄輕快地踏在石板路上，發出一連串歡騰清脆的響聲，一直飛揚到天際。

直到李同光如奔騰的小馬駒一樣的身影消失在拐角處，如意才回過頭去，一回頭，便對上了寧遠舟複雜的眼神。

于十三見勢不妙，忙對元祿一行人使了個眼色，道：「這麼多人同時回四夷館太打眼，得分頭走。」回頭道一聲：「我們先撤了啊，老寧，你們殿後。」便和眾人一道，忙不迭地拍馬離開了。

如意卻並未察覺到寧遠舟的心態，望著眾人的背影，隨口問道：「走回去，還是騎馬？」

寧遠舟卻突然牽住了她的手，問道：「要不我們拖晚一點再回去？」

如意略有些意外，然而對上他黑漆漆的似有期盼的眸子，隨即笑了起來，「好。」

寧遠舟便牽著如意的手，向後院走去，邊走邊說道：「我當年住在這兒的時候，還藏過幾件寶貝，也不知道被後來住在這兒的人發現了沒有。」

他躍上假山，伸手在孔洞裡摸了摸，突然眼睛一亮，「咦，居然還在。」便從洞中掏出了一個油紙包。

如意好奇道：「什麼寶貝？」

寧遠舟笑道：「妳猜。」

他躍下假山，吹了吹油紙包上的浮土，目光興致勃勃，像一個找回了玩具的少年。他當著如意的面打開油紙包，露出的卻是一個金光閃閃的元寶。他把元寶遞給如意。

如意失笑，「還真是寶貝。」伸手接過來，卻突然覺得有點不對，「這怎麼……」

寧遠舟笑道：「妳習武，自然能感覺到重心不對，可一般人就未必了。這可是寧大師我平生最得意的作品。」他拿起元寶往空中一拋，手往袖中一探，閃電般抽出匕首，一刀將下墜中的元寶裁為兩截，露出了裡面的木芯。他收了匕首，接住元寶，遞了一半給如意。

如意饒有趣味地把玩著手裡的半截元寶，好奇地問道：「為什麼要做一個木元寶，還特意漆上金漆？」

「上一次在這兒潛伏的時候，我還只是個小副尉。那時候剛好你們朱衣衛來了一場厲害的清網，兄弟們折損很多。我就想，萬一哪一次，我也在行動中無聲無息就折了，那這個世界上，可能連我存在過的痕跡都沒有。所以我就做了這個。」他說著便笑了起來，像一個惡作劇的少年，「要是有一天，誰發現了這個元寶，肯定會特別高興地跑去金鋪裡兌錢吧？可等到一剪開，哈哈哈，這個人肯定傻了，他會琢磨一輩子——到底是誰搞了這麼個假元寶？他是哪兒的人？為什麼？」笑著笑著卻又落寞下來，說道：「這樣，就會有人一直念著我了。」

如意伸手撫摸著他笑容消失的嘴角，輕輕說道：「這樣的想法，我也有過。」

寧遠舟握住了她的手，靜靜地凝視著她，道：「所以妳懂我。」

兩人便安靜地依偎在月季花盛開的假山亭中，一道觀賞著天際漸漸沉下山坳的夕陽。

如意問道：「剛才李同光離開的時候，你為什麼會是那個眼神？又吃醋了？」

寧遠舟不服氣，一口否認：「怎麼可能，我說過，只當他是個孩子。」

如意笑道：「騙人。」

寧遠舟笑了一陣，才嘆道：「我其實是有點羨慕他，年輕真好啊，一會兒是陰謀奪嫡的權臣，一會兒又成了敢愛敢恨的少年，只消妳一個眼神，就能讓他從地獄到天堂，從瘋魔到冷靜。所以，就算他幾次三番想對我們不利，我也沒辦法真正拿他當敵人看。」

「其實不單是他，每個人都有好幾面，包括娘娘也是如此。」如意沉默了一會兒，才又說道：「有些事，我也是剛剛想明白。娘娘，其實沒有我想的那樣完美。」

如意眼前彷彿再次浮現出了昭節皇后的身影。

大殿之外，她與安帝並肩而立，雍容尊貴地接受朝臣叩拜。御花園裡，她快樂安然地帶著二皇子，同如意戲耍說笑。

可那就是真實的她，就是全部的她嗎？

如意望著遠方的夕陽，輕輕說道：「安帝，是她親選的丈夫，當年他也是靠戰功才擠掉兄弟們登上太子之位的，娘娘不可能對他的為人一無所知；二皇子，也是她親自教養到十二歲的兒子。她生命中最親的兩個人，為什麼最後都出賣了她呢？我不能說娘娘有錯，但至少在她生命的最後一刻，她想清楚了，也後悔了。所以，她的遺言裡，沒有一句提到安帝和二皇子，只是要我別為她報仇，並且不要相信男人，要有一個完全屬於自己的孩子。」

邀月樓上，如意拚死殺進火場，可昭節皇后卻已無絲毫求生的意志。她滿臉淚水，卻還是微笑著對如意說下了她的遺言，而後不顧如意的呼喚，果斷地投身大火之中。

如意輕輕閉了閉眼睛，嘆息道：「但即便是臨終的遺言，娘娘仍然把希望寄託在了男人和孩子身上。她沒有想過，我其實還可以不靠別人，自己活出自己的人生！」她吸了口氣，重新挺直了腰背。

夕陽已然沉落，四下裡漸漸黑沉起來。她的眼眸卻如洗盡積塵一般，明亮如星辰。她凝望著遠方，昂然說道：「既然娘娘也不是那麼完美，那我也沒有必要一直把她之前的言行都奉為圭臬。我不單要像她希望的那樣，平安如意地活著，我還要盡情盡興、隨心所欲地活著。『如意』這個名字，是我為自己命名的，而不全是為了娘娘。我喜歡做刺客，不是為了什麼朱衣衛第一的虛名，而是我一直都不甘於做一個被別人決定命運的女子，我想要為我的國家，為和曾經的我一樣只能隨波逐流的百姓們做點什麼。過去是如此，以後，我還會做得更好！我會讓安帝悔不當初，我要銀鞍照白馬，我要颯遝如流星！我要跑，我要笑，我要飛，飛到我想要去的任何地方！」

寧遠舟一直專注地聽著，此時突然抱起了她。

如意錯愕地看向寧遠舟。

寧遠舟微笑道：「我送妳飛。」便抱著如意，將她送到一旁的秋千上。

如意踏著秋千，立時便明白了什麼，微笑著握緊了繩子。寧遠舟自背後輕輕一推，如意的身體便隨著秋千高高地蕩起。一剎那，星光、清風、月季花牆、半城煙火……都撲面而來。

清風托起了如意的衣袖，獵獵翻飛。就如鳥兒張開了雙翅被風托舉著騰上了蒼穹，如意伸展著手臂，自由地飛了起來。

李同光縱馬奔馳在路上，不時看一眼手中如意扔給他的傷藥，心情莫可名狀地歡快。清風拂面，他英挺的唇邊噙著微微的笑意。拐過路口，見朱殷等人正焦急地等在路邊，他便驅馬上前，和顏悅色道：「你們等久了吧？」

先前他被寧遠舟擒走，朱殷等人一時分不開身去追，後來見如意現身，又知最好不要去追，因此一直在此地等著他。本以為李同光的心情會很是糟糕，誰知他的表情竟前所未有地輕鬆和愉悅。

朱殷不禁一愣，正要上前回話，遠處忽有玩耍的少年一腳踢飛了皮球，險些砸中李同光。幸虧李同光反應迅速，一把抓住。

朱殷大怒，「大膽！」

跑過來想拿球的少年嚇傻了。不料李同光竟跳下馬去，把球遞給了少年，微笑道：「以後小心些。」還拍了拍少年的腦袋。少年破涕為笑，抱著球開心地跑走了。

朱殷徹底呆住了。

李同光目光掃向四周，舒展了一下身體，「呵，好久沒在晚上的安都大街上逛過了。」他把馬韁繩扔給朱殷，便自顧自地走向燈火通明的街道。

夜市上人聲鼎沸，行人往來不絕，四處都是攤販的叫賣聲和遊人的說笑聲。

李同光信步走著，看到有人在賣織錦小袋，便上前挑選了一只，小心翼翼地把如意給他的傷藥放了進去。

忽聽有人叫賣：「賣月季花啊，月季花啊！」李同光下意識地抬頭望去，果然看到前方有月季花攤，買花的女子正抬手將花簪在髮間。李同光心念一動，忽就想起如意盈盈立在月季花瀑之前的身影，便抬步向著花攤走去。

走了沒幾步，忽聽爭吵聲自遠處傳來，李同光望了過去，便見首飾舖子前，一個和初月差不多年紀的貴族女子正攔在初月面前，面帶激憤地同初月爭執著，一旁地上還倒著個不住呻吟的男子，周圍圍了一圈看熱鬧的人。

「沙西王府就了不起嗎？郡主就可以隨便打人嗎？我爹還是御史呢！」女子氣惱地指責著初月。

初月仍是一身俐落的男裝，皺著眉頭，似乎很是莫名其妙，「我什麼時候動手了？」

她的侍女小星手裡抱著個匣子，也不忿地從她身後探出頭來，辯駁道：「明明是這位公子想來搶釵子，我們郡主避了一下，他就自己摔倒了。」

一旁的路人也附和道：「對啊，我們都看見了。」

女子氣焰稍稍矮了一截，卻還是不依不饒道：「就算如此，珠寶行裡的規矩也是先到先得，我們都拿在手裡了，妳憑什麼硬搶？」

初月有些不耐煩了，「掌櫃。」

一直跟在初月身側的江老闆連忙出言解釋：「是，這枚紫玉釵，乃是郡主十日前送來玉坯，托鄙店磨制的。今晚郡主來取成品，不想小廝送釵過來的時候，半途中得了這位郎君的青眼……」他瞟了一眼地上的男子，沒有繼續說下去，但眾人已然都明白了過來。

初月瞟那女子一眼，「現在弄清楚了吧？」她懶得再爭執，轉身離開。眾人紛紛為她讓路。

地上的男子羞愧至極，那女子也漲紅了臉，卻突然道：「哼，向來釵子都是郎君送小娘子的，有些人陰陽不分，難怪釵子都只能自己來買！」

初月霍地轉過身來，怒視著她，「妳嘴巴放乾淨些！」

女子譏諷道：「我又沒說妳，妳那麼著急做什麼？我只知道有些人啊，聽說是定了親，但未婚夫從來不肯跟她多說一句話，一聽說要賜婚的消息，就急急忙忙地避出了京去，簡直把她當作蛇蠍一般避之唯恐不及！」

眾人紛紛愕然看向初月。小星又羞又急，「妳胡說！」

初月踏前一步，揚起手中馬鞭就要對那女子抽去。眾人正要驚呼，便見一隻玉白的手捉住了初月的手腕，清朗如金擊玉石的聲音隨即響起：「拿件東西都這麼囉唆，妳還要我在外頭等多久？」

眾人錯愕地抬起頭來，便見安都所有未婚女子的夢中情郎——長慶侯李同光正皺眉站在初月身側。他身姿挺拔如皎月照玉樹，一雙清潤的黑瞳子如水洗墨玉般。

那女子脫口驚呼道：「小侯爺？」

初月卻還愣怔著，被他硬拉到了一邊，這才反應過來，「你——」

李同光手指一彈，一朵月季花已飛入初月髮間。「都說了，我不懂什麼金啊玉的，只認識這個，妳喜歡就好，不喜歡就扔了吧。」話一說完，他扭頭便走。

初月這才明白過來，李同光竟然是特地現身來助她出窘境，她忙和如夢初醒的小星一道追了上去。

眾人愕然望著他們的背影，半晌終於有人回過味來。

「這叫避之唯恐不及？怕不是小倆口在鬧彆扭吧？」便有人戲謔地看向先前和初月爭執的女子。

另有女子掩口笑道：「巴巴地追了過來，還『妳不喜歡就扔了吧』，原來長慶侯哄人的時候，也這麼有趣。這位娘子，妳難道不知道男人經常是口是心非的嗎？」

眾人都忍不住笑了起來，四散開去。唯獨先前同初月爭執的女子，面皮紫漲地立在原處，恨恨地看著地上的男子。

✵

初月一路追趕著李同光，連喊了幾聲「喂」，然而追上去後，卻一時也不知道該說些什麼。

李同光瞟她一眼，道：「別動不動就上鞭子，這裡不是妳練騎奴的草原。招惹了言官，對沙西王府沒好處。」

初月半天才憋出一句：「剛才，謝謝了。」

李同光淡漠地點點頭，自顧自地走了。

初月忙又追上去，「還有，上次也是，對不起。那會兒你明明都在說軟話了，可我這人脾氣上來得急，下來得慢，所以才說了那些特別該打的話。」

李同光又瞟她一眼，雖依舊是不怎麼愛理會她的模樣，目光卻顯然是溫和的，「我要是總跟妳較真，妳早就沒機會在我面前蹦躂了。」

正說著，他們身前便有簪著月季花的女子和情郎一起走過。初月抬頭望見，臉上突然一紅，聲音也不由得一軟：「你剛才，為什麼要幫我？」

李同光拋了拋手中裝著傷藥瓶的錦袋，唇角噙著笑，「因為我心情好。」

他那雙桃花眼中彷彿總是帶著些笑意，但這一次顯然與過往每一次都不同，沒有那種虛假刻意的溫柔，反而帶了三分邪氣。然而那邪氣也是清澈的，就如此刻他黑眸子裡映著的那一片漾漾的星光。

再想到他是為了解救自己而現身，初月忽就意識到，這或許才是李同光真正溫柔的模樣。她心口忽就「咚」地一跳，連忙轉過頭去，心不在焉地應了聲：「是嗎？」

李同光點頭道：「我上回就說過，現在沙西王府和長慶侯府是同氣連枝。只要找到妳我相處的正確方式，以後我們也可以相敬如賓。」說著便一抬下巴，提醒初月，「妳家親隨找過來了。」

初月朝他指的方向看了過去，果然看到了自家趕車而來的僕人。她還想再和李同光說幾句話，然而等她回過頭時，李同光已經拋著錦袋走遠了。

小星站在她身側，望著李同光遠去的身影，感嘆道：「原來長慶侯笑起來那麼好看啊。」

初月卻在回味著李同光剛才的話，他說的是「相敬如賓」。她摸著髮間的月季花，一時有些發怔。

小星不解地看著她，「郡主？」

初月掩飾地扯下月季花，嘀咕道：「穿男裝戴這個東西，不倫不類的！」說完便一個箭步上了沙西王府的馬車。

馬車搖搖晃晃地走在路上。

小星捧著臉頰笑盈盈地看著初月，「國公要是知道剛才這事，肯定會放心多啦。他嘴上不說，但總是擔心長慶侯和您的相處……」

初月瞅了小星一眼，「少多嘴。」話雖如此，她藏在暗處的手，卻一直在輕輕地撫摸那朵被扯下的月季花。

✵

安都皇宮，同明殿。

夜色沉沉，寂靜無人的庭院裡一片漆黑，只有廊下幾盞燈籠照出半步朦朧的光。初貴妃伸出纖纖玉指，拿起面前的月季花，幽怨地看向李同光，「回安都這麼久，你第一回潛進宮瞧我，就只給我帶這個？」

李同光淡淡地道：「妳是後宮之主，富有天下，什麼珍寶沒瞧過？我想來想去，只有這個品種的月季花，御花園裡好像並未曾見過，就順手帶來了。」

初貴妃這才轉嗔為喜，「只要你能常來瞧我，就算什麼都不帶，我都歡喜。」

李同光淺淺一笑，「真的？」

初貴妃見他笑眼溫和明亮，不由得怔住，半晌才道：「是聖上又升了你的官嗎？你的眼睛裡有光，我從來沒看到你這麼開心過。」

「沒有升官。只是，」李同光微笑道：「只是終於圓了一個舊夢，又決定了一些新的謀畫，心定了許多而已。」

「你新的謀畫裡，有我嗎？」

「自然。」李同光看向她，「今晚我祕密進宮，就是為了和妳商量此事的。」

初貴妃心下甜蜜，笑問道：「是嗎？那你說說。」

卻聽李同光道：「我要讓河東王死。」他語調平靜，幾乎是面無表情地說出了大逆不道的話。初貴妃霍然變了臉色，一時甚至懷疑自己是聽錯了。

李同光卻已解開外袍，指著自己腰上猶在滲血的刀傷，道：「這是他今天晚上刺殺我留下的，連上前些日子在合縣，他勾結朱衣衛來的那一次，已經是第二回了。」

初貴妃驚道：「大皇子勾結了朱衣衛？」

「老頭子沒告訴妳？」李同光眼睛微微一瞇，緩緩道：「看來他對妳的信任，比起在宮外那會兒是差多了啊。」

初貴妃被重重地打擊到了，卻還是逞強道：「宮裡新進了幾個美人，他不來煩我也好。」看到李同光身上的刀口，又心疼地問道：「你上次傷在哪兒了，重嗎？」

李同光隔開了她的手，將衣袍重新裹好，道：「都好得差不多了。妳只要知道一點，既然他想我死，我就得要他亡。」

初貴妃點了點頭，問道：「你要我怎麼幫你？」

李同光與她耳語了幾句，初貴妃神色一凜，遲疑道：「真要這麼做？可我那位先皇后表姐，是他最大的禁忌。」

「我連他兒子都要除掉，還在乎這些？」李同光一頓，半瞇著眼睛，審視著初貴妃，「怎麼，天天做著太后夢，可一見真章，就怕了？」

初貴妃一咬牙，昂首道：「好，我做就是。」

李同光便拱手向她行禮：「多謝娘娘。」而後起身道：「那我告辭了。」

初貴妃卻又叫住了他，李同光回過頭去。等了半晌，初貴妃才遲疑地問道：「你和阿月，最近相處得好嗎？」

李同光淡淡道：「還好。」

初貴妃一急，「怎麼個還好法？」忙又掩飾道：「我是她的姑母，我總要關心……」

李同光打斷了她，目光看向她的右手，淡漠道：「貴妃娘娘，妳心口不一的時候，總是會不自覺地彎著右手的小拇指。」

初貴妃下意識地手指一顫，連忙將右手背在身後藏住。

李同光卻已走上前來，目光冰寒，嗓音卻詭異地輕柔：「妳應該清楚，這場婚姻，並不是我想要的。但妳的侄女，是妳去勸嫁的。」初貴妃的身子不由得顫抖起來。李同光逼近了她，在她耳邊輕聲蠱惑道：「妳不是很恨設計促成這樁婚事的老二嗎？放心，對付完老大，下一個就是他。」

初貴妃的眼睛驀然瞪大，李同光卻越逼越近，初貴妃驚恐地向後退去。然而身後便是遊廊的柱子，她已退無可退，一時心緊繃到極點，便聽李同光俯身在她耳畔道：「如果妳一定要知道答案，那我就告訴妳，我陪她進了珠寶舖，逛了街，還送了她一朵一模一樣的月季花，滿意了嗎？」言畢，李同光果決地轉身離去，眨眼間便已消失在宮牆的陰影裡。

初貴妃癱倒在地，眼淚滾落下來，「他怎麼可以送我和初月一樣的東西？怎麼可以?!」

她將花扔在地上，恨恨地上前踐踏。一直守在遠處的侍女聞聲趕來，連忙安撫道：「娘娘，娘娘息怒！」

初貴妃卻突然想起了什麼，忙又將花朵撿了起來，「不對，他肯定是故意氣我的，怨我不該那麼問他，是我又戳到了他的傷心事！」她珍惜地撫摸殘存的花朵，喃喃自語著：「他如果不是心裡有我，怎麼會留意到御花園裡沒有這種花，怎麼會特意帶進宮來？他啊，從來都是說最無情的話，做最多情的事。」

侍女不知該說些什麼。初貴妃卻突然停住動作，抬起頭來，臉上帶著悲涼的笑，問道：「我是不是很可悲？只消他模棱兩可的一句話，就能讓我一會兒難過得想死，一會兒又滿心歡喜……」

宮牆外，李同光靠坐在馬車上，手裡把玩著如意扔給他的傷藥瓶，臉上洋溢著幸福的笑容。

而宮牆內，初貴妃痛苦地撫摸著花朵上的褶皺，自語道：「可只要他還願意見我，願意跟我說話，哪怕我明知自己只是一個被利用的小卒子，但我，仍然心甘情願。」

癡心若狂，不計得失。一如當日李同光跪在密室中，仰望著漫天飛舞的破碎殘像落淚，一如李同光虔誠地跪在如意面前，親吻她的指尖。

❋

數日後。

安國宮城正殿裡，安帝李隼半靠在臥榻上閉目養神。身旁內侍手持冊子，正在給他讀暗探剛剛送上來的情報節略。

「十五日，禮王至徐國公府、陽柱國府，攜禮若干。」

安帝閉目點頭。

「十五日午後，沙西王於政事堂中，與諸大臣言兩國既欲共抗北蠻，便應早遣梧帝東歸……」

安帝微微皺起眉。

「十六日晨，長慶侯府召太醫，長慶侯腹有劍傷，深約半寸……」

安帝一挑眉，出言打斷了他：「今日已是十八了，長慶侯沒有上書或是入宮請見？」

內侍低眉俯首道：「尚未。劍上有毒，長慶侯仍在休養。」

安帝一抬手，示意他繼續。

內侍便接著讀道：「十七日晨，朱衣衛左使、右使履新……」

安帝的眉頭皺得更深了。

內侍又讀道：「十七日午，汪國公騎射中，突嘔血，旋腹痛不止。太醫至，以急腹症斷之。」

……

大皇子的岳父汪國公，已經不好了。

昨日發病之後，國公府便急請太醫前來診治，太醫卻也是束手無策。遷延至今，汪國公對外物早已沒了反應，只半張著口躺在病榻上，黑血不住地從唇邊流出來，有出氣沒進氣了。

太醫無奈，令府上儘快準備後事。國公夫人還不死心，搖著太醫質問著。大皇子卻明白岳父現下的狀況早已是回天乏術，便也不再徒勞地守在榻邊，皺著眉轉身疾步離開了。

國公府的大公子見狀連忙追出去，攔在他的身前，撲通一聲跪下，仰頭向大皇子哭訴道：「大殿下，您要為家父作主啊！父親他不是什麼急腹症，而是被人害了！」

大皇子無奈，「太醫都說岳父沒有中毒，你叫孤怎麼幫你作主？」

汪國公之子憤恨道：「是沒毒，但是有這個！」跟在他身後的僕人連忙呈上一把摔碎的茶壺，壺中有幾粒珍珠大小的米粉圓子。汪國公之子將東西捧給大皇子，道：「前日父親去鎮武將軍孫遠家赴宴，酒至半酣，來了一隊舞姬獻舞。那些舞姬還帶來了好多異國吃食，其中一道，便是醴酪中雜以酥脆的黑色小果子，叫什麼『玉泉玄石』。因為此物新奇，宴上的賓客雖然看得不甚清楚，可還是紛紛大快朵頤。」

那日的情形彷彿再次浮現在眼前。波斯舞姬面遮輕紗，身纏綃縠，腰佩七寶珠鏈，在明滅的燈火下妖嬈起舞。雪白的玉足踏著光潔如鏡的地板，輕盈又繚亂地旋轉。只聽她手上、腰上、足下金鈴叮噹作響，眼前全是曼妙飛舞的輕紗、華麗的珠玉和柔媚的腰肢。席間的男人都看得目不暇接，不知今夕何夕。

待那舞姬眼波流轉，嘴角噙笑，手持銀壺，送上所謂的「玉泉玄石」時，哪裡還有男人有心思去想這東西有什麼玄妙。汪國公得那舞姬嫣然一笑，早已神魂顛倒，忙將空盞伸過去。待那舞姬滿斟一盞後，汪國公隨意嚼了嚼，便一飲而盡。

汪國公之子恨恨地說道：「可誰承想，那些黑色果子裡，竟然夾著這些物事！」他剖開一顆「珍珠」，只見金色的碎屑混雜其中，光芒一閃。

大皇子失聲道：「碎金！」

汪國公之子痛哭道：「是啊！金屑酒古來便是賜死之物，金能墜死人，凡飲者，數日後，必痛不欲生，爛肚穿腸而死。其他喝下醴酪的賓客都沒事，只有父親他……這分明就是衝著他來的。若不是臣弟細心，在孫家後廚找到了這些殘物，家父只怕去了九泉，也只能是個枉死鬼！殿下，孫遠是您的人，所以臣弟不敢告官，只敢等您來了，才……」他再也說不下去，號啕大哭道：「父親，父親！」

大皇子震驚不已，忙道：「別慌，這中間肯定有誤會，」立刻吩咐親隨：「你即刻去孫遠家，傳他來見孤！」

親隨卻露出了為難的神色，近前向大皇子耳語了兩句。

大皇子一驚，脫口道：「什麼？今早被朱衣衛抓走了?!可他不是一直替孤跟左使陳癸聯絡嗎？」說著便忽地意識到了什麼，霎時變了臉色。

汪國公之子也驚訝道：「陳癸？朱衣衛昨日上任的左使，不是姓杜嗎？」

大皇子一愣，隨即大急，「邸報！給孤邸報！」

汪國公之子急忙取來邸報給他，只見邸報中央一行寫著：「晉緋衣使杜修齊權知朱衣衛左使……」

大皇子跌坐在椅子上，頹然道：「鄧恢應該已經發現孤繞過他跟陳癸合作收拾李同光的事了。岳父的毒是他下的，陳癸也是他收拾的。除了朱衣衛，誰還會這些稀奇古怪的殺人法子？那些波斯舞姬，多半就是朱衣衛的白雀！」

汪國公之子愕然道：「朱衣衛是天子私兵，會不會是聖上……」

「不可能，若是父皇知道了，孤早就被傳進宮訓斥了！」

「那，會不會是長慶侯？」

「更不可能，」大皇子道：「他至今都以為那些刺客都是北蠻人！否則以他那睚眥必報的性子，怎麼會忍到現在？就算他想動手，也沒膽子直接毒殺孤的岳父，堂堂國公！」

大皇子捂住了臉，絕望道：「敢這麼無法無天的，只有朱衣衛的鄧恢。他是想用這法子警告孤，讓孤別動他的朱衣衛！」

汪國公之子驚呆了，「那父親他難道就白白……」卻忽地又一愣，忙道：「不對啊，殿下，鄧恢是個笑面虎，父親又與他素無舊怨，一上來就下這麼毒的手，他難道不怕您報復嗎？」

大皇子一愣，突然想到了什麼，凝眉苦思起來，「不是朱衣衛！你說得對，鄧恢想警告我，不會用這麼婉轉的法子，朱衣衛要殺人，也不會讓你找到那些金屑！這分明是有人想藉機挑動我和朱衣衛火拚！是誰呢？」他騰地一下站起，「是老二，只能是老二！他肯定發現我和陳癸的事了！」

正說著，忽有一個黑衣人從天而降。在場眾人都大驚失色，大皇子的親隨立即護住大皇子。

那黑衣人卻回身向著大皇子恭謹一禮，道：「朱衣衛紫衣使吉祥，參見殿下。陳尊上不幸殞身之前，令臣務必前來，將遺言相告殿下。這是尊上的印信，尚請核驗。」他呈上一面玉牌。

大皇子的親隨接過玉牌核查，然後對大皇子點了點頭。大皇子立時便提起了精神，催促道：「快說，陳癸有什麼遺言？」

只聽黑衣人道：「尊上說，他與殿下之祕事，已被洛西王察覺，為護殿下，他不得不死。但尊上欲以最後之力，再助殿下一程，只願殿下能遵照當日之約，保尊上家中三世平安榮華！」

✵

汪國公中毒的消息很快便傳到了鄧恢耳中。

鄧恢想了想，卻只道：「不必管他，大皇子這是怕他和陳癸私下勾結的事東窗事發，我會向聖上告發，所以想提前用苦肉計，把自己擇出來。」

向他送上消息的盧庚問道：「那我們按兵不動？」

鄧恢點頭，「眼下最要緊的事，是如何跟聖上把陳癸和迦陵的死交代清楚，」復又看向盧庚，問道：「那一晚，當真沒有任何衛眾看到殺迦陵的是誰？」

那一夜，盧庚也曾跟隨迦陵前去圍攻如意。聽鄧恢問起，他腦海中立時便回想起寧遠舟和如意並肩立於橋頭的身影，彼時寧遠舟手中銀鋒似雪，揚聲說道：「要麼，現在就走，就當今晚沒來過這裡，什麼也沒看到過！」

盧庚一凜，果斷搖頭道：「那一晚，迦陵右使只帶了她的親信去，但也都折在石橋那兒了。」

❋

新進美人的新鮮感過去後，安帝終於久違地再次駕臨初貴妃的同明殿。初貴妃把著安帝的手臂，嬌俏喜悅地將他迎入殿中，依偎在他的身旁，又仰頭親手奉上鮮果。

然而安帝尚未坐穩，便有內侍匆匆上前彙報道：「汪國公已於辰時三刻亡於府中。」

初貴妃手中的鮮果突然掉落，她目光驚恐地跌坐在地，喃喃道：「表姐……」

安帝的眼神一凜，扭頭看向初貴妃。但素來解語知趣的初貴妃卻像失了魂一樣，半晌才反應過來，匆忙跪倒在地，「聖上恕罪，臣妾失態了。」

安帝不動聲色地扶起她，「愛妃這是受驚了。」一抬眼，貌似不經意地問道：「妳剛才在說什麼？」

初貴妃忙掩飾地垂下頭去，「臣妾、臣妾沒說什麼啊，聖上聽岔了吧。」

安帝目光一閃，沒再追問。

侍傍晚離開同明殿時，安帝支開了初貴妃，才冷冷地看向初貴妃的近身侍女。侍女渾身一抖，連忙跪倒在地。

暮色四合，安帝的表情隱於半明半暗之間，看不清喜怒，只知嗓音是冰冷的，「為什麼貴妃剛才聽到汪國公死的消息，卻脫口叫了聲『表姐』？」

侍女不敢回答。

安帝眼皮一抬，吩咐內侍，「送她去暴室。」

侍女大驚，連忙叩倒在地，「聖上饒命！奴婢不敢說，是因為自先皇后冥壽之後，娘娘便經常夢到先皇后。」侍女瑟瑟發抖地說道：「昨夜，昨夜娘娘做了噩夢，奴婢服侍，聽到娘娘一邊叫表姐，一邊問『汪國公害了她』是什麼意思……」

安帝的面色立刻陰沉如墨。就在此時，有內侍上前通稟道：「聖上，大殿下趕在宮門下鑰前，入殿請見。」

安帝皺了皺眉，這才一言不發地轉身離去。

初貴妃從殿裡出來，望見安帝匆匆而去的背影，情不自禁地冷笑道：「這麼多年來，先皇后的死，一直是他心裡的一根刺。他寫了那麼多深情的懷妻之詩，卻最怕被人知道逼死先皇后的其實是他自己。」

侍女驚魂甫定，只覺得身上還在發抖，「是，奴婢記得三年前，舒嬪就是因為說漏了嘴，才被賜了白綾。奴婢剛才真是怕死了……」

初貴妃抹下一只玉鐲給她，安慰道：「拿著壓驚。」說著便也嘆了口氣，「其實本宮也在和妳一起賭啊。同光說得對，這次要是不按死他們，以後他們要對付的就是我。汪國公當年能操縱朝廷，藉治兩個國舅死罪的由頭來逼死表姐，焉知今後不會為了送大皇子晉位，對我也來上這麼一次。所以聖上心裡頭的這根刺，今晚必須被我挑出來。妳去弄些冰水來，我要沐浴。」

時近深秋，天氣已十分寒涼，她卻要用冰水沐浴，侍女有些驚慌，「娘娘？」

初貴妃嘆息道：「既然要裝病，就要裝得像些。這樣才能讓聖上相信我當真是夢到表姐去找汪國公索命了。」說著便又一頓，黯然道：「我也想嘗嘗同光每回走進冰水的滋味。妳說，如果我真的病重了，他會不會心痛，會不會再潛進宮來瞧我？」

✵

夜幕低垂，內侍們小步快趨著點起各處花樹燈檯上的燈火，將整個正殿照得煌煌赫赫。

大皇子伏在地上長跪，燈火在他周身投下了淺淡的暗影。那些暗影環繞著他，隨著躍動的火光忽長忽消。

聽到安帝入殿的聲音，大皇子膝行上前，含淚仰望著安帝，「父皇救我！兒臣、兒臣命在旦夕了！」

安帝這才看清大皇子身上的黑血，皺眉退開一步，不悅道：「這是什麼？」

「這是兒臣的岳父，汪國公臨終時吐在兒臣身上的血，他不是什麼急腹症，是被人害死的！」

安帝逕自坐下，隨口問道：「哦，被誰害死的？」

安帝的漠不關心把大皇子弄得有些慌張，半晌，他才一咬牙，道：「是二弟。」

安帝一揚眉，「有何證據？」

「二弟原本想派人冒充朱衣衛，在合縣刺殺同光表弟，但並未成功。駐守合縣的一個偏將是岳父的親信，發現真相後便稟告了岳父。岳父正和兒臣商量此事，不想突然就……」大皇子自知這些說辭蒼白得很，原本他也不打算就這麼草草發難，但汪國公之死已讓他慌了神，而陳癸給他留下的也是能一擊必殺的東西。他已不打算再拖延下去，便流著淚仰望著安帝，哀切道：「父皇，兒臣知道您多半不信，兒臣原來也是不信的，畢竟這些年來，二弟雖與兒臣偶有不和……」

安帝打斷他：「夠了，朕大晚上不想聽這麼沒邊沒際的東西。朕只想知道，鎮業為什麼要殺長慶侯？長慶侯死了，他有什麼好處？汪國公死了，他又能得到什麼？」

大皇子張口結舌，半晌才道：「同光表弟不想娶金明郡主，後來知道婚事是二弟在您面前攛掇的，便懷恨在心，私下裡常說要找二弟的麻煩……」

這說辭連他自己都不信，在安帝凌厲的目光注視下，他很快便說不下去了。他乾脆心一橫，道：「事出突然，兒臣也一時想不清楚這中間的門道，只知道殺岳父的只能是二弟，而二弟對付了岳父後，就要對付兒臣了！」

安帝已不耐煩了，「這些話，你明日全編好了，再來回朕。」說完，他起身便要離開。

大皇子心中一急，忙道：「父皇留步！」他心一橫，再次膝行上前，仰頭說道：「二弟想殺兒臣，為的就是那把龍椅，而且他想對付的，也不僅僅是兒臣，還有父皇您！」

安帝的腳步終於停頓下來，他緩緩回過頭來，盯著大皇子，提醒道：「你想好了，謀逆是死，誣陷謀逆，也是死。」

大皇子毫不猶豫道：「兒臣想好了！兒臣有證據！父皇如若不信，就請即刻駕臨二弟的王府，他私藏龍袍、鐵甲，鐵證如山！」

安帝的眼睛危險地瞇起了。

❋

馬蹄聲踏破寂靜的夜，一眾侍衛浩浩蕩蕩地打著火把，護衛著安帝的車駕駛出宮門，向著洛西王府奔去。

大皇子心事重重地坐在安帝身後的車裡，親隨擔憂地問道：「殿下，這麼做會不會太急了一點？」

大皇子自己亦知這是一場豪賭，目光陰鷙道：「管不了那麼多了，陳癸說得對，只有趁著一片混亂，先把老二的罪名定死了。到時候父皇只剩孤一個成年皇子，就算知道了真相，也不會把孤如何的，要不，他偌大的江山日後交給誰？」

他扭頭看向車裡的黑衣人，問道：「那龍袍，你當真安排好了嗎？」

黑衣人點頭道：「臣親手安排的，萬無一失。而且臣親眼看到，那密室裡除了臣放進去的龍袍，還有鐵甲以及詛咒聖上和您的符咒。」

大皇子一挑眉，手指彷彿無意識地叩了叩車窗櫺，喃喃道：「是嗎？那咱們就不算冤枉他了。」

馬車正轆轆地行進著，忽有人來敲車窗。大皇子的親隨拉開車窗，便有個侍衛近前與他耳語了幾句。親隨露出驚愕的神色，回頭向大皇子稟告：「殿下，二皇子突然跑了！」

大皇子隨即露出吃驚的模樣，「什麼?!」

黑衣人也震驚地抬起頭，隨即向前一撲，倒在了車廂裡。親隨從他頸後收回手，手中烏光一閃──卻是一枚漆黑的針狀暗器。刺倒了黑衣人，親隨收起烏針，拔出匕首來。

大皇子皺眉道：「別在這兒動手，孤不想弄髒馬車。」

親隨應道：「是。那臣就將他放到下面去。殿下放心，這毒針是陳癸之前獻上來的，中針之後，再強的高手也就只剩口氣了，等咱們回了王府，再毀屍滅跡也不遲。」

親隨說完，便一按機關，車廂地板翻轉，昏迷的黑衣人落入了車底木箱中。親隨合上機關，又道：「另外，我們在二殿下王府的內線已經核查過了，」他用腳尖指了指腳下的木箱，道：「他確實已在二殿下的密室裡安排好了龍袍。」

大皇子瞟了地板一眼，道：「他倒挺能幹，可惜此事牽涉太廣，留他活著，只會讓我們多一個把柄。反正陳癸已經死了，他跟著去，也算有個伴。」

親隨抹一把冷汗，慶幸道：「還好殿下早就讓他等在車裡，還好臣一直備有能讓人反應遲鈍的安息香，不然，以臣的本事，還真沒把握對付一個紫衣使。」

大皇子深吸一口氣，目光看向遠處，喃喃道：「成敗在此一舉，希望天神庇佑！」

車子卻突然停了下來。大皇子立時繃緊了神經，不安地問道：「出什麼事了？」親隨拉開窗子向外張望了一會兒，道：「聖上的車駕在過橋，走得慢了些。」大皇子這才放心下來。

卻無人注意到，大皇子的馬車底下悄悄探出了一隻手，那只手輕輕一彈，便有一枚石子擊出，打中了前面一匹馬的馬腿。那馬長嘶一聲，躁動起來，很快便擾亂了隊伍。

馬夫忙著制服馬匹，護衛在大皇子身側的侍衛們也都匆忙打馬上前查看。馬車下那個身影便趁此時機，飛快地閃身滾到了街邊隱蔽處。

待驚馬被制服，侍衛們重新護衛大皇子前行，那人也悄然從暗處起身——正是剛才車中的黑衣人。黑衣人揭下人皮面具，露出一張清麗皎潔的臉，竟是如意。

如意遙望著漸漸遠去的車隊，臉上露出了一抹神祕的微笑。

兩日前，正是她扮作舞姬，給汪國公餵下了摻著碎金的「玉泉玄石」。復仇的計畫環環相扣，所有的餌料都已投下，如今終於到了開始收網的時候。

第二十八章

魚腸盡染貴胄血

洛西王府。

安帝負手立於王府前庭，大皇子隨侍在側。火把劈啪燃燒著，整個王府都燈火通明。護衛手持長矛、腰佩儀刀，拱衛在庭院四周，陣列從王府前院一直延伸向府外長街兩側。跳躍的火光忽明忽暗地映在他們肅然的面容上，縱使未透出殺機，遠遠望去，也已令人肝膽生寒。

二皇子終於得到消息，匆忙出迎。望見安帝的身影和門外的陣仗，他臉上略微透出些驚慌，忙趨步上前，躬身一禮，「參見父皇。您、您這麼晚突然駕臨……」

安帝示意他閉口，轉身對大皇子道：「朕再問你一回，你所說之事，可有確鑿證據？」

大皇子一怔，正要開口，安帝目光已然一冷，道：「想好了再答。若為實，你二弟便是大逆。若為虛，那構陷親弟的下場——」

二皇子聞言立時慌亂起來，氣惱道：「李守基！你誣陷我了什麼？」又急急地向安帝道：「父皇，您千萬別聽他胡說！」

安帝目光掃過，隨行在側的鄧恢便立即點了二皇子的啞穴，笑瞇瞇地向他一禮，「二殿下，得罪。」

大皇子原本還因安帝的話而有些緊張，一見二皇子憤怒驚惶的神情，心下愈發肯定，便揚聲道：「此事重大，兒臣自不敢妄言。兒臣的死士探得，二弟將龍袍、鐵甲藏在其書閣後的密室裡，您一看便知！」

二皇子驚怒交加，卻說不出話來。

安帝目光掃過大皇子，一言不發，逕直走向主屋。大皇子連忙跟上去，二皇子也被侍衛挾持著跟上去。

鄧恢跟在大皇子身後，踏入主屋前，突然低聲在大皇子耳邊來了一句：「殿下的死士真是了不起，居然能把我們朱衣衛都不知道的東西探聽得一清二楚。」大皇子駭然頓住腳步。鄧恢路過大皇子身邊，唇角一勾，陰寒的眸子裡別有深意，在大皇子耳邊道：「不知您在宮裡，又派了幾位死士？」

大皇子大駭，急欲解釋，鄧恢卻已身形一閃，飛身掠到主屋門前，恭敬地替安帝推開了門。

一行人走入書房後，被控制的二皇子惶急不已，掙扎著想要說些什麼，卻發不出聲來。

只聽一聲巨響，密室的門被撞開了。密室裡點著昏暗的燈火，大皇子眼尖，一眼便看到了反光的盔甲。他大喜過望，不顧煙塵搶了進去。

安帝隨後步入密室，大皇子已經難掩激動，指著一地的盔甲與箱子中露出一角的明黃色朝服，喜道：「父皇請看！兒臣所言，字字無虛！」

安帝的眼睛早已瞇成了一條細線，透著危險的意味。他示意侍衛解開二皇子的穴道，淡淡地問道：「你有何解釋？」

二皇子甫一得到自由，立刻抹著眼淚，憤怒地辯解道：「兒臣完全不知道大哥說的是什麼，兒臣沒有私藏什麼龍袍、鐵甲！」他奔上前抱起「鐵甲」翻給安帝看，「父皇壽辰將至，兒臣準備到時親舞儺戲，彩衣娛親，這些不過是塗了銀的布甲而已！」

大皇子正在搜找的動作猛然一頓。

鄧恢早已上前打開箱子，查看所謂的「龍袍」，此刻也向安帝回稟道：「是鳳袍，不是龍袍。」

二皇子搶過鳳袍，珍惜地抱在懷中，仰頭淒然看向安帝，「父皇，這是母后當年的鳳袍啊，是她留給兒臣唯一的念想！」他落著淚，哭訴道：「父皇以忠孝治天下，出征梧國之時，尚不忘為母后寫悼亡詩。兒臣不過睹物思人，為何要被扣上謀反的死罪？大哥，你為何要這麼害我?!」

大皇子早已呆在當場。他驚怒交加，撿起布甲翻看著，難以置信地喃喃自語道：「不會的，他不會騙我的……這、這……對了，還有符咒！」他似是抓到了救命稻草，忙又上前翻找起來，「這裡應該還有詛咒父皇的符咒！」

「翻，你儘管翻！我心昭昭如日，絕無任何陰私！」二皇子越說，心氣也越壯，反唇相譏道：「父皇，兒臣不解，如果大哥的死士真的在兒臣這裡找到了所謂的符咒，為何不馬上毀去，而是原樣留在這裡做證據？難道他不覺得對父皇的詛咒，應該越早一刻毀掉越好？」

大皇子徹底明白過來，轉過身，眼帶血絲、勢若瘋虎地撲上去就要撕打二皇子，「你陷害我，那個朱衣衛紫衣使吉祥是你的人，你們串通一氣做了一個局，故意來陷害我！」

二皇子閃身就往安帝身後躲藏，口裡喊著：「父皇救我，兒臣完全不知道他在說什麼！」

鄧恢單手攔住大皇子，道一聲：「大殿下，得罪。」便向安帝說明：「聖上，我朱衣衛中並無叫吉祥的紫衣使。」

大皇子急道：「吉祥是左使陳癸的手下！」他忽地又想到了什麼，恍然大悟道：「父皇，是鄧恢！他故意讓陳癸接近兒臣，勸兒臣去對付李同光，兒臣是被他們蠱惑的！」

二皇子愕然看向他，「什麼?!刺殺同光的，竟然真的是大哥你！他可是姑姑唯一的兒子啊！」說著，卻又突然扶額，露出些自嘲的神色，「啊不，一個表弟算得了什麼，我還是你的親弟弟呢。」

大皇子這才察覺到自己失言，卻為時已晚，張著口說不出話來。

鄧恢跪地，他本就生得瘦削蒼白，一旦不笑，那張臉便顯得陰沉。此刻他直勾勾地看著大皇子，語調雖恭敬溫和，目光卻怎麼看怎麼陰冷瘆人。

「大殿下慎言。」鄧恢道：「經臣查實，右使迦陵才是與北蠻人勾結、刺殺長慶侯的真兇，左使陳癸則是在追查迦陵的罪證中不幸殉職的。大殿下是否弄混了左使和右使？」

他一頓，語調輕緩地問道：「還是，您也與北蠻人私下有所來往？」

大皇子的面色霎時就變得慘白，鄧恢模棱兩可的一句話，比二皇子一整夜的表演更為致命。他慌亂地看向安帝，駭恐地辯解道：「不，我沒有！我、我……我也不知道我為什麼會說這些，父皇，兒臣……」話音未落，他突然倒在地上，抱著頭哀號，「好痛，痛！」喊了兩聲便抽搐起來，嘴角流出白沫。

鄧恢忙上前檢查，點了大皇子的穴道，止住了他的抽搐。

「稟聖上，似乎是癇症。」

安帝一直冷冷地看著這一切，此時走近，居高臨下地用腳尖碰了一下大皇子，見他動也不動，方道：「叫人送他回去，另賜洛西王玉璧十枚壓驚。回宮。」說罷，頭也不回地轉身離去。

二皇子忙道：「恭送父皇！」他低垂的眼眸裡，此時方透出一股計已得手的喜色。

直到最後一個侍衛的身影也消失在拐角，一直保持行禮姿勢的二皇子才直起身來。回到王府前院，他連忙示意手下關門，這才快步下階，繞到王府後院，奔向正背對著他立在後院遊廊上的人。

他不及近前，便後怕地致謝道：「剛才真是峰迴路轉。同光，多虧有你火速示警，孤才能及時換掉他們的栽贓。」

那人轉過身來，身姿挺拔如竹，面容俊秀如玉，正是李同光。他恭謹地道一聲：「殿下謬讚。」便向二皇子躬身道：「臣此次相助殿下，其實也是在救自己。河東王喪心病狂，欲置臣於死地，臣若不庇托於殿下，也只有死路一條。」隨即一拂袍裾，單膝跪下，「臣之前輕狂無知，多有得罪。今後願痛改前非，為殿下效犬馬之勞！」

二皇子滿意至極，「快快起來，你我本是中表至親，又何須如此見外？」他扶起李同光，意氣風發，「經此一役，老大算是徹底敗了，哈哈，居然能想出用裝病來脫罪，他還真有幾分小聰明！」說著又有些擔憂，「不過父皇怎麼只賜孤十枚玉璧呢？怎麼也該……」

李同光卻道：「恕臣直言，既然大勢已定，殿下就應戒急平心，靜待將來。此方為太子氣度。」

二皇子一怔，隨即難掩喜悅，昂首挺胸道：「說得對，太子氣度！哈哈，哈哈哈！」

李同光見他得意忘形的模樣，唇角一勾，不由得露出一抹略帶譏諷的笑意。二皇子還在興奮地擺著太子的姿態，全然沒有察覺。

✵

馬蹄踏踏前行著，百餘步寬的禦街之上，除了天子儀仗之外空無一人。只有月光靜靜灑落在地上，清冷如霜。

安帝坐於御車之上，面色木然，不知究竟在想些什麼。他突然喚道：「鄧恢。」

車外，一直騎馬伴行在側的鄧恢連忙應道：「臣在。」

安帝道：「進來。」

鄧恢一怔，低頭道：「臣不敢。」

「別讓朕說第二次。」

鄧恢一凜，忙道：「是。」他躍入車中，臉上戴著一貫的微笑面具，低低地跪伏在安帝腳下。

安帝俯視著他，良久方道：「二十年前的詔獄死牢，你也是這樣跪在朕面前，求朕救你的。」

鄧恢屏息道：「聖上之恩，臣粉身碎骨難報。」

「朕一步步把你從詔獄提拔到飛騎營，還把最要緊的朱衣衛交給你。可現在呢？」安帝臉色一變，怒道：「朱衣衛爛得跟篩子一樣，連左使、右使都死了，你就是這麼給朕報恩的？」

君心叵測，安帝更是一向都喜怒不形於色，聽憑臣子惶恐忐忑地揣摩他的心思，這一次卻直言相斥。鄧恢不由得心中一寒，臉上面具般的笑容瞬間消失。他用力地磕下頭去，「臣有罪，臣無能。」

安帝就這樣一直看著他用力地磕著，幾下，幾十下，上百下。直到鄧恢額頭磕破，血流滿面，安帝這才伸手抓住他的髮髻，陰森森地直視著他，「朱衣衛本來也都只是些用完就可以扔的玩意兒，朕可以不管。李同光的性命，朕也沒那麼在意。但你得記住，你是朕從爛泥裡撿起來的狗，要是敢對朕有二心，朕會剝了你的皮。」

鄧恢滿臉是血，被迫仰頭對著安帝，卻還是恭敬地低垂著眼睛，道：「臣銘記五內。」

安帝這才鬆開鄧恢的髮髻，冷笑道：「朕才五十，可朕的兒子們都嫌朕老了，一個兩個都開始動起心思來了！老大想搞死老二，老二又設了局讓老大鑽，個個都以為朕瞎了嗎？」

鄧恢忙道：「臣之前確有失職，現下唯能以性命保證，自此以後，朱衣衛絕不會再與各位皇子、大臣有任何勾連，更不會和欠下中原累累血債的北蠻沆瀣一氣。」頓了一頓，又道：「臣有罪，剛才說右使迦陵與北蠻人勾結，不過是為了搪塞，但據臣這些時日的調查，左使陳癸雖確與大殿下暗中交通，但與北蠻人並無干連，」說著便又一頓，補充道：「就連迦陵，也應該是與北蠻間客火拚，才不敵而亡。」

安帝微感意外，瞟了他一眼，「迦陵？你不是恨極了這幫白雀出身的朱衣衛嗎？現在居然為她說話？」

鄧恢垂首道：「臣恨朱衣衛，無非是私怨，但膽敢裡通身負數萬百姓血債的外族者，卻是國敵。迦陵雖然可憎，臣卻不應讓她背上千古罵名。」

安帝皺眉思索起來，「那北蠻人為何會與刺殺長慶侯的朱衣衛混在一起？難道只是湊巧？」

鄧恢道：「聖上精通兵法，自然知道戰場之上，確實巧合良多。」

安帝閉目深思，手指敲擊扶手，自語道：「朕原本不想理北蠻，但現在褚國打不成了，王相和沙西王又不停地在朝上嘮叨，看來，得想辦法做做樣子，才能問梧國人多討那三萬兩贖金了。」

鄧恢猶豫了片刻，小心地進言道：「陛下，北蠻人這次既然能費數年之功挖通天門山密道，想必確有圖謀——」

安帝一睜眼，精光四射，冷笑道：「朕不信。整整五十年了，北蠻人在天門關外才出現幾回？偏偏梧國使團經過，就突然冒出條密道來，梧國人還好心地幫合縣把密道炸了，這分明就是怕朕細查，故意毀滅證據。也就李同光那個愣頭青才會看不出端倪！呵，眼看就是冬天了，關外苦寒，要是真信了梧國人的話出關抗蠻，大安的軍力轉眼間就會折掉一半，到時候不管是梧國人還是褚國人，都會對我們反咬一口。」

鄧恢還想再說什麼，安帝卻道：「夠了！朕反正不信北蠻的間客混進安都，誰都不碰，單單只殺一個朱衣衛的右使。這個叫迦陵的，說不定也是老大一黨的。」

鄧恢一驚。

安帝道：「北蠻人的事，你以後少插嘴，朕自有處置。」

鄧恢只能道：「是。」他一咬牙，又道：「還有一事，想請聖上開恩。按例，凡叛國罪人，都應暴屍、夷三族。迦陵既然並非真與北蠻勾結，那她的族人，是否可以免於一死……」

安帝冰寒的目光掃過他，鄧恢一寒，忙再次叩首道：「臣失言。」

安帝淡淡道：「她既然做了朱衣衛，就別怨命不好。」

鄧恢緊扣在地縫裡的手指，幾不可見地微緊了一下，終是沒有再多說什麼。

✵

雖對大皇子說「謀逆是死，誣陷謀逆也是死」，但畢竟是自己的親生兒子，何況誣陷不成還反被擺了一道，安帝並無這麼狠的心下殺手。且老大固然囟頑，老二卻也不是什麼恭順之輩，老三又還在繈褓之中，安帝也並無這麼多兒子可殺、可用。

他本就忌諱兒子奪權，忌諱朝臣有二心，自然也不打算給二皇子和朝臣以「儲位既定」的錯覺。

斟酌思量之後，安帝終於做出決定。大殿之上，內侍高聲宣旨：「皇長子河東王李守基，宿疾日重，前日自請辭去職守，歸沙中部養病。朕聞之甚憂，嘆息再三，唯能允之……」

殿下，大臣們面面相覷——汪國公新喪，大皇子好端端的就自稱病重，要離職出京療養，實在令人浮想聯翩——但看著丹陛之上面色平靜的安帝，卻都不敢多言。

正在私下揣測著大皇子究竟是不是失寵被逐，便聽內侍繼續宣讀道：「因兩國鏖戰，天門關破損良多，此地乃防衛北蠻之要衝，朕念及三國盟約，故特令皇二子洛西王李鎮業代朕出巡，親赴監修，詳查北蠻動向……」

眾人不由得愈發驚詫，紛紛留意二皇子的反應，卻見原本尚有得意之情的二皇子難掩錯愕的神色，顯然也是大大出乎意料。眾人只覺朝局愈發錯綜複雜起來。

但二皇子很快便反應過來，躬身行禮道：「兒臣遵旨！」

✵

二皇子心不自安，散朝之後，還未出宮門，便匆匆在階下拉住了李同光，急急詢問：「怎麼回事？父皇為什麼會突然要孤去天門關那種鬼地方？」

李同光忙示意他小聲，將他拖到角落裡，「殿下也太不小心了，聖上多疑，若被人發現你我突然交好……」

二皇子打斷他，滿臉焦急神色，「孤知道，但孤顧不了那麼多了！讓孤出關去查什麼北蠻人，萬一出事了怎麼辦？」他忽地意識到某種可能，霎時不寒而慄，「壞了，父皇是不是猜出昨晚是咱們的布置了？」

李同光心下難免有些鄙薄，卻還是安撫道：「殿下稍安。臣以為，以聖上的精明，生疑是難免的，但臣布置精巧，並沒有留下破綻；而聖上之所以派殿下去天門關，既是考驗，也是重用。」

二皇子愕然，「何出此言？」

李同光循循善誘道：「李守基既然明病實貶，您就是唯一的太子人選。可古來立太子的詔書上，除了誇獎皇子仁孝聰穎之外，還需有治國理政的實績。臣猜想，這一次，聖上是希望您好好地在天門關外治治那些北蠻人。這次您若能把差事辦得漂漂亮亮地回來，便是有功於國。昨日您不是還嫌十枚玉璧的賞賜太少了嗎？這一次，聖上賞您的，可是代天子出巡的實職啊。」

二皇子動了心，卻又遲疑道：「可孤怕刀槍無眼……」

「臣在合縣跟那些北蠻人親身對戰過。他們幾十個都奈何不了我一個，殿下又有何懼？只消多帶些侍衛，找您外公的沙東部借些騎奴前去，便定可大展神威。臣猜想，聖上之所以不給您派兵，也是怕那些將官，分了您的功績啊。」

二皇子眼睛瞬間一亮，安下心來，「孤明白了。」

李同光又露出些有所顧慮的神色，道：「要修好天門關，得有人力、土石、銀錢，殿下外公家的沙東部，有不少人都在工、戶兩部身居高職。但聖上一向不喜歡您和母族走得太近……」

二皇子心有餘悸，想了想，轉而問道：「你有沒有信得過的親信在戶部？」

李同光道：「倒是有一個，是我的奶兄，但現下只是個主事。」

二皇子當即拍了拍他的肩膀，慷慨道：「孤會讓舅舅儘快升他做侍郎，以後這邊的事，就交給你了。」

李同光微笑道：「謝殿下！臣深信，臣岳父所在的沙西部，多半也願意助殿下一臂之力。」他意有所指地望向宮殿一側，二皇子跟著他望過去，便見李同光的親信朱殷正引著沙西王從不遠處走來。他們二人交談的模樣，也隨即落入沙西王的眼簾。

二皇子立時會意，隨著李同光一道向沙西王拱手致意。

沙西王靜默了片刻，最終也向二人深深一禮。

＊

出了宮城，翁婿兩人一道登上馬車。沙西王審視著李同光，問道：「你故意讓老夫看到你和二皇子在一起，是想告訴老夫，今日朝中的局面，都是你的手筆？」

李同光點頭，恭敬地答道：「是，臣體察上意藉機進言，請聖上派二皇子去巡修天門關。這樣一能就三國先帝盟約之事，堵梧、褚兩國之口；二能實地勘察北蠻人的動向；三還能藉著這半流放的態度，讓那些總上書催立太子的朝臣收收心。此之謂一舉三得。」

沙西王盯視李同光許久，見李同光只是恭敬謙遜地垂著眸子，不張狂也不拘謹。想到他年紀輕輕就已熟知天下局勢，還能把握住安帝的心態，沙西王心下既有讚嘆，又難免有所顧慮，卻並未表露出來，只道：「心計不錯。」

李同光垂頭一躬，微笑道：「小婿當不起岳父謬讚，」卻似是察覺到了沙西王的心境，又垂著眼睛，緩緩道：「但小婿以為，以岳父您的韜略，絕不會希望您的愛女以後只能屈居侯夫人之位。」

沙西王心下便一動——他所顧慮的也正在於此，李同光有如此心計，又有如此膽量，所謀必定不小，而所謀者大，所擔的風險只會更大。他微微傾身上前，問道：「你的眼光，最後想要瞄到多高？」

「貴妃沒跟您提過嗎？」

沙西王盯著李同光，「老夫想聽你親口說。」

李同光此時方抬眼，眼中盡是灼灼野心，令沙西王也不由得心下一緊。便聽李同光道：「貴妃意欲撫養三皇子，而聽政太后，往往需要一位輔政大臣。我身上流著李氏皇族之血，卻不是宗室，只要能再進數步，便是天生之選。」

沙西王心中一震，良久，他才問道：「那你的翅膀，配得上你的眼光嗎？」

李同光微笑道：「請岳父再耐心多等幾日，等岳父看到了實績，自然會願意將沙西部的勢力交予我。」

沙西王卻一皺眉，遲疑道：「沙西部向來不涉入這些……」

李同光打斷他，反問道：「那岳父就希望看到身為安國最大部族的沙西部，一點點淪為皇族所在的沙中部的附庸？世人都誇您的兒子、小婿的大舅兄頗有父風，但言下之意就是尚不如您。連您都無法阻止沙西部衰落，他能行嗎？」

沙西王怔住了，思量半晌，終於壓低了聲音，問道：「聖上不過是要大皇子暫時養病，二皇子也不會一輩子都留在天門關不回，你確信你的計策有長久之效？」

李同光微微一笑，道：「那就請岳父再耐心等等，相信過不了多久，小婿就能再向您證實一回自己的實力。」

✵

三日後。

空中鉛雲低垂，沿河兩岸楊柳蒙塵，衰草鋪地，一片昏黃枯寂。河邊道路上，十餘人護送著一行車隊，正沒精打采地前行著。

一時車隊停下，汪國公世子便從馬車裡撲了出來。他手中還拿著個酒葫蘆，扶著路邊柳樹拚命地嘔吐。

大皇子也下了車，見他一副頹唐落魄的模樣，不由得厭惡道：「剛出京就這個鬼樣子，你要不想陪孤去沙中部，就自己掉頭陪你妹子去！」

汪國公世子滿臉是淚，哭著搖頭道：「臣不回去，王府有王妃坐鎮，臣也放心。臣只是替父親難過，為殿下難過，事情怎麼就突然成了這個樣子……」

大皇子默然片刻，皺眉道：「老二用心歹毒，孤只是一時陰溝裡翻船而已。但父皇心裡有數，所以還留著孤的王爵，只要避過了這陣風頭，孤一定能東山再——」話音未落，忽有一箭淩空飛來，直穿他的腿肚。大皇子撲倒在地上，抱著傷腿慘叫起來。

汪國公世子驚惶地呼喊著：「護駕！護駕！」

但護衛們也早已被一群黑衣人包圍起來，此時已然亂作一團。汪國公世子連滾帶爬地扶起大皇子，逃又沒處逃，便拖著大皇子一道瑟縮地躲到馬車後面。

大皇子疼得滿頭是汗，不住地回頭張望，卻見黑衣人如砍瓜切菜一般，很快便清理掉了所有護衛，已向著他們兩人包圍過來。大皇子腦中急轉，還未來得及開口，當頭一個黑衣人已一劍向他刺來。大皇子急忙拖來汪國公世子擋劍，銀劍一劍刺穿了世子的身體，直紮入大皇子的身體，將兩人捅成了一串。

黑衣人拔出劍來，踢開汪國公世子，上前拎起大皇子，喜道：「這下殿下該滿意了……」同伴瞪了他一眼，示意他閉嘴，當頭的黑衣人立刻噤聲。一行人打掃好戰場後，匆忙離開。

雨淅淅瀝瀝地下了起來。不知過了多久，渾身透濕的汪國公世子跌跌撞撞地從草叢中爬了出來，一屁股坐在地上，顫顫巍巍地查看起自己的傷勢——他身上的寬袍雖被刺了個大洞，卻只是從腰間擦過，只傷了些皮肉。

此地去安都已遠，四面荒無人煙。雖傷勢很輕，但汪國公世子望著空蕩蕩的道路，只覺雙腿發軟，站不起身。突然間青光一閃，電照長空。他分明望見草叢中有什麼東西一閃，輪廓熟悉得很，連忙撲上前去，將東西翻出來——竟是一個小小的金虎頭。

世子悚然一驚。這種帶角的虎頭裝飾，分明是……

＊

白雨濺落，拍打著陵墓上的浮塵，混成一片茫茫白霧。

陵墓前的白石地面上，暈倒在地的大皇子悠悠轉醒。望見灰濛濛的、落下千千萬萬條白色雨線的天空，他先是茫然了一陣，隨後目光一轉，便看到了一襲黑衣、頭戴斗笠坐在階下的如意。

大皇子猛地想起自己遭遇了襲擊，驚懼地想要爬起來，奈何腰上有傷，站不直身子。他只能一邊捂著腰後退，一邊外強中乾地瞪著如意，嘶啞道：「你是誰？你是老二的人？他瘋了，你不能瘋！刺殺當朝皇子是多大的罪名，你知道嗎?!」

「那逼殺當朝皇后呢？」卻聽如意幽幽地反問道。

大皇子一怔，轉頭打量四周。忽地一道明閃撕開陰雲，照亮了先皇后陵前石案上的兩顆人頭。大皇子尖叫一聲，摔倒在地。

如意聲音輕且陰森：「那是你的好岳父汪國公，和前吏部侍郎陶謂，你不認識了？」

大皇子有些糊塗，「陶謂？」

如意解釋道：「勾結你岳父上書，構陷沙東部侵占草場，最終逼得沙東部不得不出賣娘娘的陶謂。」

大皇子勃然變色，驚慌道：「你是什麼人?!你想幹什麼?!」

如意抬起斗笠，露出了她假扮吉祥的那張臉，然後抬手抹去人皮面具——那張臉便毫無遮掩地落入大皇子的眼簾。

「我是任辛。」如意道。

大皇子的眸子猛然收縮，「任辛！是妳！妳沒死?!」他終於恍然大悟，驚恐地看著如意，「所有的事都是妳幹的?!」

如意沒有回答，只是摘下斗笠，走上臺階。

大皇子驚慌無措，步步向後退縮著，「不、不、妳不能殺孤，孤沒有想害死她，孤只想廢了她！」

如意一步步走上臺階，不發一語。

大皇子絕望地吼道：「妳想為先皇后報仇，別找我，找父皇啊！所有的事情都是父皇默許的！」

如意已走到他的面前，居高臨下俯視著他，問道：「說完了？」

大皇子滿身汙泥，涕泗橫流，猶然不死心地掙扎道：「殺了我又有什麼好處？妳之前替父皇效命，現在還想替死了的先皇后效命？他們什麼好處都不會給妳的！可妳只要放了我，我可以把全部私財都給妳，保妳一世榮華富貴……」

如意拔出了劍，道：「閉眼。」

大皇子徹底慌了，口不擇言道：「妳要想清楚，就算妳殺了我，朱衣衛也得不著任何好處！你們一樣還是會被朝臣們看不起，一樣還得絞盡腦汁鑽營，才能活得長久——」

然而話未說完，他眼前突然寒光一閃，隨即整個人撲倒在地，血水漫入了雨水之中，視野也隨即暗了下去。

※

雨水鋪天蓋地落著，三個人頭並排供在了昭節皇后陵前的供案上。

如意跪坐在昭節皇后的陵墓前，拿起線香，想藉著陵前的火燭點燃，但火燭也隨即被大雨澆滅了。

身後又一個黑衣人走上前來——卻是寧遠舟。他拿出火摺子，遞給如意。如意便就著火摺子點燃線香，恭敬地對著陵寢拜了三拜。

做完這一切之後，如意將陶謂的頭顱從案上取下，裝入皮囊中。寧遠舟打開傘，替如意擋住大雨，兩人一道消失在了無盡的煙雨裡。

乘車經過河邊時，如意抬手將裝著頭顱的皮囊，扔進了河中。

大雨漸漸地停了，一身狼狽濕透的汪國公世子走在街上，時而喃喃自語，時而瘋狂大叫：「虎頭，沙東部的虎頭！是二皇子殺了殿下，是他們！」街上行人寥寥，都以為他是瘋了，紛紛躲避開來。

昭節皇后陵前，偷懶躲雨的侍衛們也伸了伸懶腰，出門巡視，忽地望見案上兩個猙獰的人頭，不由得驚掉了手中的武器。

昭節皇后陵前被供奉了人頭的消息傳回安都，朱衣衛指揮使鄧恢立時便湧上些不妙的預感。彼時天剛濛濛亮，整個安都還沉睡在夢中，朱衣衛衙門便已然大開。孔陽奉命，帶著無數朱衣衛大舉出動，在城中展開了搜查。一時間城中百姓人人驚恐。

元祿倚在四夷館的牆頭，冷眼看著朱衣衛們忙碌往來——寧遠舟和如意一行早已回到館中，李同光那邊更是無須憂慮。他心態鎮定得很。

朱衣衛將一臉驚恐的汪國公世子帶到鄧恢面前後，向他呈上了金虎頭。鄧恢聽著汪國公世子的說辭，一臉肅然地看著那個金虎頭。而後，他親自前往昭節皇后陵前，確認了那些人頭的身分。

至此，鄧恢的心情還是很平穩的。大皇子遇害，幕後主使疑似二皇子。雖對安帝來說，這消息不啻晴天霹靂，但對鄧恢來說，自那夜安帝親探洛西王府後，會發生這種事，縱使不在預料之內，也是在情理之中。

就在鄧恢站在昭節皇后陵前，思索著該如何向安帝回稟時，又有手下快步而上，向他回稟了些什麼。聽到消息，鄧恢一愣，心中不祥的預感再次加深。思索片刻之後，他猛地意識到了某種可能性，不由得悚然一驚。

在先皇后陵前徘徊思索半日，鄧恢最終還是一咬牙，做出了決定，翻身上馬離開。

回到安都之後，鄧恢直奔安帝寢殿而去，孔陽快步緊跟在他身後。

來到殿外，鄧恢深吸了一口氣，解下佩劍交給孔陽，這才鼓起勇氣走進殿中。

孔陽少見他凝重不笑的模樣，不由得心中惴惴。他等在殿外，雖不敢向內窺探，卻也時不時就抬頭看向殿門。不久後，殿內忽地傳來了摔打器物的聲音，隨即是安帝氣急敗壞的聲音：「什麼?!你再說一次！」

孔陽脖子一縮，連忙垂下頭去。

寢殿內，安帝震驚且大怒地瞪著鄧恢——中年喪子，他難以接受這樣的消息。

而鄧恢伏在地上，低聲說著：「臣已驗看無誤。」

安帝驟然跌坐在龍椅上，手罕見地顫抖起來。他眼眶一紅，悲傷地閉上了眼睛，呢喃道：「基兒，基兒，他還那麼年輕……」

鄧恢低著頭，繼續說道：「發現大殿下的地點是……」他頓了一頓，才道：「先皇后陵前。」

安帝的眼睛霍然睜開，只一瞬間，那些屬於父親的淺淺悲傷就已消失無蹤，換作了屬於君主的猜疑，「什麼?!」

「與大殿下一起的，還有已經下葬的汪國公。」鄧恢屏氣，小心地回稟，頓了頓，又道：「此外，前吏部侍郎陶謂前日於別院失蹤，至今未歸，家人報官……」

「朕不管什麼陶謂、張謂，」安帝一揮手，聲音驟然拔高，「朕只想知道是誰殺了朕的兒子！」

鄧恢一滯，忙呈上金虎頭，道：「這是兇手留下的飾物。」

看到金虎頭的瞬間，安帝驟然明白過來：「沙東部?!是老二?!」他眼中突然凶光畢露，但隨即又道：「不對，特意在陵前殺人，太露骨了……是誰？梧國人，還是先太子餘孽？」他苦苦思索幾次無果後，突然暴怒起來，拉起鄧恢的領子將他提到面前，逼問道：「到底是誰？你查到了沒有?!啊?!說啊，說啊！」他重重地將鄧恢摜倒在地上，砸過去一只香爐，暴怒道：「朕的兒子死了，除了報喪，你還會什麼？養你們這群狗有何用?!」

鄧恢摔倒在地，被撒了一臉香灰，卻還是迅速正冠，重新跪倒在地上。他匍匐許久，見安帝怒火稍頓，方敢繼續說道：「臣以為，二殿下和褚國人最有嫌疑。前者可能是用倒脫靴的法子，藉著明顯的破綻脫罪，畢竟大殿下一死，二殿下的太子之位自然穩固；後者，則可能是褚國人意欲報復聖上興兵之舉，特意選在先皇后陵前動手，更是用心險惡，或許是想要挑起百官對於先皇后之死的猜疑。至於梧國人，臣以為，他們的皇帝還在永安塔中囚著，所以暫時沒那個膽子。」

安帝的眼睛霎時變得血紅，他咬牙切齒道：「很好，很好，李鎮業這個孽障！鬥走了他大哥還不夠，還要斬草除根，逼著朕立太子?!朕還沒老呢，朕也不止他一個兒子！今天他能殺了親兄弟，明日是不是就敢對朕動手了?!」

他像困獸一般在殿內轉著圈，忽地頓住腳步，抬手指著門外，怒吼道：「你去給朕查！叫那畜生馬上寫自辯書！寫好了自辯書，馬上出發去天門關，不得朕旨意，不許歸京！」

「是！」鄧恢連忙領命要去，安帝卻又叫住了他，滿眼陰毒地說道：「告訴禮王，除非梧國再給三萬兩黃金，否則朕絕不放人！另外，好好地給朕磋磨磋磨楊行遠。朕的兒子都死了，他憑什麼還能好好的！」

鄧恢連忙躬身道：「遵旨。」

孔陽一直等在殿外，見鄧恢的身影出現，這才鬆了一口氣，見他一臉是灰，又連忙送上手巾。鄧恢就著旁邊的荷花缸裡的水擦了擦臉，便和孔陽一道向外走去。

孔陽低聲說道：「尊上，您都已經提到陶謂了，怎麼聖上還是……」

鄧恢手上一頓，半晌後臉上才又浮現出笑意，這一次卻是苦笑，「聖上記不得一個致休的官員再正常不過。就像他多半也想不起來，朱衣衛還有一個從未失手過的刺客——深得先皇后愛重，甚至不惜為她獨闖邀月樓的左使任辛。」

朱衣衛中凡知道任辛的無不對她心有餘悸——畢竟那是個刺殺了褚國太后，又一連斬殺了三個節度使的刺客。

孔陽不由得愕然道：「聖上真的記不得了?!」

鄧恢頓了一頓，片刻後才垂了眼睛，淡淡道：「或許所有的朱衣衛在聖上的眼中，都是可用過即棄的物事吧。」

孔陽也沉默下來，半晌後，才又小聲問道：「這次動手的，真是任左使？」

「雖然沒有任何證據，但自從知道大皇子、汪國公和陶謂死了的那一刻，我心中就有了答案。」鄧恢輕呼一口氣，反問道：「除了她，誰還會記得已經崩逝五年的先皇后？誰還會有這麼大的膽子，這麼厲害的手段？」頓了一頓，又道：「陳癸和迦陵，應該也是死在她手上的。」

孔陽震驚，但若是任辛所做，一切似乎又那麼順理成章。良久之後，他才說道：「難怪。那，咱們要不要再去提醒聖上……」

鄧恢搖了搖頭，道：「她殺大皇子汪國公等人，是為她恩人皇后復仇；殺陳癸，是為她弟子長慶侯復仇；殺迦陵，應該是為當年的邀月樓圍攻而復仇。現在該死的人都已經死了，她多半會自行收手。而且，她在暗，我在明。既然我對付不了她，且未曾得罪過她，又何苦多生事端？」他嘆息一聲，眼眸中難得流露出些許失望，「反正這會兒在聖上眼裡，我們不管做什麼，都是錯的。」

孔陽也不由得點頭道：「任左使當年確實恩怨分明。」又道：「對了，大殿下的那些隨從，全都找到了，只是受了傷昏迷在草叢裡，但性命無礙。」

鄧恢想了想，嘆道：「報個全死，然後把人都送走吧。否則，聖上也不會讓他們活的。」

孔陽看著鄧恢，突然說道：「尊上，這些天來，您的心，好像越來越軟了。」

鄧恢一怔，重新擺出那張假笑的臉，自嘲道：「或許是因為直到現在我才發現，原來在聖上的眼中，我這個聖上的親信，和你們這些朱衣衛，其實並無差別吧。」

突然身後內監匆匆而來，喚道：「鄧指揮使留步！聖上有口諭。」

鄧恢忙和孔陽站定了，肅立聽旨。

內監道：「聖上口諭，朱衣衛奉主不力，著選緋、丹、紫衣使各兩人，衛眾十四人，今日酉時於宮城南陽門外賜縊，欽此！」

鄧恢和孔陽都震驚不已，一時只是瞪著宣旨的內監。片刻後，孔陽急道：「內相，聖上有沒有說，到底是哪些朱衣衛在哪一處辦事不力——」內監沒有說話。鄧恢也已回過神來，連忙拉住了孔陽，向內監躬身行禮道：「臣遵旨。」內監轉身離去。

孔陽大急，惶急地看著鄧恢，「尊上，這——」鄧恢臉色灰敗，低聲道：「你難道還不明白嗎？聖上只是想洩憤，所以隨意要我們朱衣衛死幾個人，給大皇子陪葬而已。」

安帝那日冷漠的面孔再度浮現在鄧恢的面前。那時鄧恢替明知無罪死後卻還要背負汙名的迦陵，討取一個不株連三族的恩賞，而安帝淡漠地回道：「她既然做了朱衣衛，就別怨命不好。」

❋

朱衣衛總堂的院子裡，孔陽難過地搖動著一只箱子。已然知曉安帝命令的朱衣衛們慘白著臉，走上前去，從箱子裡依次抓鬮，抽取賜死與否的結果。

待所有人都抓完之後，鄧恢閉了閉眼睛，看向眾人，說道：「聖上既有此詔，我選誰，都對其他人不公平，索性就交給老天，生死有命。紅簽生，黑簽死……」

眾人顫抖著張開手，幾個朱衣衛上前，一一打開眾人手中的簽紙。

盧庚看著簽紙中央的紅點，不由得腿上一軟，差點癱倒在地，心中只如劫後重生般。然而尚未來得及慶幸，便聽身側一個悲憤的聲音響起：「憑什麼是我?!憑什麼?!」盧庚愣怔地看過去，便望見了身旁同僚簽紙上的黑點。已有朱衣衛含淚將那人帶走。

轉頭又聽到了身旁另一人輕輕舒了口氣，盧庚扭頭看去，卻是另一人也抽到了紅簽。兩人對視片刻，短暫的安慰之後，便各自痛苦地低下頭去——朱衣衛彼此之間少有真情實感，然而當此之時命運相連、兔死狐悲之意驟然湧上了心頭，無論如何也無法為自己一時的僥倖存活感到喜悅。

簽紙陸陸續續全被打開，朱衣衛總堂裡充斥著號哭之聲。鄧恢終於忍不住，舉頭望天，竭力不讓淚水掉下來。

✵

宮城南陽門前人頭攢動。百姓們聽說了消息，都向著城門外聚集過來，圍觀今日的行刑。一隊朱衣衛押著或不能直立，或淚流滿面的同僚在宮門外的空地上跪下，夕陽在他們身後拖出長短相間的濃黑陰影。

消息經由孫朗傳進四夷館後，如意大驚失色，戴上幕籬便飛奔出去，寧遠舟連忙跟了上去。

來到南陽門外時，酉時將至。到處都是圍觀的人，比肩接踵，指指點點地議論著。而將要被行刑的朱衣衛已然跪好，站在他們身後的朱衣衛含淚拿出弓來，將弓弦套在了他們的脖子上。

鄧恢已不能再看下去，衝眾朱衣衛敬了一碗酒，轉身快步離去。

剛剛趕到的如意大急，按劍便想要衝上前去直接動手救人。寧遠舟扶住她的肩膀，目光堅定地向她說了些什麼。而後她便壓低了自己頭上的斗笠，飛身而去。

鄧恢一直走到一處無人的城牆前，才終於停住腳步。他背過身去面朝著城牆，竭力平復著自己的情緒，忽覺身後被人拍了一下，他立刻警惕地回身攻擊，拳頭卻被人架住了。

那人戴著斗笠，面容遮擋在夕陽投下的陰影裡，架住他的拳頭，一指自己的喉頭，粗聲道：「有位好心人不想你的手下枉死，托我來告訴你——縊殺時，弓弦如果往軟骨下一指用力，有七成的可能僥倖不死。」說完，便又飛身離開。

鄧恢愣怔地望著他的背影，忽聽鼓樓上暮鼓聲敲響，立時回過神來，連忙飛一般地向著行刑處趕去。

南陽門外，暮鼓聲傳，酉時已至。孔陽泣聲道：「時辰到——」

弓弦勒上了受刑朱衣衛們的脖頸。宮門外守衛的兵士們也不忍再看下去，紛紛別開頭去。

鄧恢終於在此刻趕來，高聲喊道：「等等！我來親自主刑！」朱衣衛們的目光都不由得望向他。鄧恢定了定神，示意一眾行刑人過來。他低聲向這些人耳語了幾句，一眾行刑人聽完後，身子都是一顫，卻都全力掩飾住了表情。

眾人各自歸位。鄧恢也親自走上前去，將弓弦套在一個朱衣衛的脖子上，而後手臂一揮，高喊：「行刑！」眾人同時用力絞動了弓弦。

如意再也看不下去，轉身便走。

✵

月輝清冷，映在八角亭外的花樹上，如蒙了一層白霜。

如意獨自一人坐在亭中石桌前，一手執壺，一手握杯，臉上陰霾深深。她仰頭一口喝乾杯中酒，又要斟滿，便聽到亭外腳步聲，回頭看去，卻是元祿。

元祿頓住腳步，有些忐忑地看著她，「寧頭兒說妳心情不好，只想一個人待著，可我怕妳乾喝酒傷胃。所以——」便從身後拿出一只碟子，遞了過來，「剛買來的炒五香豆，妳隨意吃兩顆吧。」

如意抬頭看他一眼，道：「謝謝你。」

元祿便自行在桌旁坐下，說道：「安都分堂的兄弟說，朱衣衛抬去化人場的棺材裡，有十五具都是空的。」頓了一頓，又說：「妳救回了十五個。」

如意搖頭道：「我那會兒已經慌了，全是遠舟的主意。」她神色黯然，「可是，還是有五個人，被我害死了。」

「這又不是妳的錯，是安帝無端遷怒。」

「可我早就想到，我殺了大皇子，就一定會有人被遷怒，但我沒想到的是，竟然是用這種不講道理的方式濫殺無辜。」她閉上了眼睛，靜靜地平復心情，許久之後，才長嘆了一聲，道：「我也很矛盾，來安國這一路，我其實一直在跟朱衣衛作對，越三娘、珠璣、陳癸、迦陵，他們都死在我手裡，可剛才，我又害死了更多的朱衣衛……我對同僚其實真的不太好，所以除了一個媚娘之外，就沒有別的親信了。從天牢逃出之後，我只能獨自漂泊，像老鼠一樣藏身於白雀群中，等待武功恢復，等待復仇良機。」

她深深地自責著：「其實我遠遠不如媚娘，她一旦身得自由，就能盡己所能，用她的金沙樓去幫助舊日的同僚；而我呢，雖然一直深恨白雀這種不把女子當人的制度，但直至我坐上左使之位，也沒為他們做過什麼。就連今天，我看著他們被安帝無辜枉殺，還是什麼也做不了。」

元祿在她面前蹲下，握住了她的手，仰頭認真地看著她，說道：「如意姐，聽我說，我們現在是在打仗，是和安帝的野心在周旋，打仗就一定會死人。妳說過妳要以戰止戰，妳剛才已經救了十五個，以後，還會救更多的梧、安百姓。妳不是還要開間鏢局、書院什麼的，收留那些退職的朱衣衛嗎？」

如意搖頭道：「那只是杯水車薪，遠遠不夠。我還想再多幫幫朱衣衛，多彌補一點那些我本該做到的事。但我現在還毫無頭緒。」

元祿道：「但妳還說過會讓安帝付出代價啊，先辦完這件大事，再和金姐姐商量一下，到那時妳肯定就有主意了！」

如意輕聲道：「真的？」

「真的，」元祿點頭道：「我還是個小孩，小孩從來不會說謊。」

如意原本眼中有淚，此時卻勉強一笑。

她想了想，摸出一只錦袋，遞給元祿：「這是你家寧頭兒硬塞給我的糖，謝謝你。」

元祿一笑，將錦袋接在手裡。

然而回房之後，他看著手中的錦袋，不由得深深地嘆了口氣。

✵

安帝把贖金加到了十三萬兩黃金的消息，被杜長史和楊盈連夜寫信送回梧都。但小分隊的人都知道，這多出來的三萬兩，章崧肯定是不會給的，如今只有上塔救人一途了。但在那之前，禮王還得做出四處拜會官員、希望能收回成命的樣子，這樣才能麻痺安帝。

現下最重要的事，是與梧帝溝通這一情況。但大皇子出事後，負責永安塔防衛的朱衣衛和殿前衛更加不敢掉以輕心，他們點亮了永安塔上囚室的所有燈燭，通宵在塔下巡邏，讓梧帝一夜不能入睡。

第二日楊盈去看他時，他滿眼都是血絲，精神幾近崩潰。來到屏風後，他指著窗外對楊盈道：「聽見沒有，他們敲了一整晚，一整晚！這樣的日子，朕一天都忍不了了，馬上把朕救出去！現在，立刻！」

楊盈對梧帝已經失望透頂，卻還是說道：「皇兄稍安，臣弟這幾日都在安國朝臣中疏通，但安帝突然將贖金提到了十三萬兩黃金……」

「那你們就去籌啊！朕難道還不值區區十三萬兩金子?!朕只要下塔，只要回梧都！」

楊盈聲音也不由得拔高：「一場戰事，已經耗乾了大梧的國力，要再擠三萬兩黃金出來，談何容易？」卻隨即冷靜下來，安撫道：「請皇兄暫時忍耐，臣弟已經在全力安排……」她見窗外士兵離去，才湊近安帝小聲道：「寧大人已經在安排救您下塔的事了。」

梧帝緊緊地抓住她的手腕，滿眼血絲地盯著她，「什麼時候?!」

楊盈一邊掙脫著，一邊說道：「還在等合適的機緣……」

「等？還要等，你們要朕等到幾時?!」梧帝滿眼血絲地瞪著她，狀似瘋狂，「口口聲聲都是寧大人長寧大人短，妳在騙朕對不對？欺瞞君上，罪在不赦，妳知不知道?!」

楊盈吃痛，終於壓制不住怒火，甩開梧帝，怒道：「那請皇兄現在就治孤的罪，再找別的能臣幹將來救您吧！」

梧帝愕然：「妳敢對朕不敬？」

楊盈怒視著他，「我只是想請皇兄認清現實。害您落到現在這步田地的，不是臣弟，不是寧大人，而是您自己！」

梧帝被戳到痛處，大怒，一把掐住楊盈的脖子，低聲道：「朕現在就可以殺了妳！」

楊盈手一動，打開扳指的機關，用上面的尖刺抵住梧帝的脖子，冷冷說道：「可惜您殺不了。這上頭有劇毒，在您掐死臣弟之前，臣弟只要稍稍一用力……」

梧帝立刻觸電般退開，楊盈整了整被梧帝弄亂的衣衫，輕蔑一笑。

這笑容刺激了梧帝，等窗外另一輪巡視的士兵經過，他咬牙切齒地低聲道：「妳以為朕現在落難，就治不了妳了是嗎？告訴寧遠舟，如果七日內，朕還離不開這個破永安塔，朕就會把妳是個女子的事情告訴安國人！」

楊盈臉上的笑容瞬間消失，她難以置信地看著梧帝。

梧帝卻得意起來，「現在知道怕了？呵，不光如此，朕還會把六道堂、寧遠舟潛伏在這裡的事情也告訴安國人，到時候，大家要死一起死！」

楊盈震驚地看著他，「你瘋了！」

「對，朕早就瘋了！只要能活著回大梧，朕什麼都會做！朕還要——」語音未完，一指橫上他的脖頸——梧帝驟然發現自己發不出聲來，整個人蒙了，半晌後才發現，站在自己身後的竟是寧遠舟。

寧遠舟淡漠地看著他，「聖上既然瘋了，那臣就有義務替您清醒清醒。」

楊盈黑著臉走到寧遠舟身邊，失望道：「我去望風，你好好跟皇兄談。」她奔出屏風，監視著窗外。

安國士兵正在巡視。他們透過窗子，隱約看到楊盈還在屋內，便放心地繼續前行。

屏風後，梧帝終於可以再發出聲音，不可思議地看著寧遠舟，「你是怎麼上來的？」

寧遠舟反問道：「聖上難道以為臣等天天都在四夷館中無所事事嗎？我們每日都來這附近勘察，對出入永安寺的各色人等，都瞭若指掌。」

他們早已摸清，永安塔外除了常駐在塔中的守軍，還有時不時前來巡視的殿前衛。所以這一日楊盈登塔時，故意裝作失足的樣子，尖叫著從階梯上滑下來。使團眾人自然想要上前救助禮王，而安國士兵勢必不會准許他們靠近。雙方就此推搡爭執起來。混亂之中，寧遠舟喬裝而成的殿前衛軍官趁機出面，先制住使團那邊帶頭鬧事的于十三，再回頭呵斥沒有堅守好崗位的安國士兵。安國士兵自然不疑有他，寧遠舟便也順理成章地進入塔中，再做出監視楊盈的模樣，便一路跟著楊盈來到塔頂，卻沒有引起任何懷疑。

寧遠舟便向安帝解釋道：「臣假扮的這位殿前衛軍官，並不常駐塔中，卻不時過來巡視，正是最好的人選。而使團中，又恰好有一位善制人皮面具的高手。」

梧帝猶疑不定地看著他。寧遠舟便道：「陛下請放心，臣一定會救您下塔，否則，今日臣也不會甘冒奇險，親自上塔勘察路線。」

梧帝驚喜道：「你此話當真？」

寧遠舟平靜地看著他，坦言道：「臣並不是什麼忠孝仁義之輩，甚至還為陛下不肯為天道寫雪冤詔之事對您懷恨在心。但正因為如此，臣才不屑於撒謊。只要聖上少安毋躁，耐心地等臣的消息，到時好好配合，臣保您能平安下塔。」

「好，只要你能說到做到，朕、朕可以恕你剛才無禮之罪！」

寧遠舟譏諷一笑，「謝主隆恩。」

梧帝又外強中乾地警告道：「你最好別耍什麼花招，別想著把朕弄暈弄死了，偷了朕的御璽去弄一份假的雪冤詔！朕親征之前就和朝中大臣約好了，出京之後，朕的每份詔書都會用上全新的花押，否則，他們可視為偽詔，概不奉旨！」

寧遠舟動作微滯，卻隨即一笑，淡淡道：「沒想到聖上思慮竟會如此周全，可惜，這份周全，怎麼就沒有用到行軍作戰上呢？不然數千大梧將士，也不至於都成了冤死鬼。」

梧帝的臉色刷地變得慘白。

寧遠舟看了看窗外，道：「臣該回去了。」便遞給梧帝一本書，又從梧帝的書案上拿走了一本一模一樣的書放進懷裡，道：「這書裡有機關，還有臣擬定的幾個營救方案，聖上看完後就知道怎麼等信號、怎麼配合臣了。看完記得燒掉。另外，還請聖上牢記一事：臣此番前來，是受章相所迫、皇后所托，為國，卻不是為你。」

他指指那本書，又說：「這書裡頭，還有柴明的一片遺骨，和他屍身上僅剩的一塊浸滿了血的衣衫。聖上往後若是再想發瘋，又或是想耍帝王威風，不妨對著它們捫心自問，你配嗎？」

梧帝大震。

此時寧遠舟已經退開，他向楊盈使了眼色，重新戴好人皮面具，扮回軍官模樣，粗聲道：「時間已經到了，禮王殿下，還請下塔。」

楊盈做出不快的模樣，回應道：「你們每次都像催命一樣！」便回身向梧帝拱手行禮道：「皇兄，臣弟拜別，請務必珍重！」

梧帝顫抖著打開了偽裝成書的錦盒，錦盒裡除了書信，果然還有一片血衫和一塊拇指大小的白骨。

寧遠舟的聲音再次迴響起來：「聖上往後若是再想發瘋，又或是想要帝王威風，不妨對著它們捫心自問，你配嗎？你配嗎？你配嗎？你配嗎？」梧帝痛苦地掩住了耳朵。

第二十九章

素心欲解鳥雀羈

沙西王府裡，初貴妃的侍女正向沙西王耳語著。

聽完侍女送來的消息，沙西王愕然道：「當真？」

侍女點頭道：「大殿下之事，聖上嚴禁外洩。貴妃娘娘好不容易探聽到消息，才令奴婢拚死出宮。娘娘還說，聖上雖無證據，但也很是遷怒二殿下，二殿下這一去天門關，只怕好些日子都別想回京了。」

沙西王大驚。侍女離開之後，沙西王久久沒有說話。他凝視著壁上那代表沙西部的最尊貴標誌——全銀角牛頭，良久，終於下定了決心，回頭吩咐僕人：「叫阿月馬上過來見我。」

片刻後，初月來到了沙西王近前。

沙西王直言道：「明日，妳去見長慶侯，把這些東西給他。」

初月接過父親遞過來的錦盒，看了看裡面的東西，愕然道：「你要把豐、原兩州的塢堡、部曲、馬匹都給他？大哥要了好幾回，你都不肯給。」

沙西王道：「只有這樣，他才會相信我們初家的誠意。」

初月不解。沙西王語重心長道：「阿月，妳記住。以後我們整個沙西部，要把資源均分為兩半，妳大哥一半，長慶侯一半。」他頓了頓，又道：「因為長慶侯以後一定會比阿爹，爬得更高！」

初月初時不解，「爬得更高？什麼意思？」但看著沙西王的表情，她突然明白過來，震驚得手中的錦盒都滑落了下來。

沙西王接住錦盒，道：「他已經向我證明了自己的實力。剛才妳姑姑從宮內傳來消息，大皇子暴亡於流放途中，聖上懷疑是二皇子動的手。」

初月驚愕道：「其實是李同光幹的？」她面色變幻不定，急速思索著，「他想扶植宮人生的三皇子，以後做輔政大臣？不行，沙西部不能捲進奪嫡之事，稍有不慎，就有滅族之危了！我得馬上和他斷了婚約！」她咬了咬牙，「要不我毀個容，或者跌斷腿……」

沙西王看到初月焦急的樣子，放輕了聲音：「阿月……」

初月心急如焚，勸道：「阿爹，你這會兒可千萬別犯糊塗！」

沙西王按住她的肩，讓她安定下來，「阿爹沒有糊塗，阿爹知道輕重。」

初月聞言一怔。沙西王接著道：「妳把沙西部看得比自己的婚姻還重，阿爹很欣慰。但是，自從聖上賜婚的那一刻起，我們沙西部就已經和長慶侯綁在一起了。」說著，他深深嘆了一口氣，「聖上本就多疑寡恩，如今兩位皇子齊齊出事，妳姑姑又是後宮第一人——她應該很快就要失寵了，而且，朝中也必會有一場腥風血雨。」

初月愈發錯愕，眼前的形勢都是她始料未及的。

沙西王又道：「李同光一出手，便乾淨俐落地同時收拾了兩位皇子。這樣的手段與心計，比起聖上當年也不遑多讓。就連我都沒想到，他這樣一個看似在朝中根基薄弱、生父不詳、只能依附聖上的孤臣，竟然是這一場驚天波瀾的始作俑者。而妳大哥資質平平，能守成就已經很不錯……」說著，他望了望牆上的全銀角牛頭，嘆息了一聲，「為了沙西部的未來，阿爹不得不賭啊。阿月，答應爹，藉著這次送東西的機會，以後跟他好好相處，別再鬧了，好嗎？妳鬥不過他的。」

初月低下了頭，半晌才緩緩道：「好。」

見初月答應，沙西王頓時鬆了一口氣。可初月又抬頭道：「塢堡和馬匹可以先給他，但部曲，要掌握在我手裡。」她眼神裡是從未有過的堅定，「阿爹如果把這場婚姻看作合作，那我手裡就始終得有一些能制衡他的東西。」

沙西王當即一怔，隨後欣慰道：「妳比阿爹想得周到，以前我總擔心妳太胡鬧，成天嚷著要騎奴是孩子心性，現在總算放心了。」想了想，他又擔心道：「不過妳和他見面之時，千萬別一副談判的口吻，要柔和些。唉，阿爹無論如何，還是希望妳能幸福的。」

初月臉上莫名地有些紅，想起那日在珠寶商鋪，李同光替她解圍，彈指將一枝月季花戴在她髮間。她頓了頓，道：「其實，他最近待我還不錯。」

✵

夜色漸濃，四夷館寧遠舟的房間裡，寧遠舟、如意等人正齊聚桌前，對著桌上一張永安塔的結構圖和地圖，商議著後續行動。

如意道：「既然你們皇帝用他的花押把偽造雪冤詔的事堵死了，那現在就只剩闖塔這一條路了。你親自上過塔了，有幾成把握？」

寧遠舟道：「最多三成。我送阿盈的時候認真看過，那裡的防衛比阿盈描述的嚴得多，最麻煩的是，機關重重。」

他假扮殿前衛軍官送楊盈上塔時，每爬一層樓都觀察過樓中的機關。他一邊回憶，一邊說道：「塔外處處懸絲，上綴鈴鐺，如果從外面攻塔，很難不觸動鈴鐺。」

「每層樓梯下面都有活板，如果樓梯上同時行走的人超過三個，活板就會翻轉，拉動樓梯下陷，斷絕上塔的道路。而我們上塔和撤離，都必須在短時間內完成。就算只有我和十三兩個人衝上去，但每層塔防守的侍衛都不下十位，很難對付。」

他又補充道：「聖上房間外的地面，還長時間堆著讓人難以下足的鐵蒺藜，每次必須小心掃過才能通行。」

元祿思考著道：「放火如何？攻不上去，索性就逼他們下塔。」

如意搖頭道：「不妥。朱衣衛之前受到的訓練一直是：如果有人劫獄，而且情勢難以控制，就馬上殺掉囚犯。」

元祿聽後露出失望的神色。

寧遠舟思索著：「要不然，索性就還用我這一招，我和十三扮成殿前衛上塔，其中一人和聖上交換身分，等聖上下塔了，那個扮成聖上的人，再從塔上躍到樹上撤離？」

眾人聞言，眼前都是一亮。于十三道：「這主意好！」

如意也點頭道：「你們皇帝沒經驗，假扮殿前衛很容易露出破綻，這計畫還是有風險。但至少，成功的可能性從三成升到了五成。」

錢昭道：「五成就是一半的希望了，我贊同。」

孫朗開口道：「後面最麻煩的事應該還是撤離，堂主和老于勘察過，永安塔周圍雖然是一塊極易防守的空地，但永安寺周邊的街市人流可不算少。就算選半夜人少的時候攻塔，下塔之後，安國人只要把住了這兩處街口，我們就很難脫身了。」

于十三盯著地圖道：「我再去安排一下撤離的路線，想辦法在寺旁多設幾個接應點。」

如意接口道：「安都我比你們熟，從永安塔到城門一線，我去跟李同光商量，找一條能讓大夥兒安全快速撤離的路線出來。」

寧遠舟點點頭，眼中帶著欣賞的笑意。

于十三卻撇嘴，搖頭嘆息，「居然放美人兒去見情敵，老寧啊老寧，聽說過有出戲，叫《大意失荊州》嗎？」

孫朗斜眼瞟他，「我倒聽說過一齣戲，叫《金媚娘棒打薄情郎》。」

于十三愣然，趴在錢昭肩頭假裝痛哭，「這日子沒法過了，連孫朗都來欺負我！」

「你說少了，不止他一個欺負你。」錢昭猛拍于十三的背一記，于十三被拍得咳嗽，只能恨恨地瞪眼指著錢昭。

「還有我！」元祿猛地跳起來，也壓在了于十三的背上。于十三被他帶得跌倒在榻上，狼狽不堪。室內氣氛一下子輕鬆起來。

寧遠舟也笑著，但很快，他便敏感地發現，如意笑得格外勉強。

眾人散去後，寧遠舟便將如意拉去了後院。夜色中，他凝視著如意白皙的臉龐，開口道：「于十三他們看妳這兩日一直不太開心，才故意插科打諢，不是不體諒妳的心情。」

如意有些意外，「那你替我謝謝他們。」

寧遠舟關心道：「怎麼，還覺得自己對不起以前的朱衣衛下屬？」

如意點頭，「明明好像不是我的責任，可我總覺得欠了他們很多。但想了很久，也沒想出來到底該怎麼做。我是不是有點沒事找事？」

寧遠舟搖頭，「妳從一個只會殺人的傀儡變成了活人，也開始把以前那些只是符號的下屬當作了活人，所以，妳才會為他們不值，想給他們補償，想為他們打抱不平。」

如意一怔，摸著自己的臉，嘆氣，「原來，我以前只是個假人啊。」

寧遠舟玩笑道：「沒關係，渡口仙氣，妳就活了。」

如意道：「既然是神仙，你就再多說一點？」

寧遠舟想了想，說：「我想從塔裡救出皇帝，就得自己親身去探察一回才知道深淺。妳想為朱衣衛以前的下屬做些什麼，為什麼不自己去朱衣衛瞧瞧呢？」

如意聞言，不禁一怔。

✵

李同光將碰面的地點約在了他的馬場。初月縱馬奔到入口前，為她引路的朱殷給入口處的守門人驗看通行符，守門人才放他們進去。

朱殷解釋道：「郡主見諒，最近京中四處都是朱衣衛，過府相見只怕人多眼雜。此處馬場頗為清靜……」

初月卻並未在意，點頭道：「帶路吧。」

來到李同光面前，初月將父親交代的錦盒遞給了李同光。李同光接過，看到盒中的契書，眉毛一挑，「令尊果然大器。」

初月道：「部曲有上千人，要是一下子全轉給你，肯定會走漏風聲，所以暫時由我幫你管著。反正我訓練騎奴的事情，已經在聖上面前過了明路。你想怎麼練他們，告訴我就好。不管是箭術、騎術，還是結陣攻城，我都學過。」

李同光微有些意外，問道：「妳貴為郡主，為什麼要學這些？」

初月一哂，不以為意道：「就只許你一人有通天之志？」說著，她便轉頭看向草場，「我自小就不服氣，沙西部明明是大母神所創，可為什麼阿爹和爺爺卻一直認定族長之位只能由大哥繼承？我娘當年都可以掌兵，我為什麼就不行？我學這些，就是為了向大家證明，我並不比大哥差。」

李同光認真地看了看她，點點頭道：「我跟妳大哥也打過交道，妳比他強！」

初月失笑：「居然能聽到你誇我，真是破天荒了。難道你今天心情又很好？」

李同光笑道：「鬥倒了欺負我十幾年的人，又在戶部安插了我的親信，還得了貴部這麼大的人情，自然得對財主好一點。」

初月見他面露微笑，容顏俊朗，竟一瞬間失了神，白皙的臉上也漸漸染上了紅暈。意識到自己的變化，她連忙抬手狀似無意地拂過自己的額髮。

這時，傳來陣陣馬嘶聲，二人都轉頭望向了遠處，只見拴在一起的兩匹馬正互相踢著對方。

初月忙奔了過去，「烏雲！」

李同光隨後也趕了過來，分開了另一匹馬，「踏雪！」

二人同時叫出這兩匹馬的名字，而後又各自看了看對方的馬，都忍不住笑了起來。

初月道：「烏雲踏雪，居然還能連起來。也不知道誰更厲害點。」

李同光道：「就是因為誰都不服誰，才爭起來的吧。」

這時，二人似有所感，不約而同地看向對方。

李同光率先開口問道：「賽一場？」

初月一挑眉，「按三沙部的老規矩，用鼠球吧，就是抓幾隻耗子放在球裡，誰先抓到算誰贏。這一次，我們各憑本事，公公平平地來！」

李同光並沒有說話，直接翻身上了馬。只見他策馬向馬場邊奔去，和隨從交代了幾句。

不一會兒，一個繫著紅帶的小球就在馬場裡滾了起來，初月和李同光各自策馬奔騰，不相上下，相互交錯著領先。這時，李同光搶先一步趕到了小球旁邊，他正揚起馬鞭，準備去卷小球，初月的鞭子卻搶先到了，瞬間卷飛了他的鞭子。李同光微微驚詫，道：「好身手！」

說罷，他們又重新向小球策馬奔去。這一次，二人同時探下身去，準備用手抓球。就在二人的手指都要碰到球的緊要關頭，李同光卻突然收回了手。只見初月一把將球抓到，開心道：「我贏啦！」

她銀鈴般地笑著：「我知道你最後收了手，可要是在戰場上，就算對手相讓，一個好將軍也不應該手下留情的。」

李同光戲謔道：「說得好像妳上過戰場一樣。」

初月不服氣道：「以前是沒有，以後一定有機會，而且未必比你差！」

李同光應道：「那就祝郡主到時旗開得勝，馬到成功。」

初月笑著道：「承你吉言。」她仍在隱隱興奮著，感慨道：「你說，要是我們以後都像這樣相處，多好啊。」

李同光道：「我說過，以後我會盡全力和郡主相敬如賓的。請回去轉告沙西王，就說多謝他的信任，以後我一定會小心行事，不辜負他對我的囑託。」

初月道：「好。」說著她似是想到了什麼，臉上泛起了愁色，「可我擔心姑姑，阿爹說，聖上因為兩位皇子的事，可能會故意冷落她。」

李同光安慰道：「我已經讓貴妃以受驚為由稱病，然後自稱無力掌管宮務，向聖上交還鳳印。聖上雖然涼薄，但也不會對一個已經罰酒三杯的知趣之人做得太過分。」

初月這才鬆了一口氣，如釋重負道：「這就好。」突然她又起了疑問，「咦，你和姑姑私下也有聯絡嗎？」

李同光聞言，臉上閃過一抹尷尬，解釋道：「我自小出入宮廷，當然認識貴妃。」突然，他一指遠處，喊道：「啊，有鹿！」

初月馬上來了興趣，問道：「在哪兒？」說話間，她急忙策馬奔了過去。直到奔上了一片高坡，她才停了下來，尋找道：「哪兒呢？哪兒呢？」

李同光慢慢地跟了上來，隨口道：「已經不見了。」

初月一陣失望。突然，她看見面前的坡下是一片蒼翠的草原，而在草原正中，還有一處演武場。她立刻就來了興趣，興奮道：「這兒居然還有一片這麼好的草場，你怎麼不告訴我？」

李同光見到演武場，臉色一變，立刻抬手攔住她，嚴肅道：「不許去！」

初月見他面露異色，一陣愕然。

李同光想起，少年時的自己和如意單手執劍進行比試，最後同時將劍比上了對方的脖子；想起彼時如意的莞爾一笑；想起如意緋衣翻飛，決絕地離開，而他追逐著如意的身影。這裡充滿了他和如意的回憶。

他信口道：「這幾日那裡突然長了幾株金色蘑菇出來，天陽觀的大師說這是難得的吉兆，我準備等過幾日便獻上去，好哄一哄聖上。大師還說，這蘑菇既然生而異相，女人就不能接近，以免衝撞。」

初月聽聞個中緣由，方才釋然，但仍悻悻地道：「不去就不去吧，不過那個大師也肯定是個草包，什麼女人、什麼衝撞，敢情他自己不是女人生出來的？」

李同光被她的話語逗笑了，趁機道：「天色不早，我就不多留妳了，妳早些回去，也好讓國公安心。」初月同意地點了點頭。

陽光照耀著馬場上的二人，他們從高坡上緩緩策馬而下，蒼翠的草地上映著他們的影子。

到了馬場口，李同光吩咐隨從，將兩隻綁好的野雞遞給等候在外面的侍女小星，轉頭對初月道：「宮裡還沒有正式對外公布大皇子之死，妳帶著這些獵物回府，就說出去打獵了，別人也不會起疑。」

初月稱讚道：「你想得真周到。謝了，再會。」說完，她抱拳行了一禮，隨後策馬離開馬場。

這時，一個隨從向李同光送上了一條紅髮帶，那是剛才初月繫在小球上的。李同光接過髮帶，策馬追了上去。

「等等。還有這個。」說著，他向她遞出了那條紅色的髮帶。夕陽照在他英俊的側臉上，映得他眉眼如畫。

初月的心突然咚咚地跳了起來，半晌她才回神，接過髮帶道：「謝謝。」

李同光點了點頭，而後轉身策馬返回馬場。

初月望著他的背影，突然衝動地喊道：「李同光！」

李同光回首，初月鼓起勇氣，道：「我很喜歡這兒，以後、以後我還能再來嗎？」

「郡主要是喜歡，隨時歡迎。」

初月道：「謝了！」說完，她轉身策馬繼續前行，臉上泛起了開心的笑容。

一路上，小星見初月一直緊抓著紅髮帶，打趣道：「郡主，您該不會對小侯爺——」

初月果斷道：「我沒有！」

小星繼續小聲道：「可是我娘說過，不吵鬧不成夫妻，其實有些緣分，就得慢慢地才能處出來。瞧，這又是陪您跑馬，又是送野味的，多貼心啊。」

初月瞪了她一眼，「多嘴。」而後，又彷彿是為了說服自己般解釋道：「我可沒喜歡上他，我只是不想跟他做一輩子仇人。他都說想和我相敬如賓、長長久久了，我自然不能無動於衷。」

但饒是如此，她的嘴角還是掛著一抹淡淡的笑。

✵

在安都的一個街口，一群朱衣衛正在盤查著一個老儒，老儒的身後跟著一個挑著書箱的書童。只見一名女朱衣衛正想拆開書箱檢查其中的物品，老儒欲上前阻擋，不料被她出手一擋，卻跌倒在了地上，也撞翻了書箱。書童見此大喊了起來：「殺人啦，朱衣衛殺人啦！朱衣衛殺我們山長啦！」

正被檢查的百姓們紛紛看向了這邊。其中，一位身材魁梧的中年男子道：「是長河書院的山長，雖然沒有做官，但也是先帝都親自召見過的！」

旁邊的年輕男子忍不住低聲道：「這也太過分了，突然說有褚國的奸細，然後就滿城盤查。人家明明是好好的讀書人，簡直不讓人安生！」

魁梧男子小聲道：「我聽說，是一男一女兩個大朱衣衛在一起瞎搞……」邊說著，他邊比了個手勢，「牽扯了好多人，還出了命案，連累兩位皇子都被趕出京去了。聖上震怒，所以那天才在宮城外頭一口氣殺了好多朱衣衛。」

周圍的眾人愕然，紛紛唸叨著：「原來如此。」「我說呢！」

聽到這些話，那倒地的老儒更是氣得直指女朱衣衛，憤怒道：「你們怎麼沒跟著一起去做絞死鬼?!」

女朱衣衛聽後，甚是怒火中燒，拔劍準備動手，卻被盧庚攔住了。

正鬧得不可開交的間隙，李同光率領著一隊羽林衛趕了來，問道：「出什麼事了？」

百姓們見是李同光，喜出望外道：「小侯爺來了！」

說話間，羽林衛有序地隔開了圍觀的百姓，李同光下馬，走到近前，躬身扶起了老儒，耐心地傾聽著他的訴苦，而後回道：「您放心，您是當世有名的大儒，沒人敢對您無禮的。」

眾人中只聽有人大聲道：「還是小侯爺好！」

旁人也附和道：「小侯爺才是好官！」

一時間，百姓們越聚越多。這時，李同光的隨從指著散落在地上的書，對一眾朱衣衛道：「既然沒什麼可疑，就暫且算了吧。這邊由我們羽林衛來查。」

眾朱衣衛仍是憤憤不平，此時盧庚連忙抬手示意，阻止了他們。他和李同光的隨從簡短地交接之後，帶著一眾朱衣衛離開了。

見朱衣衛離開，有百姓情不自禁拍手鼓起掌來，昂首喊道：「走得好！」這時，旁邊一個六、七歲的小兒嬉笑著道：「絞死鬼滾得快！」眾人大笑起來。

正在離開的眾朱衣衛又氣得想拔劍爭鬥，盧庚見狀立刻阻止，好說歹說，才勸走了他們。

時間臨近晌午，眾朱衣衛找了一處食攤，坐下歇息。

盧庚喝著水，突然想起了什麼，伸手向懷中摸去，可摸索了半天也未找到。突然，他的眼前伸過一隻手，手中正拿著他欲尋找的那個藥瓶。他轉頭看向身邊的年輕朱衣衛。這朱衣衛正是如意易容而成。見盧庚看過來，她開口道：「屬下是太微分堂朱衣眾吉祥，昨兒剛調入京。剛才我見大人在街口落下了這個，就……」

盧庚忙接過藥瓶，道：「哎，我也就是個朱衣眾，當不起你一聲大人。只不過衛裡能活到我這年紀的人不多，大家尊我為長，多少給些面子而已。」說著，他打開藥瓶，服下了幾丸藥，接著道：「自從那天被嚇著了，天天都得吃這藥，不然心慌得不行。」而後，他倒了一杯茶，遞給了她，「這兒有熱茶，妳也喝點吧。」

如意道：「多謝大——啊，不，前輩。」

盧庚看她拘謹的樣子，詢問道：「剛從白雀轉過來的？做了多久了？」

如意恭敬地答道：「做了兩年白雀，轉成朱衣眾才一個月。」

盧庚嘆息了一聲，道：「哦，最近總堂一下子少了不少人，所以才把你們從外地補進來的吧？」

如意低頭，低聲道：「總堂的事，屬下也聽說了，真是沒想到。原本屬下好不容易轉成內門朱衣眾，姐妹們都在羨慕我呢。」

盧庚聞言也似有所感，道：「有什麼好羨慕的？剛才街口的事妳沒看見？如今在百姓眼裡，我們朱衣衛都是些該殺千刀的走狗。朝廷的官員，更沒幾個把我們當正經人看。」

說著，他猛地將杯中的酒一口飲盡，放下酒杯接著道：「剛才我們明明和羽林衛幹的是一樣的活，可憑什麼他們就能被誇，我們被冤殺了，反而還得被罵？」

如意見狀，上前為他倒滿酒，道：「您辛苦了。」

盧庚見她如此恭謹，又道：「聽老哥哥一句勸。妳既然生得好看，就索性抓住機會，趕緊在京裡跟一個王孫公子，做妾也好，外室也好，只要他能趕緊把妳弄出朱衣衛，銷掉妳的名冊，妳就算逃出生天，以後想做什麼就做什麼了。」

如意問道：「那前輩，您在衛裡這麼多年，就沒有什麼想做的嗎？」

盧庚哂笑一聲道：「我沒什麼想做的，能抽中紅簽活下來，就已經是萬幸了。」

如意堅持著：「除了活下來，您肯定還有別的願望。」

盧庚想了想，卷起了自己的袖子給她看，只見他的胳膊上都是縱橫交錯的傷痕。他邊指著傷痕邊說道：「瞧見沒有，這一刀，是為了追捕平安州的流寇挨的。這一劍，是在宿國當暗哨的時候挨的。都是為大安盡忠，我不指望能像小侯爺那樣風光凱旋、記功刻碑，但至少也別像剛才那樣被人指著鼻子罵吧……」說著，他看見如意面色怔忡，擺擺手道：「算了，妳不懂的。」

❋

金沙樓裡，一個臉上有著猙獰疤痕的女子，疑惑地看著如意，道：「您問我最想要什麼？」

金媚娘鼓勵道：「對，這位大人是宮中女官，憐惜我們這些從朱衣衛退下的女子生活多有不易，所以才想盡力幫些忙。妳有什麼想要的，但說無妨。」

女子柔聲道：「我在這裡很好，沒有什麼想要的了。」

如意道：「作為一個曾經的白雀，有吃有喝還活著，的確是很好了。可如果作為一個普通的人呢？妳真的沒有什麼別的想要的嗎？」

女子怔怔地聽著，突然，她眼中一閃，似是想到了什麼，急忙道：「人，人！我說了，您就能辦到？」

如意應道：「我盡力而為。」

女子突然激動起來，急切地道：「求大人把我的妹妹救出來！她才十六歲，就也被拉去做了白雀！我想救她，可她還在名冊上，逃不掉也離不開！」說著，她倏地抓住如意，懇求道：「求求您救救我妹妹吧，我不想她被糟蹋，不想她變成我這樣子！」

金媚娘見狀，忙上前將女子拉開，女子卻伏在地上磕起頭來，「求求您，求求您！」見女子如此激動，金媚娘和如意將她安撫了一會兒，而後離開房間，來到了走廊裡。

金媚娘歉意道：「實在對不住，可安都金沙樓裡，從朱衣衛裡退下來的就她一個。畢竟安都這邊是朱衣衛總堂，我不敢做得太過分，除了她這個唯一過了明路的，其他從朱衣衛退下來的人，我都只敢安排在外地的金沙樓。」

如意問道：「過了明路？我瞧她神志好像不太清楚。」

金媚娘解釋道：「她跟紫衣使畢容是相好，畢容兩年前緝匪的時候沒了，唯一的遺願就是讓她以後不用再做白雀。她聽到畢容的事，當場就瘋了，從樓上跌下傷了臉。迦陵瞧她可憐，再加上又確實毀容沒用了，才送了她來我這兒。」

如意邊聽，邊看著對面正彈著琵琶的歌伎，感慨道：「我還在做白雀的時候就常聽說，我們其實連歌伎都不如。她們掙夠錢還可以自贖，再不濟，熬到年老色衰，也有個自由的盼頭，但白雀們只能此恨綿綿無絕期。我不想這樣，所以才抓住機會拚命練武，努力擺脫這個令人噁心的身分。可我之前真是不知道，原來朱衣衛在百官和百姓的眼裡，竟然也是這麼不堪。」

金媚娘接著道：「您一路有娘娘照顧呵護，而且總是獨自外出暗殺，閒暇的時候又經常進宮，所以對於衛中情況，自然就不那麼瞭解……」說著，她不禁嘆息，「娘娘對尊上真的很好，後來媚娘才知道，當年她向老指揮使下過鳳諭，說不許讓衛中的那些醃臢事，汙了您的耳朵。」

「那妳再多說些給我聽聽。」

金媚娘又嘆了口氣，「是。許多朱衣衛為了能離開衛裡，就想方設法去做上司的相好，不分男女。可他們不知道，他們的上司，不到死、不到變成對衛裡實在沒用的廢物，也一樣沒法離開朱衣衛。因為冊令房的卷宗裡，記載著所有衛眾的資料。我們連自殺都不敢，否則就會株連家人……」

這時，如意看到了樓下玩鷹的客人，似有所感道：「我們以為自己是個人物，但其實早成了被馴化的鷹犬，而且，還是主人心情一不好，就隨時可以被掐死的那一種。」

金媚娘心有戚戚焉，道：「屬下也是遇到老頭子之後，才慢慢懂得這一點。是老頭子重新教我做一個人。」說著，她面露懷念之色，「就為了這份恩情，我也必須幫他把金沙幫看好。」

如意道：「他一定是個很好的男人，比于十三強。」

金媚娘笑了，「自然。」

如意接著問道：「妳能不能再幫我一個忙？我需要五百斤大黃、一百斤白術、一百斤醉生草……」

「前兩樣好弄，醉生草得費點工夫，您要這麼多藥做什麼？」突然，金媚娘似是想起了什麼，「不對，這些藥——」

如意點點頭，「妳記起來了。我以前就給過妳方子，這是控制白雀的藥物的解藥。」

金媚娘激動地道：「您是要——」

如意點了點頭。

✵

街道上，李同光急不可耐地揮鞭縱馬，年輕的臉上滿是焦灼的急切與期待。奔過街口的時候，初月和小星也正巧騎馬經過，初月也正有事要尋李同光，見狀立刻跟了上去。

李同光一路飛奔到馬場，策馬衝上高坡，遠遠地，便一眼看到了校場中騎在一匹白馬上的如意。他興奮地揮著鞭子喊道：「師父，師父！」

他快馬加鞭地趕到了如意身邊，氣喘吁吁道：「真的是您！我剛收到傳信，說您要來這兒見我，差點還以為我聽錯了！」

「這兒清靜，朱衣衛的暗哨也進不來。」說著，如意看了看周圍，「聽說現在這片地歸你了？」

李同光答道：「嗯！我軟硬兼施，好不容易才買了下來。師父您以前總愛上這兒來跑馬，我怎麼能讓閒雜人等打擾了這兒的清靜。」

如意心中有一絲感動，「你很細心。」

李同光聞言甚是開心，「都是師父以前教得好。對了，您這次過來，是有什麼吩咐嗎？」

如意下了馬，將手中的一卷圖紙遞給了他，開口道：「梧國使團的撤離路線，我擬了三條，你幫我參詳一下，看看哪一條出城最妥當，畢竟到時候還需要你手下的羽林衛配合。」

李同光接過圖紙，仔細看了看，而後他們走向校場邊的座位，坐下祕密地商量起來。過了許久，終於商量完畢，如意道：「好，那就這一條。地圖你收著，行動之前，六道堂自會通知你。」說完，她準備動身離開。

李同光突然道：「可是師父，到時候，您也會和寧遠舟一起離開嗎？」

「這不是你該關心的事。」而後如意起身走向了一邊的坐騎。

李同光見狀，衝動地想要從背後抱住她，卻又生生忍住，低聲道：「您能不能別走？上一回，您就是在這兒拋下我，然後再也沒回來。」

如意聞言，身形定在了原地。

李同光接著道：「我剛才其實特別想一把抱住您，但我也記得寧遠舟說過，我不能總由著自己的性子來，我得尊重您、愛護您，所以我才拚命忍住了。可是師父，鷲兒已經長大了，您能不能再多等我幾年？等我站到那個最高的位置，我會把這世間最好的一切都捧到您面前！」

如意沒有動，嘆息了一聲，「我相信那些東西一定都不錯。可是，你覺得世間最好的東西，我就一定會喜歡嗎？」

李同光聞言，倏地怔住了。

❋

在街口看見李同光後，初月和小星便跟著他一路而來。來到了馬場的入口，主僕二人卻被看門的守衛攔了下來。小星不快地道：「為什麼不讓我們進去？郡主是遵王爺的吩咐，給小侯爺送信來的。」

守衛回道：「侯爺不在，郡主可以將信交給小的。」

初月問道：「可我剛才分明看到他往這邊來了，你覺得我會看錯嗎？」

守衛見謊言被戳穿，啞口無言。

初月接著問：「那天在這裡，你家主人是不是親口說過，我只要想來，隨時都可以進這個馬場？」

小星接著道：「我們家郡主，沒多久就是你們侯府的女主人了！」

守衛猶豫了半晌，最終還是搖頭，「請恕小人無禮。」

初月聽罷，怒火升騰，猛地一拍馬，縱馬躍過了欄杆，疾馳而去。小星卻沒那麼好的騎術，看著欄杆傻了眼，道了一聲：「郡主！」

初月頭也不回道：「妳先回府，我自己會回去！」

✵

在馬場的座位邊，聽聞如意不喜歡那些東西，李同光追問道：「那寧遠舟給您的，您就會喜歡？」

如意搖搖頭道：「不，這世間最好的東西，永遠只能由我帶給我自己。鷲兒，你也是如此。以後你若是真達成了你的夙願，不必想著我，留給自己慢慢享受就好。」

李同光漸漸紅了眼圈，「可我的夙願就是您！您要不在我身邊，我以後的努力還有什麼意義？我只是喜歡您，愛您，難道這也有錯嗎？」

如意輕嘆了一聲，「你愛的，只是那個你以為無所不能的朱衣衛左使任辛。」而後，她一頓，繼續說道：「而且，時間也錯了。」

李同光聞言怔住了，歡喜和痛楚同時湧上他的心頭，慢慢地，淚水盈眶，而後悄然滑落。

如意見狀心軟，抬手拭去他的淚水，「再哭，我就殺了你。」

忽地，如意憶起，少年的李同光在她的懷中哭泣的情景，那時她道：「最多再哭一炷香，否則我殺了你。」而他道：「您殺了我吧，總勝過我一個人在這世上孤苦伶仃。」

回到眼前，如意終是嘆了口氣道：「可是你自小的夢想，便是要做萬人之上的孤家寡人啊，這條路，是你自己選的。而你身邊，以後也會有金明郡主，你怎麼會孤苦伶仃呢？」

李同光聞言，心中大慟。他張口欲言，卻什麼也說不出來，只能像頭小獸一樣，將頭埋在如意的肩上痛哭起來。

他們沒有發覺，初月已策馬衝上了高坡。看到他們相擁的一幕，她不可置信地睜大了眼。

過了一會兒，如意問道：「哭夠了嗎？」

李同光深吸一口氣，應道：「夠了。」此時，他的眼中恢復了清明，「而且我也想明白了。您現在不愛我，沒關係，我可以等，一直這麼難過地等。畢竟我肯定比寧遠舟年輕，也比他癡情。我會一直愛您，不管您嫁不嫁別人，也不管要等多久；直到有一天，您厭煩了寧遠舟，又或是想起了我的好，只要您一招手，不論天涯海角，我都會趕過來。」說完，他單膝跪下，像少年時那樣倚在她的膝下，替她拂去靴上的汙物後，癡癡地仰頭看著她，「只要您願意看我一眼，我做什麼，都甘之如飴。」

少年的話是那麼真摯與悲涼，如意一陣心慟，也只能撫著他的髮頂，嘆道：「傻孩子。」

此時高坡上的初月，也將這一切收入了眼中。她原本氣憤地想要衝下坡去，但李同光卑微的舉動徹底震驚了她。她抬手掩著口，情不自禁地向後退去，最終策馬掉頭而去。初月狂奔著，眼圈一點點紅了起來，她喃喃道：「她是誰，她是誰?!」

如意看著跪在腳邊的李同光，良久道：「回答我一個問題吧，在你眼裡，朱衣衛是什麼？」

李同光一怔，答道：「天子私兵。」

如意又問道：「還有呢？」

「沾上了就挺麻煩，平時少跟他們打交道。」他意識到自己的失言，忙辯解道：「啊，我不是在說您，是您離開朱衣衛後……」

如意拉他起身，問著：「那我在朱衣衛做了什麼，你知道嗎？」

李同光不敢反抗，任她將他拉起，有些猶豫地答道：「我只知道您經常離京去執行任務，刺殺過褚國鳳翔軍的節度使。」

如意補充道：「鳳翔、定難、保勝三軍的節度使都是我殺的，南平信王、褚國袁太后也死在我手中。」

李同光聞言震驚不已。

如意將他的反應看在眼裡，喃喃道：「原來，就連你都不知道。」

李同光低聲道：「按朝中規矩，朱衣衛行事，是不許史官記錄的。」

「史官不知道，皇帝也忘了。所以，除了我們的敵人——梧國的六道堂，只有我們自己才知道那些所謂的功績和痛苦。」她的語氣異常平靜，李同光卻一陣心悸道：「師父？」

如意道：「你自己好好的，我走了。」話音未落，她便縱身一躍，幾個起伏間，就消失在了草地深處。

李同光望著她衣袂翻飛的背影，喃喃道：「師父……」

＊

如意離開馬場，策馬走在郊外回城的道路上，可突然間她覺得似有不對，而後身子一動，轉瞬間就已經躍起，落下時，卻是在初月的馬上。初月突然覺出身後多了一個人，不禁大驚失色。

如意抬手扣了一下她的脈門，「沒有武功，妳是誰？」

初月本能地懼怕道：「我、我是金明郡主的侍女……妳是誰？」

如意聞言，皺起了眉頭，她隨手點了初月的穴道，策馬轉身向馬場飛奔而回。

在馬場的入口處，如意將初月丟給馬下的李同光，他一把將她接住。

如意道：「她跟蹤我，又說自己是沙西王府的侍女，看樣子，多半剛才看到了我們在一起。你這邊的事，自己處置好。」

李同光抱著初月，既震驚又尷尬地道：「是！」

如意又翻躍上馬，這才轉身真正離去。

李同光解開初月的穴道。

「誰讓妳來的？」

「她是誰？」

二人的問話聲同時響了起來。

李同光先回答道：「妳不用管。」

初月的淚水瞬間湧了上來，她止不住地悲憤道：「我是你的未婚妻，你和別的女子這麼親密，你叫我不用管？」

李同光望著身體不斷顫抖的她，甚是歉疚，「我不是那個意思……」他斟酌著道：「要想成大事，光靠和你們沙西部聯手還不夠。她是昭節皇后的人。」

「你撒謊！沙東部裡的姑娘，不會有那麼高的武功！」說著，初月似是想到了什麼，「她是朱衣衛對嗎？是白雀對嗎？」

李同光聞言，臉色一沉，語氣也冷硬起來：「她不是！總之，妳要是不想出事，最好當今天什麼也沒見過，也別跟妳爹提起一個字。」

初月繼續問道：「其他我都不管，我只想知道，你是不是喜歡她？」

李同光脫口道：「喜歡！喜歡到骨頭裡的那種喜歡，喜歡到寧願死了，也要喜歡的喜歡！」

少年的癡狂與真摯讓初月馬上意識到不可能作偽，一陣愕然後，她悲憤地問道：「你既然喜歡的是她，那前幾天，為什麼還要對我那麼好？」

李同光覺得她的話有些奇怪，皺眉道：「我說過，我願意和妳你好好相處，是因為我們之間是合作關係，相敬如賓對妳我都好。妳要喜歡上別的男子，我也不會介意的啊。」

初月聞言，大受打擊，退後兩步，喃喃道：「原來我會錯了意，原來你說的相敬如賓，是這個意思。」

李同光沒有聽清她的話語，疑惑道：「郡主？」

初月喊道：「你別過來！」說完，她搶過旁邊的一匹馬，躍馬飛奔而去。

她奔過郊野，奔過城門，穿過街道。她不停地打馬飛奔，卻始終緊咬著嘴唇。突然，她的視線向遠處的酒樓望去，那裡高高地掛著一個「酒」字燈籠，她立刻掉轉馬頭，向酒樓疾馳而去。

✵

黃昏時分，安國士兵們正驅趕著永安寺內的香客，宣告著：「從今天起，這寺裡不許閒雜人等出入了，趕緊走！」

扮成書生的于十三也混在香客中，他有些心急，在拐過一個彎的時候，趁士兵們沒注意，貓著身子偷偷藏在了臺階下。而後，他繞到遠處，縱身幾個起伏，躍上了茂密的樹頂，那樹頂和永安塔的最高處正好齊平。

于十三在樹頂上瞄了瞄，然後在樹幹上深深紮進一枚鐵環，又從懷中摸出吊索扣具，扣在了鐵環上。他用力地拉著吊索測試，鐵環都紋絲不動，他方才滿意地舒了一口氣。他拍拍手，飛身躍下樹頂。

他快步離開時，卻又碰見了那幾個士兵。士兵認出了他，問道：「你怎麼還在這兒？」于十三邊點頭哈腰，邊一臉歉意地想要離開，卻突然被士兵攔住，士兵道：「別動。」于十三瞟了一眼周圍，見士兵不在少數，只得站定，讓那士兵搜身。

在士兵搜左袖的時候，他便伸縮肌肉，移開袖中的吊索扣具，搜右袖的時候，也是如此。士兵搜查無果，只得放他離開。于十三鬆了一口氣，可就在他要走出寺門之時，盧庚突然發覺不對，喝令：「站住！」

于十三此時加快了腳步。盧庚更覺不對，喊道：「攔住他，他會武功！」話音剛落，于十三便飛身而起，躍上了永安寺的屋頂。一眾朱衣衛也跟了上去，他們在街道的屋頂上展開了一場激烈的追逐。

身後的朱衣衛不斷射出暗器，于十三把吊索在身後甩得像風車一樣，攔住了暗器。轉眼間，他躍入了一處酒樓裡，混在了眾人中。朱衣衛跟隨而至，卻發現于十三消失了蹤影，他們不斷拉著酒樓裡書生打扮的男子查看，但都沒有結果。

此時，于十三閃身進入了一間沒點燈的雅間。他關好門，迅速把身上的衣物盡數褪去，又順手打開櫃門，拿了件衣裳出來，胡亂地披在身上。而後，他又脫下書生方巾，解開髮髻，隨意地搖了搖頭，任一頭長髮飄散下來。

于十三轉了轉脖子，隨口道：「累死老子了。」說完他將腳一勾，地上的酒壺就到了他手中。他左手執壺，酒液直直流入他的口中。忽然，正在暢飲的他發現異樣，一手飛出火星，點亮了雅間的燈，同時，飛快地制住了房中的另一人，問道：「誰？」

燈光照亮的卻是初月震驚而通紅的臉。她別開臉，不敢看他。

于十三也傻了，他打量了一下自己幾近赤裸的上身和手裡的酒壺，慌忙跳開，手忙腳亂地穿著衣裳，結結巴巴地解釋：「對、對、對……對不住！」

第三十章

江月何年初照人

初月又驚又羞地立在原處。就在這時，房外突然響起吵鬧聲和驚叫聲，隱約聽見有人在罵：「又是那些殺千刀的朱衣衛！」于十三瞬間警覺，反手一摸，拔出早已藏好的匕首，如獵豹一般輕捷地閃到門邊。他輕輕地推開門，小心翼翼地向外窺視，剛看了一眼，卻又記起了什麼，連忙回頭，便見初月仍震驚地看著自己。

于十三飛身來到初月面前，抬手捂住她的嘴，輕聲道：「別叫！」初月剛想掙扎，卻見于十三忽閃著眼睛認真地望著她，說：「幫幫我。」

酒樓走廊裡，盧庚正帶著一群朱衣衛匆匆穿梭在各個房間進行搜查，不一會兒便來到于十三所在的雅間門前，敲了敲房門卻沒聽見門內有回應。幾個朱衣衛對視一眼，便一腳踹開房門，一道衝了進去。

剛衝進房間，跑在最前面的朱衣衛就被兜頭潑了一臉酒，隨即傳來女子清脆的聲音：「放肆！」

那朱衣衛頓時暴怒，拂袖一抹臉上的酒，拔劍就要衝上去，卻被身旁的盧庚一把按住。眾人這才看清，獨自坐在案前之人是初月。

盧庚俯身道：「參見金明郡主，朱衣衛奉旨搜查欽犯……」

初月氣惱道：「朱衣衛，又是你們朱衣衛！」她帶著醉意走上前，「我是欽犯，那不是沙西王府裡全是從犯？」她拽著盧庚便道：「來啊，你們搜啊，搜啊！」

盧庚哪裡敢惹她，急忙道：「郡主誤會了，下官多有打擾，見諒。」他一使眼色，朱衣衛們連忙跟上他，一道退了出去。

盧庚出門就衝著被潑酒的朱衣衛的腦門拍去，「你衝她拔劍，是想得罪整個沙西部？上回在行宮，羽林衛那幫人找我們麻煩，還是她出手幫的忙。」那人自己也覺得後怕，唯唯諾諾地應了。

朱衣衛離開後，初月立刻上前掩上門，回頭道：「都走了。」門邊的櫃子一下打開，于十三閃身走出來。他伏在門板上聽了聽，見外面確實沒有動靜了，這才鬆了口氣。

初月好奇地問道：「你真是欽犯？」

于十三一邊繼續穿衣裳，一邊笑道：「妳猜呢？」他胸膛還赤裸著，明明外表看著是個書生，身材卻很是精壯。初月臉上一熱，扭過頭撇嘴道：「八成是因為欠了別人錢，上這兒來躲債，聽到有人找，就心虛了吧？」

于十三突然湊到她面前。一瞬間逼近的面孔俊美風流，一雙桃花眼輕柔帶笑，初月便覺心口有根弦被砰地一撥。她下意識地想後退，但很快便強自鎮靜道：「幹麼？」

于十三笑眼彎彎道：「我看哪家的小娘子這麼聰明，我還想費盡心思編個理由呢，結果妳就已經幫我找好了。哦，忘了，剛才妳說過，沙西王府的金明郡主，我想想，叫什麼來著……」他思索了片刻，眼睛一亮，笑道：「初月。」

初月錯愕道：「你怎麼知道？」

于十三稍站遠些，擺好了造型，淡定道：「知道我是哪種欽犯嗎？採、花、賊。安都裡大戶小娘子的芳名，我都如數家珍。」他一捋額髮，看上去風流又瀟灑。

初月一怔，隨即道：「我不信，你還知道我什麼？」

于十三娓娓道來：「妳叫初月，妳母親生妳的時候夢到了頭頂著新月的大母神，就特意為妳起了這個名字。妳呢，沒準也覺得自己天生就是大母神轉世，所以經常不服妳哥哥，成天舞刀弄槍，做著光大沙西部的夢。」他見初月露出震驚的神色，便略一停頓，問道：「沒錯吧？」

他來回打量著初月，繼續說道：「妳平常愛穿男裝，今日卻穿了身漂亮的衫子，還塗了胭脂，一定是去會情郎的。但是天才剛剛黑，妳就一個人跑到酒樓裡……」他吸了吸鼻子，已有了猜測，「不點燈，還喝了不少酒，呵，那多半是情郎傷了妳的心，借酒澆愁。」

初月驚呆了，「你、你到底是誰?!」

于十三又一捋額髮，「剛才不是都說過了嘛，欽犯，採花賊啊。」

初月脫口便道：「不可能，天下哪有採花賊口口聲聲說自己是採花賊的！」

于十三笑看著她，「金尊玉貴的郡主都能幫我躲朱衣衛了，世上還有什麼事是不可能的啊？」

初月啞口無言，半晌才低頭道：「我也想不通為什麼鬼使神差就幫了你，原本我和他吵了一架，想進來喝口酒。可掌櫃說雅間都沒了，我又不想在外頭和別人擠，就隨意找了一間看起來沒人的雅間……而且，我也討厭朱衣衛！」

于十三恍然，「難怪我早就訂好的房間，會突然多了個仙女兒。」

初月又一怔，隨即笑了起來，「你說話真好玩。」她想了想，邀約道：「我還是悶得慌，要不，你陪我喝口酒吧？」

于十三嘆了口氣，推著她往座上去，邊走邊說：「月兒妹妹啊，此刻風清月朗，酒香人美，所以有幾句金玉良言，妳千萬要聽我說。第一，傷心的時候，小娘子千萬別一個人跑出來喝酒，容易出事；第二，更別主動拉著陌生男人喝酒，不管那個男人多玉樹臨風、多溫柔討喜，都很容易出事；第三，以後要是再遇到好看的欽犯求妳救他，千萬別答應，萬一他轉頭就翻臉，要劫色劫財呢？那真的會出大事！」說著，他按著初月的肩膀，讓她坐下，幫她倒了一杯酒，「好了，這地方讓給妳，酒也讓給妳，我打發人去沙西王府捎個信，叫他們一個時辰過後來接妳。」

初月被他行雲流水的一串動作弄蒙了，還未回過神，于十三已打開窗戶，往外看了看。

「看在相逢即是有緣的分上，能再幫我一個小忙嗎？」他回頭認真地看向初月，「別把今晚的事說出去。」

初月下意識地點了點頭，「我不會說的。」

于十三抬手一指窗外皎然的上弦月，清亮的桃花眼一彎，「要對著初月發誓，我才信。」

初月愕然，正要開口，于十三卻已對她眨眨眼睛，翻身向窗外一躍。

初月急忙追到窗口，但見明月當空，街上行人寥寥，哪裡還有于十三的身影？

✵

四夷館中，如意手中握著一把峨眉刺，正在審視著。忽聽門嘎吱一聲打開，楊盈走了進來：「如意姐，妳找我？」

如意招招手，讓楊盈過去，將峨眉刺遞給她，道：「上次教過妳怎麼用，還記得嗎？」

楊盈點頭，將峨眉刺握在手中，靈活地比畫了幾招。如意出手攻上前去，作勢要劫持楊盈，楊盈熟練地做出了應對。

如意指點道：「再快一點，妳沒有武功，最要緊的是刺傷對手。」楊盈加快動作，又比畫了幾招。這次如意終於滿意地點了點頭，微笑道：「這下差不多了。別拿走，我讓元祿塗好見血封喉的毒藥再給妳。別怕，行動之前，我會給妳喝一杯我的血，裡頭有萬毒解，雖說時間久了，藥力淡了不少，但保妳的命應該沒問題。」

楊盈仍心有惴惴，問道：「真的有用得到的時候嗎？還有，遠舟哥哥給我的這個。」說著便從懷中取出了扳指給如意看。

如意道：「但願用不到，但我向來行事，都是要做最壞的打算。」

楊盈忐忑地問道：「最壞有多壞？」

「就算攻塔失敗，就算妳的身分被揭破，妳至少還是梧國的公主，他們不會殺了妳。」如意頓了一頓，看向楊盈，說道：「但是會不會侮辱妳，就只能看運氣了。」

楊盈不禁一抖，但很快便鎮定下來，輕呼了一口氣，道：「我不怕。遠舟哥哥跟我說過，萬一出了事，我殺不了他們，就讓自己暈過去。總之，受辱也不是我的錯，我不會想不開，也不會尋短見。只要熬過去，活下來，就有希望。」

如意點點頭，「妳就記住，不管發生什麼事，都不是妳的錯。梧國就不該把妳這麼一個什麼都不懂的小公主，懵懵懂懂地送來安國，辦這麼大的事。」

楊盈卻微笑道：「可是不來走一遭，我永遠也沒機會懂這些啊。」她轉了轉手中的峨眉刺，隨即又收了笑容，認真道：「這幾天你們都忙，我一個人經常在屋裡想，要是再給我一次機會選，我還是會來的。」

如意幫她攏起鬢邊的碎髮，微笑道：「不後悔就好。」

楊盈脫口便道：「我才不後悔呢！」她反而有些擔心如意，「倒是如意姐妳，這幾天怎麼一直有點不開心，難道……還是因為宮門外的那件事嗎？」

如意神思一時飄遠，想了想，說道：「有一個地方，一直囚禁著一群人，特別是女人，他們看起來過得還不錯，但其實跟奴隸差不多。我想儘量幫幫他們，所以這些日子一直在琢磨。」

楊盈試探著問：「是安國的宮人嗎？」

如意一怔。

楊盈解釋道：「我娘也是這樣被選到宮裡去的，其實她本來早就有了意中人，可采選的聖旨一下，每個良家女子都被列進了名冊裡，她連想逃都沒法子。如意姐，如果妳想救她們出宮，可千萬要記得毀掉她們的名冊，不然，會連累她們的家人的。」

如意不由得想起金媚娘的話：「冊令房的卷宗裡，記載著所有衛眾的資料，我們連自殺都不敢，否則就會株連家人……」想起她在朱衣衛的冊令房「冊」字書架上看見的，那密密麻麻的卷宗。

她便從懷中摸出那張記載著自己，但名字已被塗黑的名冊頁，對著光讀道：「任辛，天泰八年五月生，前褚清河縣、現清原縣雲家集人，母早亡……」

楊盈疑惑地問道：「這是什麼？」

如意嘆道：「就是妳說的那個東西。綁住我，不，綁住他們的名冊。」她信手一扔，那張紙平平地飛到了蠟火邊，觸到火苗，自行燃起，而後墜落。她起身向楊盈抱拳一拜。

楊盈大驚，連忙避開：「如意姐，妳幹什麼？」

如意凝視著她的眼睛，誠懇道：「謝謝妳提醒我。以前我是妳師父，可今天，妳是我的老師。」

楊盈立時害羞起來，「我、我就是隨口那麼一說。」

如意欣慰道：「妳真的長大啦。」她頓了一頓，又微笑道：「也變漂亮了。」

楊盈一下子開心起來，摸著臉對著銅鏡，左看看右看看，「真的？哪兒變漂亮了？哪兒啊？」

如意指了指楊盈的頭頂，笑道：「這兒。妳越來越自信，越來越聰明，整個人就像一塊璞玉一樣，被慢慢打磨成和氏璧啦。」

楊盈眼睛一亮，眨著眼看向如意：「那妳兩個徒弟裡面，到底我強一些，還是李同光強一些？」

如意失笑，抬手一敲她的腦袋，「一樣聰明，也一樣愛吃醋。」

楊盈捂著腦袋，皺眉道：「疼！」

✲

四夷館走廊內，于十三也被寧遠舟敲了一記腦袋，捂著頭一迭聲地叫疼。

寧遠舟又好氣又好笑地道：「越活越回去了，進房之前，竟然連裡面有沒有人都沒弄清？」

于十三揉了揉頭，毫不在意道：「酒樓裡那麼吵！你放心，我最懂小娘子了，我看她的眼神就知道，她絕對不會把這事說出去的。我來跟你說這事，不過是出於謹慎。」又道：「對了，撤離路線我是弄出來了，但塔那邊他們真是看得挺緊，朱衣衛也加了不少高手，只怕……」

寧遠舟淡淡地道：「沒關係，前幾天我已經想到一個更好的主意了。」

于十三眼睛一亮，「是什麼？」

寧遠舟道：「一會兒我先找如意商量商量，落實幾個細處，再告訴大家。」

寧遠舟回到了自己的房間內，藉著昏黃的燈，繼續看著永安塔的地圖。突然一陣涼風吹來，他不禁咳嗽了兩聲。他怔了怔，伸手搭了搭自己的脈搏，眉頭不由得皺了起來。

他剛放開手，如意便敲門進來了，見他凝眉，便問道：「你剛才找我？」

寧遠舟見到如意，緊皺的眉頭漸漸舒展開，「是啊，阿盈說妳出門去了，去哪兒了？」

「去幫你買桂花果子啦。」她將手裡的油紙包放在桌上，不緊不慢地拆開，取出一塊遞過去，「嘗嘗，安都的特產，特別香甜。」

寧遠舟接過果子，滿眼笑意地望著她，「呵，又買甜食哄我開心，怎麼了？突然心情這麼好？」

如意點了點頭，「我想明白朱衣衛的事情該怎麼解決了。」

寧遠舟收了笑，問道：「妳想怎麼做？」

「毀掉朱衣衛的名冊，再給白雀們解藥。」如意認真地說道：「鄧恢那天肯聽你的話，在安帝的眼皮子之下冒險放屬下們一條生路，我想他並沒有迦陵說的那麼壞。只要他肯稍做配合，上千名朱衣衛，說不定就有了自由的機會。」

寧遠舟一怔，但在看到她眼中的光後，又緩緩笑了，「來，把我的運氣分給妳，祝妳馬到成功。」他邊說著，邊將手中的果子掰了一塊，遞到如意面前。

如意伸手去接，寧遠舟卻又不肯鬆手。如意無奈，在他手上咬了一口果子。寧遠舟就著如意咬的地方，也咬了一口，滿意地笑了，又繼續問道：「妳到時一個人去？」

如意道：「媚娘會幫我。」

「什麼時候動手？」

如意道：「我想在你們攻塔時行動，如果到時候城中大亂，你們這邊的壓力也會小一點。」

寧遠舟點頭，指了指案上的地圖，「好。那妳也來幫我參詳一下攻塔的計畫。」

如意看了一眼地圖，神色不由得認真起來，問道：「就是你上次說的想到的新主意？」

寧遠舟點點頭，「我想知道，安國常用來監禁貴人的，還有哪幾處地方。」

❋

一日後，夜晚。新月半懸於天際。

永安塔邊，一隊巡邏的安國士兵經過後，樹叢中露出了寧遠舟、元祿、于十三和錢昭四人蒙面的臉。

四夷館楊盈的房間裡，如意、孫朗、丁輝和一使團護衛，四人都換上了六道堂制服，正互相協助著黏貼人皮面具。楊盈正在窗邊來回徘徊，不時望向窗外，期盼等候著。

永安寺裡，僧人們敲響了晚鐘。聞聲，藏身在草叢裡的寧遠舟四人對視著，寧遠舟比畫著手勢，指示進攻方向和協同安排。四人隨即展開行動。

鐘聲傳到四夷館，楊盈房間的門打開了，楊盈從房中走出，而如意等人早已化身成寧遠舟、于十三、錢昭和元祿，緊隨在楊盈身後，齊齊走出。

一行人乘上車馬，很快便離開了四夷館——今夜安國成國公府設宴待客，禮王殿下受邀前去赴宴。

路上，「于十三」還在和「元祿」閒聊著：「聽說成國公府上的玉泉酒特別好喝……」

此時，在月光照不到的角落，一個朱衣衛悄悄地探出頭，看到楊盈和四個護衛的臉，立即用鏡子反光傳信給街尾的朱衣衛。另一隊喬裝後的朱衣衛隨即跟了上去。

鐘聲中，真正的寧遠舟等人撲向了永安塔。

元祿和于十三從兩側拖住塔外的守衛，掩護著寧遠舟和錢昭衝上高臺，衝入永安塔內。但塔內的護衛隨即撲了上來，攔住兩人的去路，同他們戰成一團。

塔上警鈴大作，守衛從四面八方源源不斷地衝出來。警鈴聲傳到塔頂，原本正在房內為梧帝檢查飲食的守衛立刻拔刀撲了出來。

梧帝半晌才反應過來，狂喜著喃喃道：「來了，寧遠舟真來救朕了！」但守衛很快便又折返回來，粗暴地將他拖到塔中的樓梯邊。

塔內守衛太多，寧遠舟和錢昭兩人漸漸不能抵擋，邊戰邊從塔裡退出。塔外，元祿和于十三還在和守衛纏鬥著。

寧遠舟當即下令：「撤！燒塔！」

聞令，于十三騰出手來換上機弩，抽出背上的弓箭點燃，向塔上射去。塔上很快著了火，冒出滾滾濃煙。塔中守衛連忙上前撲火，卻被嗆得咳嗽不止，一個個暈倒過去。很快便有人察覺到不對，捂著口鼻高喊：「有人放火！煙裡有毒！」

聞聲，梧帝身邊的朱衣衛立刻將濕巾綁在自己和梧帝的臉上。一朱衣衛道：「帶他去那邊走廊，通風的地方！」梧帝才被拖出囚室，還沒站穩腳，又被拖到走廊上。一番折騰後，驚魂未定，卻又有朱衣衛把劍架上了他的脖子。

梧帝大驚失色，「你們要幹什麼？」

另一朱衣衛道：「先別動手！按規矩，實在防不住了才能殺！」

梧帝驚恐地道：「別殺朕！朕是皇……」

持劍的朱衣衛凶狠地道：「閉嘴！」

守衛們雖全力滅火，奈何天乾物燥，塔還是木塔，這麼會兒工夫，已然有幾處火勢躥升起來，濃煙滾滾，漸有不可遏制之勢。

寧遠舟見火候差不多了，便做出負傷不敵的模樣。于十三見狀，立刻高喊一聲：「撤！」

元祿扔出雷火彈，擲向永安塔一層，一聲巨響，木屑紛飛，濃煙升騰。爆炸和震蕩從一層一直傳到塔頂，塔頂磚石、碎物紛紛落下。梧帝驚恐萬分，朱衣衛們也被震得腳下一踉蹌。比在梧帝脖子上的劍一晃，已在梧帝脖子上拉出一條血痕。梧帝不敢叫，拚著手上受傷，用力地想把劍從脖子上推開。

朱衣衛不耐煩，舉起了劍，眼看就要往梧帝身上刺來，正在窗邊觀望的朱衣衛立刻伸手阻止道：「停！刺客撤了！」

聞聲，梧帝再也支撐不住，癱軟在地。

濃煙中，寧遠舟等四人趁亂翻身躍出了永安寺的院牆。

永安寺外早有安都分堂之人推著車前來接應。他們飛快地來到車後，俐落地將身上的衣物、武器放入箱中，與箱中早有的戲服、刀劍等物混在了一起。他們另換上了平民的服裝，飛速四散開去。

安都分堂的人瞧見四下無人，忙推著車快步離開了。轉過一個彎後，他將車中兩具早已準備好的屍首放在地上，屍首的打扮和寧遠舟、于十三等人別無二致。而後他將箱子交給另一駕過路的馬車，自己也悄然離開了。

✵

永安塔下，鄧恢馳馬匆匆而來，於塔前翻身下了馬。正打掃戰場的眾人隨即起身迎接，鄧恢的親信孔陽上前稟報：「梧帝還活著，刺客沒有活口，只在外面找到兩具屍體。他們射來的箭裡有毒煙。梧國使團那邊也查過了，六道堂的人今晚都陪著禮王在成國公府赴宴。」

鄧恢接過守衛呈上來的箭，敏銳地在箭頭上發現了一道特殊的彎曲血槽，「這不是來救人，而是來殺人的。箭頭上的血槽倒像是軍中之物，詳細查查。」

孔陽應道：「是。」

鄧恢檢查著被毀的一層，然後直上樓梯。

永安寺外的一街道上，人來人往。于十三早已脫去夜行衣，化作個頭戴斗笠的尋常漁夫混入了人流之中。路過前幾日經過的酒樓時，他走過去，又忍不住倒退回去。

酒樓裡小二正在倒酒，酒香迷人。于十三吸著鼻子，嗅到馥郁酒氣，不由得喃喃自語：「好香。」

進酒樓的都是衣冠楚楚之人，于十三摘下斗笠想進酒樓，但想到自己今夜做下的大案，又有些猶豫。他正要重新戴回斗笠，便聽身後傳來一句：「我請你喝酒。」

于十三看到一邊突然出現的初月，大驚失色，急忙戴好斗笠，快步離開。初月卻立刻跟了上去。

✵

永安塔內，鄧恢看著亂七八糟的房間和癱軟在地的梧帝，緊皺眉頭，隨後繼續查看塔中各處。片刻後，孔陽來到近前，「尊上，屬下比對了卷宗，箭頭是梧國北蒼軍常用的樣式。」

原本失魂落魄的梧帝聞言驀然抬頭。孔陽又道：「屍首也驗過了，腿內有被燙過的傷疤，應該是為了遮掩腿上原本的刺青。」

鄧恢點了點頭，「果然不是六道堂，他們沒這麼蠢。」他走近梧帝，仍是帶著萬年不變的笑，讓人難辨是真情還是假意，「陛下可否提醒一下鄧某，北蒼軍在貴國，是誰的勢力？」

梧帝未料到事實竟是如此，艱難地道：「丹陽王。」

鄧恢仍帶著假笑，「救不了人，就用毒煙，還真是兄弟情深。陛下剛開始的時候，是不是還特別開心，以為有人來救你了？可惜，看起來，有人並不想你回去呢。」

梧帝不可置信地顫抖著，蒼白而疲憊的臉頰上，一滴眼淚滑落下來。

鄧恢又打量了一下周圍，離開房間，側頭對孔陽道：「匯總一下死傷人數，我要進宮向聖上稟報。」

孔陽提醒道：「尊上還是明天再進宮吧。您忘了，今天是大殿下『頭七』，宮中只怕正在做法事。」

鄧恢一怔，身形頓了一下，轉過頭道：「那我就去另一個地方走走。」

✵

皇宮內鱗次櫛比的殿宇透著肅然，通往大皇子靈堂的路上布滿靈幔。大皇子靈前，大皇子妃穿著一身孝衣，正哀傷痛哭著。安帝顫抖著手，撫摸著棺材，鷹眼中終於有了淚光。良久，他深吸一口氣，道：「挪出宮去吧，別誤了下葬的好時辰。」聞言，大皇子妃的哭聲陡然一高，愈發哀戚起來。

安帝轉身，在紛紛散落的紙錢中走出靈堂，只聽大皇子妃尖厲的聲音在身後響起：「父皇，您要為殿下報仇啊！」

悲傷的哭聲在身後漸漸低了下來，安帝孤獨地走在回寢宮的路上，雖仍是狼行虎步，卻無法掩飾地透著老態和孤寂。他默默地抬頭，環顧周圍空蕩蕩的、四處是素色的院子，落寞地對內監道：「宣貴妃來陪朕。」

內監低聲回道：「娘娘前些日子就已出宮去法山寺為大殿下求祈冥福了。」

安帝一怔，喃喃道：「又只剩朕一個人了啊。」

內監低聲道：「聖上可要用些膳食？」

安帝想了想，道：「拿些玉泉酒過來。」

內監低頭應道：「遵旨。」遂欲轉身取酒。

安帝忽又道：「等等，換成碧燒春。」

內監腳步一頓，驚疑地望著安帝，「聖上……」

安帝一腳踢翻了他，怒道：「就是先皇后最愛喝的碧燒春，朕叫你拿，你就拿！」

✵

熙熙攘攘的街道上，叫賣聲、嬉笑聲、吵鬧聲不絕於耳。于十三動作靈巧，左躲右閃間，已漸漸遠離了酒樓，而初月竟也緊追不捨地跟在他身後。于十三快，她就快；于十三慢，她就慢。于十三最初還困擾地皺著眉，可前面忽有兩個少男少女追逐而過，于十三看到他們，不知想起了什麼，表情漸漸柔和下來。

他終於停住腳步，無奈地回頭看向初月，「妳老跟著我幹麼？」初月未料到他會停下，嚇了一跳，一腳踩空，眼看著就要跌倒在地。于十三反射地飛身而起，扶住了初月。那一瞬間，他看清了初月憔悴的面容，脫口問道：「妳沒睡好？」

初月不自在地穩了穩身形，「你又來採花？」

「我採不採不關妳的事，但是妳老跟著我，就關我的事了。」

初月解釋道：「那天我聽你的話回家了，可我心裡一直難受，好幾天都睡不著。不知怎的，我就又走到永安塔這邊來了，沒想到，又看到了你。」她拉住于十三，「你陪我回去喝酒好不好？我真的好難受。你是採花賊也好，欽犯也好，總之請你陪我一會兒好嗎？就一會兒！」

月光下，少女的表情又堅決又嬌俏。于十三不知不覺中看得呆了，卻很快便回過神來，無力道：「我真的會害了妳的。」

初月道一聲：「那你就把我醉死吧。」拉起他便要走。

于十三無奈地反拉一把。初月踉蹌了一下，差點又撞進他的懷中。

「走這邊，」于十三拉著她，邊走邊說：「那地方的酒一般般。想醉死，也得帶妳去個好地方。」

二人穿過熱鬧的街道，幾經輾轉，來到一處破敗的荒廟外。

初月打量著四周，不屑道：「這就是你說的好地方？」

于十三比了個「噓」的口型，抬起骨節修長的手指，在廟門上有節奏地敲了兩記，門後也響了兩記。而後，廟門就在他們面前緩緩打開了。喧鬧的音樂，異族的舞男、舞娘，更有吐火的藝人，眼花繚亂的景象一瞬間齊齊跳到初月面前。初月瞠目結舌，一時看呆了。

于十三一拂袖，優雅地做出「請」的姿勢，「天上銷金窟，人間金沙樓。月兒妹妹，請——」

初月任由他帶著走入金沙樓中，一路上被各種奇景驚得目不暇接，好奇道：「明明外頭天還沒有黑，這裡面怎麼跟大晚上一樣啊？」

于十三引著她往前走，一邊指給她看，一邊道：「忘卻日月，方能無憂。這邊是瓦子，這邊是雅座，那邊可以賭錢，那邊的那邊，還有好多小娘子絕對不能看，一看就會犯錯的玩意兒。」

「你來過很多回？」

于十三得意道：「那當然，全天下最好玩的地方、最好吃的東西、最好喝的酒，我都如數家珍。」

初月一臉崇拜地看著他。突然，一個妖嬈嫵媚的聲音響起：「全天下被他傷過心的女人，也數不勝數。」

于十三嚇了一跳，看清了身後人的模樣，舌頭都開始打結：「妳、妳、妳怎麼在這兒？」

金媚娘冷眼看著他，「我是這兒的老闆娘，我為什麼不能在這兒？小妹妹，別怪我不提醒妳，這兒可不是妳該來的地方。這傢伙更不是什麼好人，他連我都騙過，是個大淫賊。」

不料初月泰然自若地點點頭，無半點懼怕，「我知道，他說過，他是欽犯，還是採花賊。」

金媚娘未料到會是如此回應，竟啞口無言起來。

于十三難得能從金媚娘手中找回場子，立時來了勁，一把拉過初月，得意地對金媚娘道：「不懂了吧？月兒妹妹就喜歡我這種調調。」而後豪邁地對一邊的侍女道：「來間上房，三罈醉月！」

金沙樓一處幽靜的雅間內，嘈雜聲隔絕於外。壺中醇香的酒液注入雕著精細花紋的酒杯，鄧恢執起酒杯，向對面示意：「請。」

對面坐的卻是寧遠舟。他看了眼桌上的酒杯，沒有動，只問：「不知鄧指揮使邀我前來，有何貴幹？」

鄧恢臉上帶著固定不變的笑，「寧大人又何必裝傻？那日在宮城外指點我救下受縊刑的下屬的是你，剛才在永安塔冒充梧國北蒼軍的也是你。」他解釋道：「我們總堂，也有幾個從梧國調回來的衛眾，據他們說，賜死官員時以弓弦縊人而不死，正是你們人道最擅長的活計。」

寧遠舟笑而不語。

鄧恢問道：「六道堂和朱衣衛是死敵，你那天為什麼要幫我？」

寧遠舟呷了口酒，「因為我是六道堂的堂主，而你是朱衣衛的指揮使。所以我明白你有多捨不得自己的手下枉死。」

鄧恢沉默片刻，嘆了口氣，再次看向寧遠舟，道：「前日既得你仗義相助，今日鄧某便特地來回報。我猜到你們今天故意佯攻永安塔，是想把梧帝轉移到更方便你們救人的其他地方去。所以我會告訴聖上，永安塔塔基已鬆，沒法再住人，同時因為朱衣衛接連折損人手，只恐力有不逮。因此，欲請聖上另派其他禁軍，將梧帝遷往別處看管。」

寧遠舟面無波瀾地道：「多謝。」

「你不意外？」

寧遠舟微微一笑，不急不緩地道：「今日朱衣衛浴血奮戰，終於擊斃梧國刺客，算是立了一大功。以後鄧指揮使的日子，想必也能好過許多吧？」

鄧恢了然一笑，「原來一切盡在你的計畫中。」

寧遠舟拱手道：「過獎。」他主動舉杯，兩人一乾而盡，彼此的目光中都有些惺惺相惜。

一杯酒過後，鄧恢又問道：「寧大人可否告訴我，合縣北蠻人的事情，是真是假？」

寧遠舟道：「確鑿無疑。」

鄧恢緩緩點了點頭，「好。等二皇子查清天門關外北蠻的動向回來，我們說不定以後還有機會一起聯手打北蠻。」而後，他又將酒杯斟滿，執起，「但是現在，我欠你的情已經還清了。所以在那之前，我們還是敵人。」

他昂首一飲而盡，寧遠舟也一飲而盡。二人同時朝對方拱了拱手，各自起身離去。

✵

雅間內，初月已藉著酒意，將心中委屈向于十三悉數傾吐出來。她抱怨道：「我原來以為相敬如賓的意思是夫妻恩愛，可沒想到，他的意思只是兩個人一輩子客客氣氣……我心裡難過，可我動不了手、張不了嘴，到最後只敢逃走……」

身側的于十三安慰道：「妳只是有點喜歡他，妳只是不甘心。」

初月脫口道：「我也沒那麼喜歡他，我就是……」她不知該怎麼解釋。于十三立刻接口：「我懂，我也傷過很多女人的心，我真懂。」

初月仰頭喝幹了杯中的酒，憤慨道：「你們為什麼那麼壞，為什麼明明有自己喜歡到骨頭裡的女人，還對我好，還要讓我誤會?!」

于十三轉頭，打量著漸醺的她，認真地道：「因為妳一樣也很美，很好啊。就算他沒有那麼喜歡妳，但妳身上，一定有與眾不同的光芒，才會讓人忍不住一次又一次地對妳好。」

他的語氣那麼溫柔，笑容又那麼溫暖，初月一下子看呆了，低聲說：「你騙人。」

于十三一笑擺手，「我就算騙了全天下的女人，也不會騙妳。」說著，他握住初月的手放在自己的心口位置上，深情款款地道：「妳摸，咚、咚、咚，跳得很穩，要是撒謊，它會亂跳的。」

初月被他如深潭般的目光所吸引，漸漸在那潭水中看到了自己。

于十三和她溫柔相望著，突覺氣氛不對，忙推開了她，「錯了錯了錯了！都怨老寧，太久不讓我出來鬆快，素得太久，一看到大魚大肉，以前的老毛病就又犯了！」他立即正襟危坐，「我剛才那樣是錯誤示範啊，記著，男人最會用這一招去勾引情傷裡的小娘子，以後千萬別上當！」

初月噗哧一聲笑了，于十三惱羞成怒，故作凶惡道：「笑個鬼！老子真是個壞人！」

初月失笑道：「我知道，來，壞人，快把我醉死吧。」說罷，她挑釁地舉杯。于十三和她碰了碰杯，無奈道：「你等著！」

一杯飲盡，二人又再續酒，如此往復……不知過了多久，初月盯著再無任何酒滴落下的酒壺，晃了又晃，無果。她索性起身抱起了酒罈。

于十三酒嗝不斷，早已醉眼矇矓，指著她的手指還在左右亂晃，「不可能，我居然喝不過妳?!」

初月仰頭咕咚咕咚將一整罈酒一氣喝乾，豪氣地抹了一把嘴，將罈子重重地扔在桌上。她面帶酡紅，得意揚揚地看著于十三：「這有什麼好奇怪的，我在沙西部長大，部裡但凡是個人物，都能喝！」

于十三伸出了大拇指，「好姑娘，哥哥佩服。」他搖晃著撐起身，攬住初月的肩，大著舌頭語重心長道：「聽我說，妳啊，就是見過的好男人太少了，才會為一個臭男人那麼傷心。哥哥一定得帶妳再去好好樂和樂和，當妳見慣人間繁華，就絕對不會再為一、兩個男人睡不著覺了。」

初月也醉眼朦朧地看著他：「那你得說話算話。」于十三伸出寬大的手掌，「擊掌。」初月伸手和他擊掌。兩人都醉得重心不穩，初月一時手上用力過大，一不留神撲進了于十三的懷裡，竟與他十指相扣了。

兩人都一下子愣住了，于十三更是瞬間就醒了酒，連忙推開她，「不成不成，以後我不能再見妳了。妳長得太好，我要是一個把持不住，這世上就又得多一個傷心美人了。」

他轉身就要逃，初月來了氣，叉著腰喝道：「不許走！」

于十三充耳不聞，初月立刻唬他：「你敢走，我就把你的事告訴朱衣衛去！」

于十三無可奈何地扶額回頭，「姑奶奶……」

初月打斷他：「你要麼現在殺了我，要麼說話算話，帶我去痛快玩一場！」

于十三進退維谷，為難至極，「妳這是逼著貓不偷腥、狗不犯賤啊，我跟妳講，我可真不是什麼聖人。我就是個浪子，到時候把不清我們的界限，真會出事的！」

初月一番豁出去的模樣，「我不管，一個男人已經傷了我的心，你還想再傷一次？」

于十三一時間竟無言以對，他捂著腦袋，胡亂地抓著頭髮，焦躁地道：「啊啊啊啊——哎，有了！」他忽然抬頭，「妳有錢嗎？」

初月甚是不解，卻從衣袖中摸索出一個金元寶，「有。」

于十三飛快地接過金元寶，如釋重負般道：「這就好辦了。妳，初月，花一個金元寶的錢，僱我于十三陪妳開心一晚。咱倆之間只是生意，沒感情，也沒承諾未來。天一亮，誰都不認識誰。這下總算界限清楚了，同意不？」

初月眼裡只有他明亮的眸子，她毫不猶豫地道：「原來你叫于十三啊？」

于十三牽著初月，穿過眾人來到了前廳的觀臺下，只見兩個俊俏的年輕男子，上身未著寸縷，露出結實的線條，和歌而舞。初月瞥了一眼後，忙抬手遮住眼睛，但于十三把她的手硬拉了下來。

他們又來到了一張賭桌前，于十三風流瀟灑地搖著骰子，初月學著他的樣子，但搖了沒兩下骰子就掉了出來，很是懊惱。于十三見狀，握住她的手一下一下地教她搖。初月因他突然的靠近，一瞬間眼花心熱，但很快就因為搖出了六個六而拍掌歡喜。

幾局小賭完畢，他們加入了擺弄竹竿的異族舞女隊伍中。初月髮間別著一朵顏色鮮豔的大花，于十三帶著她在不斷合分的竹竿裡，手拉著手躲避著竹竿，又笑又鬧。二人跳完，意猶未盡，順勢拿起了一邊的酒壺對飲。

初月興致極高地道：「于十三，你到底從哪兒來的，怎麼知道這麼多好玩的東西？」

于十三伸出食指輕按住她的唇，「別問，妳現在正在做一個很美的夢，問了，這夢就醒了。」初月不由得一怔。

✵

太陽漸漸朝著西方落去，薄薄的光照著金沙樓的一個雅間。只見雅間內，一個妖嬈的舞姬推開于十三，作勢打了他一個耳光。于十三捂著被打的臉，眼神中滿是不可置信，那舞姬卻轉身快步離開了。

于十三晃了晃食指，轉頭對在一邊觀摩的初月道：「和男人吵架，一定不能動手，更不要掉頭就走，這樣事情一僵，就沒法收拾了。」

初月認真地看著，虛心地問道：「那該怎麼辦才對？」于十三對舞姬使了個眼色，舞姬會意，立刻做出泫然若泣、拉著他的袖子不肯離去的樣子。

于十三教導道：「看見沒？就得這麼楚楚可憐，不說話，反正別放他走就成……」忽然他發覺身旁異常安靜，轉頭卻發現初月已經伏在案上睡著了，嬌小的她，在錦羅重緞中分外可憐。于十三一怔，走過去輕輕把她抱起，溫柔地放在榻上，細心地為她蓋上了被子。

那舞姬見狀，殷勤地走來，將窗微微打開，點上線香後默默地退下了。于十三坐在床邊，目光柔和地望了初月好一陣，最終轉頭離開了。

不知不覺，夜幕降臨。于十三剛在走廊上深吸了幾口氣，金媚娘嘲諷的聲音就響了起來：「喲，居然忍住了沒下手，真不像你。」

于十三猛地回頭，看到了廊下的她，「我又不是禽獸。她就是個受了情傷的小丫頭，我自來看不得小娘子傷心，搭把手，送她過了一關，也就完了。」

金媚娘嗤笑道：「呸，世間受了情傷的小娘子多了，怎麼不見你個個關心？這丫頭就是你最喜歡的那一型，三分潑辣、三分可憐，還有三分不尋常，你動心啦，別想騙我。」

于十三一哂，「動了又怎麼，我只要看到小娘子，哪天不動個十七、八回的心？剛遇見妳的時候，妳臉上橫七豎八都是傷，我也還不是動了！」

金媚娘瞪著他道：「你！」

于十三回敬道：「你什麼你？在美人兒和老寧面前，我避著妳、怕著妳，那是給妳面子。可是妳摸著良心說，我們在一起的時候，我對妳不好嗎？」

金媚娘愣然，良久方道：「好。你哄我開心，替我治傷，還潛進王府裡幫我尋能不留疤痕的祕藥；有件衫子，我不過看了一眼，你就當掉你的劍，替我買了回來。」

于十三點點頭，「妳認帳就行。我們在一起之前，是不是約法三章過？我會待妳好，但一定不會長久。我是不是說過我這輩子都不會成親？我生來多情，但是不是也做到了和妳在一起的時候，從來不看別的女人？」

金媚娘默然，「你都說過，我也答應了，可我還是不甘心。」

于十三悲憤地道：「總算還我清白了！當初妳要不逼我娶妳，我也不會逃！」

金媚娘委屈地道：「但是你也不能就那麼走了啊！前一晚我隨口提了一句，半夜你就翻窗不見了人影！」

于十三略有心虛道：「是有那麼一點不地道，可是我真怕了啊。」

金媚娘忽而認真地問：「于十三，你愛過我嗎？」

于十三未加思索地道：「愛！所有在一起過的小娘子，我都愛，真心地愛！」

金媚娘嘆了一口氣，「可你就是不願為我們停下來。」

于十三辯解道：「我是浪子啊，妳看浪花能停下來嗎？停下來，那就成死水了。那會兒妳也愛我吧，妳想我死嗎？」

金媚娘深深地凝視他，最終喃喃道：「不想。」

她一揚手，遠處的一個小廝捧著酒快步走來。金媚娘抬起素手，拿過一杯酒，悵然道：「要是沒有你救我，沒有你那次半夜逃跑，我也不可能來金沙幫，所以我還是因禍得福。喝了這杯，你我的恩怨一筆勾銷。」

于十三也拿起一杯酒，和她碰了碰杯，安慰道：「妳人又美，手段又高，偶爾受難，也只是明珠蒙塵。就算沒碰到任何男人，一旦吹開沙子，妳一樣也能熠熠生輝。」

金媚娘的酒剛喝到一半，突然頓住，「于十三，你這張嘴、你這個人，都是禍害。」

于十三將酒飲盡，「禍害才能活千年，謝妳吉言。」

金媚娘恨恨地道：「呸。祝你終有一日，碰到那個能剋住你的人，到時候，我一定會第一個過來，看你死得有多慘！」

于十三瞇著眼睛望著她，俏皮道：「不會有那一天的，因為我不想讓妳傷心啊。」

金媚娘將杯子一擲，不回頭地離開了。

于十三呼出一口氣，轉頭看著窗中仍然熟睡的初月，眼神溫柔。

窗外，新月如鉤。

✵

安國巍峨的宮殿屹立在淡淡的月光下，寢宮內，安帝躺倒在床，床下橫七豎八地倒著精緻的酒壺酒杯。內監悄無聲息地將它們收走，輕輕為安帝蓋上被子。安帝沉沉地睡著，不時皺著眉頭，似有所夢。

夢境中，黑霧瀰漫，大皇子妃尖厲的聲音響起：「父皇，您要為殿下報仇啊！」

大皇子的頭顱在空中飄浮著，口中叮嚀道：「父皇，您要為兒臣報仇啊！」

安帝心疼道：「你快些安息，父皇一定會為你報仇！」

突然，昭節皇后的聲音傳來：「那誰又能為我報仇呢？」

安帝大驚，旋即轉身，「皇后！阿昭！」

昭節皇后冷冷地站在霧氣中，厭惡地退後道：「別碰我，你沒資格那麼叫我。」

安帝落寞道：「朕當年真的是不得已，朕並不想逼妳死，妳是朕的結髮妻子啊！可妳的性子，為什麼偏偏要那麼倔？」

昭節皇后失望道：「事到如今，你還不肯承認是嗎？好，我的仇，自有我的人幫我報！」

話音剛落，一把鋒利的劍從安帝身後穿心而過。安帝血如泉湧，不可置信地踉蹌後退。但見刺殺他的人從身後轉出，那是一位被霧氣遮住了臉的朱衣女子，她從容地走到昭節皇后身邊，皇后欣慰地握住了她的手。

安帝忍著劇痛道：「妳是誰？」就在這時，他腳下的地面垮塌下去，有無數帶血的手，拽著他不斷滑向沉沉的黑幕中。安帝拚命掙扎，喊道：「朕不能死，朕還要一統天下、稱霸中原！」血手仍繼續將他拖入深淵，就在他即將墜崖的一剎那，籠罩著朱衣女子面容的黑霧散開，安帝一下子看清了她的臉，那竟是如意！

安帝猛然坐起，驚恐道：「啊！」

內監急匆匆來到榻前，不安地道：「聖上！」

安帝驚慌地檢查自己完好的腹部，喃喃道：「她是誰？朱衣衛的，她叫什麼名字？朕怎麼不記得了！」他拉住內監的脖領，吼道：「說！以前有個女朱衣衛，總跟著皇后的，叫什麼名字？」

內監惶恐地低著頭不語。安帝怒道：「說！」

內監顫抖著道：「聖上嚴禁宮中提起名字的那位，可是已故朱衣衛左使，任辛？」

安帝的眸子劇烈地收縮，他終於記起了那個刺殺了南平信王、褚國袁太后，又在一個月之內連殺鳳翔、定難、保勝三軍節度使，安國最令人聞風喪膽的殺手的名字。

記憶中如意穿著血跡斑斑的披風，在他的面前跪下，「臣幸不辱命。」她打開錦盒，裡面穩穩地放著一顆駭人的頭顱。

安帝醒悟過來，驚叫道：「是她！她沒死，是她殺了守基！她在為皇后報仇！傳鄧恢進宮，立刻！馬上！」

✵

鄧恢聽到安帝的召見後，匆匆趕來，卻被安帝一腳踹翻在地。

安帝憤怒道：「那會兒你吞吞吐吐地說汪國公死了，陶謂在別院失蹤了，是不是想暗示朕什麼?!」

鄧恢伏在地上，不敢說話。安帝忽地拎起他的領子，「說，殺守基他們的，是不是任辛？你是不是也在懷疑？」

鄧恢應道：「聖上見微知著。」

「那你當時為什麼不明說，為什麼?!」

鄧恢在地上伏得更低，「臣有罪。」

安帝森然道：「你是有罪，隱瞞、欺君，都是死罪。」

鄧恢急忙道：「但臣也只是推測，至今沒有找到任何證據顯示任辛還活著！」

安帝突然轉身，拔出架上的佩劍，一劍插入鄧恢貼在地上的手掌中。鄧恢的臉色劇變，被劍刺入的手掌汩汩地冒出鮮血，血液直漫到了地板上。

安帝陰冷地道：「那就去給朕找。找到後，殺了她。」說著，他用力地按下劍柄，「是不是上回朕只殺了你的手下，沒動你，你就以為能糊弄過去？把梧帝交給殿前衛看管，你去專心追緝任辛。半月之內，見不到她的屍體，朕就要見你的屍體！」

鄧恢忍痛道：「遵旨。」

安帝拔出帶血的劍刃，怒道：「滾！」

✲

鄧恢端著受傷的手掌回到車內，孔陽邊為他裹著傷，邊難過道：「聖上對您也太……」

鄧恢苦笑，「也該輪到我了。還好這回露餡的，不是私放了那十五個人的事，否則，我連宮門都走不出來。對了，他們都安置好了嗎？」

孔陽回道：「屬下安排他們去了金沙樓，那邊經常收留退職的各國細作間客，改名換樣，都是熟手。」

鄧恢點點頭，疲憊地靠在車壁上，閉著眼道：「聖上也猜到是任辛了。看來就算我不想招惹她，但是命中還是注定有這一劫啊。」他嘆了一口氣，又道：「任辛當年在衛中，可有什麼親信下屬？」

孔陽道：「有一、兩個，但都死了。她一直獨來獨往，除了奉先皇后旨意教過長慶侯，就沒別的了。但這些天我們一直在監視長慶侯，他也沒有什麼動靜。」

「沒動靜才奇怪。他為了陳癸占了左使的名頭，三番五次和我們不對付，任辛又為他殺了陳癸報仇，這會兒居然什麼事都沒有？」

孔陽會意：「屬下這就讓人倒查長慶侯這些天的動靜。」

鄧恢回憶著：「還有，我好像在歸德原見過長慶侯的一個會武功的貼身侍女，叫作琉璃的，名字和身形都和女衛眾有幾分相似。」

孔陽應道：「屬下也記得，長慶侯的文書上還特意寫了她，說是忠僕琉璃，護主重傷，所以留在合縣養病了。」

鄧恢思索著：「長慶侯不喜女色，當時突然冒出個貼身侍女，大家還奇怪來著……」他突然睜開雙眼，道：「查，好好地查個清楚！」

月亮西沉，漸漸地，一縷縷陽光從天際鋪開來。

✵

陽光照在初月臉上，她睫毛微動，皺著眉捂著額頭，睜開了眼睛，「好痛。小星，我要水！」

小星急急地從外面奔了進來，「郡主，您怎麼，您怎麼……」

初月打著哈欠，不解地問：「我怎麼了？」

小星驚道：「昨晚您一晚上沒回來，奴婢都急壞了！剛才奴婢還進房來收拾過，屋裡什麼人都沒有。可怎麼一轉眼，您就、您就……」

初月看了看自己身上昨晚穿的衣衫，又打量四周，認出這是自己的閨房，而她的枕邊，還放著昨晚她跳竹竿舞時戴的異族大花。初月撫著那朵大花，臉上泛起了微笑，但很快又慢慢消失，「真的只是一場夢嗎？」

小星端茶過來，「您說什麼？」

初月接過，喃喃道：「沒什麼。」她喝了兩口茶，突然想起什麼，吩咐道：「妳幫我打聽一下，最近永安寺旁邊是不是出過什麼案子？」

小星應道：「案子？您是說昨晚上永安塔失火的事嗎？」
初月聞言，手中的茶灑了出來，她愣在了原地。

✵

四夷館內。
于十三正打著哈欠打開了房門，不料一開門就看到了冷著臉的如意，還有她身後不斷給他使眼色的寧遠舟。他一驚，小心地道：「美人兒早，有何貴幹？」
如意審視著他：「你昨天是不是帶了一個小娘子去金沙樓？」
于十三心虛地道，「媚娘告訴妳的？放心，我昨晚和她說清了，兩不相欠……」
如意盯著他，「媚娘剛才傳信過來，說她不放心，所以連夜去核實了那個小娘子的身分，她是沙西王的女兒初月！」
于十三了然道：「我知道啊，一見面她就跟我說了。」
一旁的寧遠舟焦急而又無奈。如意又道：「那你知不知道，她是長慶侯未過門的妻子！」
于十三脫口而出：「知道啊——啊？什麼？那個不要她的情郎，就是長慶侯?!」
如意冷冷地看著他。這下于十三慌了。
「我光記得長慶侯有個定了親的貴女，可我不記得她的名字，更不知道她就是初月！」他懊惱地抱著頭，「壞了壞了，我和她喝了一晚上的酒，我還教她怎麼去色誘未婚夫，挽回他的心！」

如意一伸手，卡著他的脖子將他摔到了門板上。

「老實交代，你有沒有禍害她？」

（下集待續）

國家圖書館出版品預行編目資料

一念關山・卷三 / 左陽改編、張巍原著劇本
—初版—台北市：奇幻基地出版；家庭傳媒城邦分公司發行；2025.7
面：公分. –（境外之城：174）
ISBN 978-626-7749-05-0（卷 3：平裝）.

857.7　　114007634

ISBN 978-626-7749-05-0
Printed in Taiwan.

城邦讀書花園
www.cite.com.tw

境外之城174

一念關山・卷三

改　　編 / 左陽
原著劇本 / 張巍
企劃選書人 / 張世國
責任編輯 / 張世國、王雪莉

發 行 人 / 何飛鵬
總 編 輯 / 王雪莉
業務協理 / 范光杰
行銷企劃主任 / 陳姿億
資深版權專員 / 許儀盈
版權行政暨數位業務專員 / 陳玉鈴
法律顧問 / 元禾法律事務所　王子文律師
出版 / 奇幻基地出版
城邦文化事業股份有限公司
台北市南港區昆陽街16 號 4 樓
電話：(02)25007008　　傳眞：(02)25027676
網址：www.ffoundation.com.tw
e-mail：ffoundation@cite.com.tw
發行 / 英屬蓋曼群島商家庭傳媒股份有限公司城邦分公司
台北市南港區昆陽街 16 號 8 樓
書虫客服服務專線：(02)25007718・(02)25007719
24 小時傳眞服務：(02)25170999・(02)25001991
服務時間：週一至週五09:30-12:00・13:30-17:00
郵撥帳號：19863813　　戶名：書虫股份有限公司
讀者服務信箱 E-mail：service@readingclub.com.tw
歡迎光臨城邦讀書花園 網址：www.cite.com.tw
香港發行所 / 城邦（香港）出版集團有限公司
香港灣仔駱克道 193 號東超商業中心 1 樓
電話：(852) 2508-6231 傳眞：(852) 2578-9337
馬新發行所 / 城邦（馬新）出版集團
【Cite(M)Sdn. Bhd.(458372U)】
11, Jalan 30D/146, Desa Tasik,
Sungai Besi, 57000 Kuala Lumpur, Malaysia.
電話：(603) 90578822　　傳眞：(603) 90576622

封面版型設計 /Snow Vega
排　　版 / 芯澤有限公司
印　　刷 / 高典印刷有限公司
■2025 年9月2日初版一刷

售價 / 380元

廣　告　回　函
北區郵政管理登記證
台北廣字第000791號
郵資已付，免貼郵票

115台北市南港區昆陽街16號4樓

英屬蓋曼群島商家庭傳媒股份有限公司城邦分公司 收

請沿虛線對摺，謝謝

奇幻基地

每個人都有一本奇幻文學的啓蒙書

奇幻基地粉絲團：http://www.facebook.com/ffoundation

書號：**1HO174**　　書名：一念關山・卷三

| 奇幻基地．2025年回函卡贈獎活動 |

購買2025年奇幻基地作品（不限年份）五本以上，即可獲得限量隱藏版「山德森之年」燙金藏書票！

電子版活動連結：https://www.surveycake.com/s/ZmGx

註：布蘭登．山德森新書《白沙》首刷版本、《祕密計畫》系列首刷精裝版（共七本），皆附贈限量燙金「山德森之年」藏書票一張！（《祕密計畫》系列平裝版無此贈品）

「山德森之年」限量燙金隱藏版藏書票領取辦法

活動時間：即日起至2025年12月31日前（以郵戳為憑）

參加辦法與集點兌換說明：

1. 2025年度購買奇幻基地出版任一紙書作品（不限出版年份及創作者，限2025年購入）。
2. 於活動期間將回函卡右下角點數寄回本公司，或於指定連結上傳2025年購買作品之紙本發票照片／載具證明／雲端發票／網路書店購買明細（以上擇一，前述證明需顯示購買時間，**連結請見下方**）
3. 寄回五點或五份證明可獲限量隱藏版「山德森之年」燙金藏書票，藏書票數量有限送完爲止。
4. 每月25號前填寫表單或收到回函即可於次月收到掛號寄出之隱藏版藏書票。藏書票寄出前將以電子郵件通知。若填寫或資料提供有任何問題負責同仁將以電子郵件方式與您聯繫確認資料。若聯繫未果視同棄權。
5. 若所提供之憑證無法確認出版社、書名，請以實體書照片輔助證明。

特別說明

1. 活動限台澎金馬。本活動有不可抗力原因無法執行時，主辦單位有權決定取消、中止、修改或暫停本活動。
2. 請以正楷書寫回函卡資料，若字跡潦草無法辨識，視同棄權。
3. 單次填寫系統僅可上傳一份檔案，請將憑證統一拍照或截圖成一份圖片或文件。
4. 隱藏版「山德森之年」燙金藏書票一人限索取一次
5. **本活動限定購買紙書參與，懇請多多支持。**

當您同意報名本活動時，您同意【奇幻基地】（城邦文化事業股份有限公司）及城邦媒體出版集團（包括英屬蓋曼群島商家庭傳媒股份有限公司城邦分公司、書虫股份有限公司、墨刻出版股份有限公司、城邦原創股份有限公司），於營運期間及地區內，爲提供訂購、行銷、客戶管理或其他合於營業登記項目或章程所定業務需要之目的，以電郵、傳眞、電話、簡訊或其他通知公告方式利用您所提供之資料（資料類別 C001、C011 等各項類別相關資料）。利用對象亦可能包括相關服務的協力機構。如您有依個資法第三條或其他需要協助之處，得致電本公司（(02) 2500-7718）。

個人資料：

姓名：＿＿＿＿＿＿＿＿ 性別：＿＿＿＿ 年齡：＿＿＿＿ 職業：＿＿＿＿＿＿ 電話：＿＿＿＿＿＿＿＿

地址：＿＿＿＿＿＿＿＿＿＿＿＿＿＿＿＿＿＿ Email：＿＿＿＿＿＿＿＿＿＿

想對奇幻基地說的話或是建議：＿＿＿＿＿＿＿＿＿＿＿＿＿＿＿＿＿＿＿＿＿＿＿＿＿＿＿＿

限量燙金藏書票

電子回函表單QRCODE

請剪下右邊點數，集滿五點寄回奇幻基地即可參加抽獎，影印無效。

1
A Year of Sanderson
2025